DUMONT

Henno Allenstein ist Professor für Geologie in Köln. Eines Tages erhält er ein Paket ohne Absender. Es enthält einen Basaltstein, der sich als Teil eines Wegkreuzes entpuppt. Am selben Tag ruft ihn die Kriminalkommissarin Gabriele Kronberg zu einem nahe gelegenen Steinbruch. Bei einem Felssturz wurden zwei Menschen getötet. Jemand scheint mit Sprengstoff nachgeholfen zu haben. Als ein weiterer Steinbruch in die Luft fliegt und wieder ein Mensch dabei stirbt, ist klar, dass es sich nicht um Zufall handelt. Fieberhaft suchen Allenstein und Kronberg nach Spuren, die sie zum Täter führen. Von welcher Bedeutung sind dabei die Verweise ins Umfeld der katholischen Kirche?
›Kreuzstein‹ ist ein packender Krimi, der in die Tiefen irdischen Gesteins und den Abgrund der menschlichen Seele führt.

Ulrich C. Schreiber, geboren 1956, studierte Geologie, Chemie und Geochemie. Seine Forschungen führten ihn nach Namibia, Argentinien und in den pazifischen Raum. Seit 1996 ist er Professor für Allgemeine Geologie an der Universität Duisburg-Essen. Sein erster Roman ›Die Flucht der Ameisen‹ erschien 2006. 2010 erschien ›Kreuzstein‹ erstmals im DuMont Buchverlag.

Ulrich C. Schreiber

KREUZSTEIN

Ein Kölner Krimi

DUMONT

FSC
www.fsc.org
MIX
Papier aus verantwortungsvollen Quellen
FSC® C083411

April 2012
DuMont Buchverlag, Köln

Umschlag: Zero, München
Umschlagabbildung: FinePic®, München
Satz: Angelika Kudella, Köln
Gesetzt aus der Adobe Garamond
Druck und Verarbeitung: CPI – Clausen & Bosse, Leck
Gedruckt auf säurefreiem und chlorfrei gebleichtem Papier
Printed in Germany
ISBN 978-3-8321-6181-1

www.dumont-buchverlag.de

Für Karin

Wenn der Stein des Drachen fällt …

| 1 |

Es war noch früh am Morgen, ein ungemütlicher Morgen in den letzten Wintertagen am Rand des Westerwaldes, hoch oben im Übergang zum Rheintal. In den Tälern hingen Wolkenreste, die der einsetzende Wind mit kühler Leichtigkeit zerfetzte und spielerisch über die Hänge bis auf die Hochfläche des rechtsrheinischen Schiefergebirges hinauftrieb, wo sie sich schließlich in der dichten Wolkendecke verloren. Die Wege im Wald waren rutschig und verschlammt, die Hänge an vielen Stellen zerfurcht und der Erosion schutzlos ausgesetzt. Große Holzrückmaschinen hatten noch vor kurzem die im Winter gefällten Stämme abtransportiert. Schneereste und zusammengeschobene Äste säumten den Weg auf die Kuppe hinauf. Niemand war unterwegs. Nicht einmal die Hundebesitzer, die hier bei besserem Wetter ihren Tieren freien Lauf gaben. Für Mittag war wieder neuer Schneefall vorhergesagt.

Sein Wagen stand oberhalb vom Bruch, dort wo die Spaziergänger ihre Fahrzeuge abstellten. Er kam jetzt im dritten Jahr, immer um diese Zeit, wenn der Frost ihm wieder einen Teil seiner Arbeit abgenommen hatte. Doch diesmal hatte er ein langes Plastikrohr dabei, aus dem Baumarkt, zum Verlegen von dickeren Kabeln. In einem Stoffbeutel trug er einen kleinen Klappspaten und eine Harke mit Teleskopstiel.

Zügig marschierte er auf die Kante des alten Steinbruchs zu, an der der Schnee schon länger abgetaut war. Trotz der leichten Anstrengung fröstelte er, die Kälte kroch ihm langsam die Hosenbeine empor. Nur noch zwei Schritte, und er stand genau vor dem Abbruch an der senkrechten Wand. Er sparte es sich, direkt von der Kante in das große, wassergefüllte Loch des Steinbruchs zu sehen. Viel zu gefährlich bei dieser Nässe. Außerdem war er nicht völlig schwindelfrei.

Einen Augenblick lang stand er da und starrte in den Nebelschleier unterhalb des Steinbruches. Der Wind nahm zu und riss eine Lücke in das trübe Grau. Schemenhaft konnte er die Umrisse von zwei Gebäuden erkennen. Die Kälte in seinen Beinen verstärkte sich, er fing furchtbar an zu zittern.

Ruckartig drehte er sich um und schritt eine Strecke von sechs Metern ab. Da war sie wieder, die Spalte, die er seit drei Jahren beobachtete, jedes Jahr mit größerer Genugtuung. Wieder war sie geöffnet, nur wenige Millimeter, aber doch genug, um zu sehen, dass es weiterging. Prüfend schritt er die gesamte Länge ab, parallel zur Steinbruchkante. 64 Meter, mehr als die Hälfte des alten Bruchs. Und sie hatten sie noch nicht entdeckt. Nirgendwo ein Messpunkt, nirgends Einbauten zur Abstandsmessung.

An einer Stelle, fast in der Mitte, machte der Riss einen Sprung um mehrere Zentimeter. Der Gesteinsbrocken klemmte noch immer an dieser Stelle. Nach einigem Drücken ließ er sich leicht herausnehmen. Der Riss darunter war deutlich breiter und nicht verfüllt. Vorsichtig führte er das Plastikrohr in die Spalte ein. Auf den letzten Zentimetern blieb es hängen, aber er trieb es mit dem Gesteinsbrocken in die Tiefe. Anschließend setzte er den Stein erneut ein. Jetzt sah alles wieder aus wie vorher.

An drei Stellen war der Abraum, der unbrauchbare lockere Boden, zu kleinen Halden aufgehäuft. Die Haufen stammten aus der Zeit des Abbaus. Damals hatten sie weit vorgearbeitet und den Fels der halben Kuppe freigelegt. Den Rücken gegen den Wind gestemmt, füllte er zwei stabile Plastiktüten mit Erde und trug sie zur Spalte. Sorgsam verteilte er sie über dem frischen Riss, trat sie mit dem Stiefel sachte fest und glich ab und zu die tiefsten

Stellen erneut mit Erde aus. Für die Länge der Spalte benötigte er einige Zeit, aber schließlich konnte er mit der Harke die überstehenden Reste verteilen. Dann streute er noch einige Hände voll Tannennadeln und Laubreste locker über den frischen Boden, sodass seine jüngsten Verfüllungen nicht mehr zu sehen waren. Zufrieden warf er einen Blick auf sein Werk. Jetzt mussten nur noch die Abgrabungen an den kleinen Halden getarnt werden. Als er eine Hand voll Streu auf die frische Stelle der mittleren kleinen Halde warf, fiel ihm eine weiße Keramik auf, die am hinteren Rand des Erdhügels hervorschaute.

Ach, das stammt wahrscheinlich nur von Kindern aus dem nah gelegenen Ort, dachte er, beschloss aber trotzdem, sich das Teil genauer anzusehen.

In einer senkrecht stehenden ovalen Keramikschüssel, die zu einem Drittel in der Erde steckte, hatte jemand Haselnüsse, Apfelspalten und eine kleine Karotte angeordnet. Sie lagen auf einem Polster aus getrocknetem Gras. Umsäumt wurde das Ganze von roten und grünen Glasperlen. Es sah aus wie ein kleiner Opferplatz.

Merkwürdig, wer macht so etwas?, dachte er, aber dann fiel ihm ein Beitrag ein, den er in einer Illustrierten über Naturreligionen gelesen hatte. Darin wurden ähnliche Bräuche beschrieben. Und heutzutage waren viele Menschen ein wenig esoterisch veranlagt. Vielleicht steckte ja auch irgendein heidnisches Ritual dahinter.

Na, meinetwegen, dachte er. Er schüttelte den Kopf und verließ den windigen Ort in Richtung Parkplatz. Als er im Auto saß und gerade den Wagen starten wollte, schoss ihm ein Gedanke durch den Kopf. Die Apfelspalten waren noch gar nicht richtig braun. Das bedeutete …

Ein leiser Anflug von Panik stieg in ihm auf.

Und wenn ihn nun jemand beobachtet hatte? Eine ganze Weile saß er nach vorn gebeugt da und stützte sich aufs Lenkrad. Das Zittern kam erst ganz langsam. Es ging von der Brust aus, stieg in den Hals, kroch in die Arme. Als sein ganzer Körper zu vibrieren anfing, riss er sich vom Lenkrad los und stieß heftig die Tür auf.

Die Basalte im Mittelrheingebiet sind Reste großer Vulkane, die vor mehr als zwanzig Millionen Jahren aktiv waren. Sie schauen als große Kuppen aus der alten, hoch liegenden Verebnungsfläche des Mittelrheingebietes heraus. Der Grund ist die unterschiedliche Verwitterung und Erosion der Gesteine. Die Basalte trotzen der Abtragung länger als Sand- und Tonsteine, die in ihrer Nachbarschaft das Schiefergebirge aufbauen. Lange Zeit waren sie die Lieferanten für Baumaterial und Eisenbahnschotter. Bei der Abkühlung basaltischer Gesteinsschmelze bilden sich häufig vier- bis sechseckige Gesteinssäulen aus, die den gesamten Kernbereich des ehemaligen Vulkans ausbilden können. Basaltsäulen sind ein gesuchtes Material für den Dammbau an der Küste und den Flüssen. Weite Teile des Niederrheinufers und Deiche in Holland und Norddeutschland sind an der Oberfläche mit Säulen bepflastert. Fast jede Basaltkuppe in Rheinnähe ist aus diesem Grund durch mehrere Steinbrüche angegriffen worden. Nach der Ausbeutung wurden die Brüche sich selbst und der Natur überlassen.

Ganz langsam ging sie auf den Rand des Steinbruchs zu. Der kalte Wind wehte jetzt von Osten über den alten Bruch herüber und brachte große nasse Schneeflocken mit. Ihre langen Haare waren nur auf dem Kopf durch die Mütze geschützt. Jeder Windstoß wirbelte die rotblonden Strähnen um ihr Gesicht und um ihren Hals. Mit unsicheren Blicken suchte sie den Rand zur Steilkante ab, ging einige Schritte nach rechts und kam wieder zum Ausgangspunkt zurück. Es lag nur ein einziger Schritt zwischen ihr und der unendlich großen Stufe.

Der starke Wind schluckte alle Geräusche, das Knacken kleiner Äste und das Streifen der Fichtenzweige auf regenfester Kleidung. Plötzlich jedoch horchte sie auf.

»Cordula! Cordulaaa!«

Der Ruf kam mit dem Wind vom Eingang des alten, zugewachsenen Steinbruchs.

Cordula trat einen halben Schritt nach vorn und hob beide Arme, um ihrer Schwester weit unten im Bruch zuzuwinken.

| 2 |

Die Tagesexkursionen für die Studenten der Geowissenschaften aus Köln waren unter den Dozenten aufgeteilt. Meist wurden sie gar nicht in ausreichender Zahl angeboten, sodass es regelmäßig zu einer Überbuchung und einem Gerangel um die Plätze kam. Jeder im Institut musste sich beteiligen, und die Touren wurden je nach Arbeitsschwerpunkt thematisch festgelegt.

Henno Allenstein war jedes Jahr mit Studenten in der Kiesgrube in Arienheller am Rhein. Diesmal hatte er die Exkursion an den Anfang des Wintersemesters gelegt. Die Tage waren zwar Mitte Oktober schon sehr kurz, und manchmal war das Wetter miserabel, aber vorher blieb wegen verschiedener Forschungsprojekte einfach keine Zeit. Die Ausrichtung seiner Professur hatte den Schwerpunkt »Regionale Geologie von Deutschland«, unter spezieller Berücksichtigung von Nordwestdeutschland. Hierdurch kam er häufig mit Archäologen zusammen, die seine Werksteinkenntnisse schätzten. Die Herkunft der Baumaterialien historischer Gebäude nachzuverfolgen war oft sehr kompliziert. Für Allenstein hatte es den netten Nebeneffekt, dass er sich in vielen alten Bauwerken bestens auskannte, mittlerweile sogar eines seiner Hobbys. Vor diesem Hintergrund bot er gern eine Exkursion zum Thema »Rohstoffgewinnung im Steine-Erden-Bereich und die Probleme bei der Erschließung neuer Vorkommen« an. Dabei ging es ihm nicht nur um die Entstehung und Gewinnung von Materialien, die von jedem in großen Mengen gebraucht werden, wie Ton, Sand und Kies oder Hartgesteine für Schotter und Form- und Ornamentsteine. Er wollte vor allem deutlich machen, dass es irgendwann zu einem großen Engpass in der Versorgung kommen würde, wenn sich weiterhin alle Welt gegen weitere Steinbrüche und Rohstoffgewinnung sträubte. Die Verlagerung ins Ausland verschob das Problem seiner Meinung nach lediglich und trieb vor allem die Kosten ins Unermessliche.

Dieses Mal hatte das Wetter mitgespielt. Es war ein ungewöhnlich warmer Spätherbsttag, der die landschaftlich reizvolle Stimmung des Mittelrheintales noch einmal besonders hervorhob. An den Steilhängen betonten die schräg einfallenden Sonnenstrahlen die warmen Herbstfarben der Laubbäume. Erntehelfer mühten sich an den unteren Hangpartien, die letzten Trauben der kleinen Weinparzellen noch vor dem ersten Kälteeinbruch zu ernten.

Allenstein hatte sich, abgesehen von den obligatorischen Bergstiefeln, vorausschauend sehr luftig angezogen. Er trug ein weites kurzärmliges Hemd und eine leichte, aber stabile Geländehose, alles sandfarben. Sein Cowboy-Hut wirkte vielleicht ein wenig albern. Aber das war ein Spleen von ihm, noch aus seiner Jugend, und gegen die tief stehende Sonne half er auch. Außerdem, davon war er überzeugt, wurde der Spott, den es immer über Professoren gab, so auf eine überschaubare Größe reduziert. Und es brauchte auch niemand über seine etwas zu sehr abstehenden Ohren zu tuscheln, weil er gleich freimütig erklärte, er bräuchte sie als Auflagefläche, der Hut sei etwas zu groß. Auf die Idee, dass er damit andere erst auf den angeblichen Makel aufmerksam machte, kam er gar nicht.

Arienheller war der letzte Aufschluss der Tagesexkursion, nach Tongruben und Basaltsteinbrüchen im Westerwald und einem Grauwacken-Steinbruch im Bergischen Land. Die Kiesgrube zum Schluss war häufig der Höhepunkt, weil durch den Abbau jedes Jahr eine neue Wand angeschnitten worden war und es regelmäßig etwas Neues in den lockeren Sedimenten zu entdecken gab.

Die Teilnehmerzahl war eigentlich zu groß für eine Exkursion. Allenstein hatte deshalb mehrere Gruppen bilden lassen, die die Geröllhaufen absuchen sollten. Er begann ebenfalls in einem Schuttfächer zu kratzen, wurde jedoch durch eine Studentin aus dem dritten Semester gleich wieder unterbrochen. Er hatte sie bereits aus den Augenwinkeln auf sich zukommen sehen. Es war eine aus den jüngeren Semestern, die ihm schon einige Male aufgefallen war. Ihre Ausrüstung und Kleidung waren professionell und bereits länger im Gebrauch. Das ließ vermuten, dass sie schon vor ihrem Studium Kontakt zum Gelände oder vielleicht sogar zur Geologie gehabt hatte.

»Ist das etwas Besonderes?« Allenstein stellte fest, dass sie ihn mit einem leicht provozierenden Blick bedachte, als er das Stück entgegennahm. Es war mit Algenresten und Schlamm überzogen.

»Das kann man so nicht sagen. Sie müssen die Gesteine erst aufschlagen, damit Sie sie bestimmen können.« Kurz suchte Allenstein das vermeintliche Gestein mit der Lupe ab.

»Es gibt fast immer eine Kruste oder einen Überzug, den man entfernen muss. Aber Sie haben es vielleicht schon gemerkt, das Teil ist viel zu leicht für ein Gestein.«

»Ja. Ist es dann vielleicht gar kein Gestein, sondern ein Stück Müll aus dem Rhein?«

»Das werden wir sehen. Wir müssen aufpassen, vielleicht ist es ja ein Knochenrest.«

»Sie machen es aber spannend.«

»Genau das ist meine Absicht.«

Allenstein hatte schon auf den ersten Blick erkannt, dass es sich bei dem Fundstück um den Backenzahn eines größeren Säugetiers handeln musste. Er rief die Gruppe zusammen, baute sich auf einem kleinen Sandhaufen auf und hielt den Fund demonstrativ in die Höhe.

»Sie sehen, wir finden jedes Jahr etwas Besonderes. Diesen Fund hier machte …« Suchend blickte er sich nach der Studentin um. »Wie heißen Sie?«

»Carla, Carla Winter.«

»Diesen Fund haben wir Carla Winter zu verdanken. Es ist ein sehr interessantes Stück, ein Backenzahn von einem größeren Säugetier. Wir werden ihn unserem Kollegen aus der Paläontologie übergeben. So, und jetzt einige Grundlagen zum letzten Standort hier in der Kiesgrube.«

Allenstein musterte seine Studenten und rückte seinen Cowboy-Hut zurecht, bevor er fortfuhr:

»Der Rhein hat sich im Laufe der letzten Million Jahre tief in das Rheinische Schiefergebirge eingegraben. So sieht es zumindest heute aus. In Wirklichkeit jedoch lag das Gebirge, als der Vorläufer des Rheins in Richtung Nordsee floss, fast auf Meeresspiegelniveau. Vor mehr als einer Million Jahre begann eine langsame Hebung der gesamten Region zwischen nördlichem Oberrheingraben und dem Niederrhein. Nur weil die Erosionskraft des Flusses es schaffte, mit der Hebung Schritt zu halten, entstand kein gewaltiger See im Oberrheingraben. Die einmal festgelegte Rinne wurde immer in der notwendigen Höhe über dem Meeresspiegel offen gehalten. Während der Eiszeiten, als wenig Wasser in den Flüssen zur Verfügung stand, wurde der Spieß umgedreht. Der Fluss schnitt sich nicht tiefer ein, sondern im Gegenteil. Hier im Mittelrheintal wurden mehrere Meter Sand und Kies im Flussbett abgelagert, die Rinne also wieder zum Teil aufgefüllt. Aber als in der anschließenden Warmzeit wieder ein Überangebot an Wasser vorhanden war, schnitt sich der Fluss erneut in die Tiefe. Das ist über mindestens 800 000 Jahre mehrfach passiert, weil es mehrere Vereisungsphasen gab. Deshalb haben wir Reste der Terrassen mit ihren Kiesen ganz oben am Rand zur Steilkante liegen, das ist die Hauptterrasse, manchmal in der Mitte der Steilhänge, das ist die Mittelterrasse, und schließlich ganz jung die Niederterrasse auf dem tiefsten Niveau.

Frage: Warum finden wir überhaupt noch so viel Kies und Sand hier bei Arienheller aus der Zeit, zu der die Mittelterrasse gehört?«

Allenstein schaute fragend in die Runde. Als keine Reaktion von der Gruppe kam, deutete er auf die gegenüberliegende Seite der Kiesgrube.

»Sehen Sie dort. Zwischen der Kiesgrube und dem Rhein steht eine Felswand. Das war eine Insel mitten im Rhein. Die Sande und Kiese aus der Mittelterrassenzeit sind im östlichen Teil der Insel erhalten geblieben, während sich westlich der Insel das Hauptflussbett weiter in die Tiefe geschnitten hat.«

Schließlich hielt Allenstein noch einmal den Backenzahn in die Höhe, lobte Carla für ihre Beobachtungsgabe und erklärte den Studenten ausführlich, wie wichtig die Bedeutung solcher Fundstücke sei.

»Wo genau haben Sie ihn eigentlich gefunden?«

Carla errötete leicht. »Dort drüben, an der frisch abgebrochenen Wand.«

»Bitte, treten Sie nicht zu dicht an die Wand heran«, rief Allenstein den 25 angehenden Geologen zu, als sie gemeinsam zum Fundort gingen.

»Die Wände einer Grube müssen grundsätzlich als instabil betrachtet werden, und diese hier ist sogar erst vor kurzem abgebrochen. Sie erkennen das an den frischen Abbruchstellen, die noch feucht sind und …«, er zeigte vor sich auf den Boden, »an dem Schutt vor Ihren Füßen.«

Er deutete auf dunklere Flächen zwischen Grubenwand und ihrem Standort.

»Um das Risiko zu minimieren, nimmt man Gesteinsproben immer von unten weg. Es kommt sowieso alles von oben. Anschließend tritt man wieder weit genug zurück, um einen größeren Sicherheitsabstand zu haben. Sie haben das vermutlich schon mehrfach gehört, aber man kann es nicht oft genug sagen.«

»Und wenn in der Wand etwas ganz Wichtiges steckt, ein Knochen oder ein seltener Stein?«, fragte Carla. Erneut glaubte Allenstein einen provozierenden Unterton in ihrer Stimme zu hören.

»Dann muss man das Risiko abschätzen. Wenn man allein ist, ist es besonders riskant. Zu zweit sollte einer immer Abstand halten, damit er zur Not Hilfe holen kann. Aber, und das dürfte ich jetzt gar nicht erzählen, wir sind natürlich von Geburt aus immer etwas leichtsinnig.« Allenstein grinste ein wenig überheblich in die Runde. »Warum fragen Sie, haben Sie etwas gesehen?«

»Da oben, in der Lage mit den großen Kieselsteinen zwischen den beiden großen Wackersteinen.«

»Gerölle und Blöcke heißen die Fachausdrücke. Kiesel- und Wackersteine gibt es nur im Märchen.«

Die Gruppe lachte.

»Okay!« Carla machte eine kurze Pause. Dann hob sie betont ihren Arm. »Aber dort oben ist zumindest etwas, was vielleicht mit dem anderen Fundstück zusammenpasst.«

»Sie meinen da oben, etwa drei Meter höher?«

»Ja, genau.«

Allenstein schickte die Gruppe einige Schritte zurück und schätzte die beste Möglichkeit ab, an das faustgroße Geröll zu kommen, das zwischen zwei großen Gesteinsblöcken eingeklemmt war.

»Direkt werde ich es nicht erreichen. Aber wenn ich es schaffe, den rechten Block herauszuhebeln, rutscht das kleine Stück sicher nach«, überlegte er laut.

Er zögerte nicht lange und kletterte so weit wie möglich bis an den rechten Block heran, hakte mit der Hammerspitze hinter die vordere Kante und drückte den Stiel nach oben. Langsam setzte sich der Block in Bewegung. Nach wenigen Zentimetern zog ihn das Übergewicht in die Tiefe.

»Achtung! Er kommt!«

Mit Schwung rauschte der Block über den Kiesfächer und kam vor den Füßen der Exkursionsteilnehmer zusammen mit kleineren Kiesen zum Stehen. Begeistert klatschten die Studenten Beifall.

»Und jetzt den kleinen Brocken«, riefen sie aufgeregt.

Henno brauchte nur noch den Arm auszustrecken und mit dem Hammer dem Fundstück einen kleinen Schubs zu geben. Er kullerte hüpfend in die Tiefe. Carla sprang ihm entgegen und hob es auf.

»Achtung!«, brüllte plötzlich jemand.

Der Schrei kam von Allenstein.

Dann ging alles ganz schnell.

Mit einem weiten Sprung versuchte der Fünfzigjährige Abstand von der Wand zu bekommen. Die Gruppe spritzte wie auf Kommando auseinander. Zuerst kam Allenstein, und dann ergoss sich eine geballte Ladung Sand und Kies nach unten. Die vorderste Front der Lockermassen erreichte den kleinen Kiesfächer fast gleichzeitig mit dem Professor. Sie erwischte seine Beine und hielt sie fest. Während sein Gesicht noch halbwegs gedämpft auf den Unterarmen aufschlug, überschüttete die restliche Schuttmasse Kopf und Oberkörper.

Henno Allenstein tastete seinen nackten rechten Oberschenkel ab. Irgendetwas störte ihn in seinem Schlaf. Es war ein Plastikschlauch, den er befingerte und langsam in Richtung Bettmitte zwischen seine Beine verfolgte. Jäh zuckte er zusammen, als er erkannte, dass sich der Schlauch in seinen Körper fortsetzte. Er schlug die Augen auf und wollte hochschnellen. Doch ein Stechen in seiner Brust hielt ihn augenblicklich zurück.

»Bleib ganz ruhig liegen, Paps. Es ist nichts Schlimmes passiert.« Katy stand an seinem Bett und strich ihm die Haare aus der Stirn.

»Was ist …?« Schemenhaft erinnerte Henno sich an die Situation in der Kiesgrube. Allerdings nur bis zu seinem Absturz. Danach gähnte ein großes schwarzes Loch.

»Wo bin ich und was ist das für ein furchtbarer Schlauch, der da unten aus mir rauskommt?«

»Du bist im Elisabeth-Krankenhaus. Hast richtig Glück gehabt, dass deine Studenten dich so schnell ausgraben konnten und gleich ein Rettungswagen mit einem Notarzt zur Stelle war. Er war wegen eines Fehlalarms zufällig ganz in der Nähe.«

»Und der Schlauch?«

»Das ist nur eine Vorsichtsmaßnahme. Das macht man doch immer so, wenn jemand bewusstlos ist. Dann wird vorsorglich ein Katheter gelegt.«

Ihr Vater richtete sich langsam auf und schielte auf den halbvollen Beutel an seinem Bett.

»Der muss aber so schnell wie möglich raus. Ich kann doch zur Toilette gehen.«

»Sicher, aber werd erst einmal richtig wach. Du hast nach der Spritze mindestens vier Stunden geschlafen.«

Henno blickte blinzelnd auf Katys Armbanduhr. »Es ist schon 22.00 Uhr?«, fragte er ungläubig. In diesem Moment betrat der Oberarzt das Zimmer.

»Herr Professor Allenstein! Werner ist mein Name.« Er reichte ihm die Hand.

Allenstein richtete sich ein wenig auf und ergriff die ausgestreckte Hand. »Henno.«

»Nein«, lachte der Mediziner, »Werner ist mein Nachname. Ich bin der Arzt, der Sie nach Ihrem Unfall hier im Krankenhaus untersucht hat. Sie haben noch einmal Glück gehabt.«

»Peinlich, dieser Unfall, und das vor meinen Studenten. Ich hoffe, es wird ihnen für immer eine Lehre sein. Bin ich verletzt?«

»Nichts Ernstes, Einengung des Brustraumes, leichte Quetschungen, leichte Schocksymptome. Wir werden Sie zur Kontrolle eine Nacht hierbehalten.«

»Aber bitte nicht mit diesem Abwasserrohr zwischen meinen Beinen. Der Katheter kann doch wohl weg, oder?«

»Sicherlich, ich sage der Schwester Bescheid.«

Henno blickte seine Tochter mit einem Anflug von Entsetzen an.

Katy konnte sich das Grinsen nicht verkneifen.

»Du weißt doch, wie bei einem Geologen der Katheter gezogen wird?«

Das Entsetzen wich einem fragenden Blick.

»Eher nicht.«

»Das geht ganz einfach. Die Schwester leert den Urin aus deinem Beutel aus, packt einen schweren Stein hinein und wirft das Ganze aus dem Fenster.«

Henno prustete los, fasste sich jedoch sofort an die Brust, weil ihn ein stechender Schmerz durchfuhr. Er ballte die Faust und stieß seiner Tochter leicht gegen die Hüfte.

»Musste das sein? Das tat jetzt richtig weh.«

»Sie sehen, Herr Allenstein, wir werden nachher noch Ihre Lunge röntgen müssen. Aber Schlimmes ist eigentlich nicht zu erwarten.«

Katy wartete, bis der Arzt das Zimmer verlassen hatte. Dann erzählte sie ihrem Vater, was ihr die Studenten berichtet hatten. Natürlich waren alle furchtbar aufgeregt gewesen. Zum Glück war ein von der Bundeswehr ausgebildeter Sanitäter bei der Studentengruppe, der die Ruhe behielt und dafür sorgte, dass der Professor ausgegraben wurde. Dann war auch schon der Notarzt da gewesen, hatte die notwendigen Untersuchungen durchgeführt und Entwarnung gegeben. Vorsorglich war er allerdings ins Krankenhaus transportiert worden, und dort schließlich hatte man gleich Katy informiert.

»Du hast mir einen ganz schönen Schrecken eingejagt«, sagte Katy jetzt zu ihrem Vater. »Nicht auszudenken, was passiert wäre, wenn du allein gewesen wärst. Du bist manchmal ganz schön leichtsinnig!«

Jetzt war Allenstein wieder zu Hause, lag auf der Couch und starrte an die Decke. Allein in einer Doppelhaushälfte in einem Kölner Vorort, allein und krank – na ja, zumindest noch nicht wieder so ganz gesund. Und es war Samstagnachmittag, die Zeit, in der er eigentlich am meisten erledigen konnte. Zum ersten Mal keimte in ihm der Verdacht auf, dass das Leben auch richtig schwierig werden könnte. Die Probleme, die er bisher gehabt hatte, waren zu meistern gewesen. Zwar hatte er auch schwierige Zeiten erlebt – die Trennung von Christa, Katys Mutter, oder der Unfalltod von Helga zum Beispiel –, aber er war zumindest immer körperlich gesund gewesen. Was wäre denn, wenn es ihn richtig hart treffen würde? Herzinfarkt, Schlaganfall, Krebs? Der Gedanke behagte ihm gar nicht, und er drehte sich rasch auf die Seite, um die Musik von der CD lauter zu stellen. Katy konnte ihn doch auf Dauer nicht pflegen, und das wollte er auch gar nicht. War es sinnvoll, jetzt schon über Vorsorgemaßnahmen nachzudenken?

Nein!, dachte er trotzig. Du siehst nur alles so düster, weil es dir noch nicht gut geht. Anfang fünfzig ist doch noch kein Alter! Da ist doch noch alles möglich!

Und er hatte ja schließlich auch noch einiges vor. In der Forschung sowieso, und irgendwann wollte er auch noch mal eine neue Beziehung wagen. Vielleicht früh genug, um sich vor dem Alter rechtzeitig aneinander zu gewöhnen …

Das Zuschlagen der Haustür riss ihn aus seinen Gedanken. Katy kam ins Wohnzimmer, mit glühenden Wangen und voll bepackt mit Taschen.

»Hallo, Paps. Ich habe was Schönes zum Essen eingekauft.« Eine kühle Frische wehte Hanno ins Gesicht, als sie sich über ihn beugte, um ihm einen Kuss auf die Wange zu drücken. »Es ist schlagartig kalt geworden. Ich glaube, der Winter kommt diesmal früh.«

Lächelnd schaute Henno seiner erwachsenen Tochter nach, als sie geschäftig in die Küche eilte, um ihre Einkäufe abzuladen. Es dauerte nicht lange, und die verlockenden Düfte, die durchs Haus zogen, vertrieben seine trübe Stimmung. Und als sie später gemeinsam aßen und noch einmal über die letzten Tage sprachen, ging es ihm beinahe schon wieder richtig gut.

| 3 |

Die letzte S-Bahn kam pünktlich. Es war 0.29 Uhr, mitten in der Nacht. Auf der von Insekten stark verschmutzten Bahnhofsuhr waren es sogar noch drei Minuten bis zur fahrplanmäßigen Ankunftszeit. Langsam löste sich ein unauffällig gekleideter Mann aus dem Zwickel zwischen Getränkeautomat und Reklametafel und musterte die einrollenden Waggons. Er trug eine Baskenmütze, die er tief über die rechte Hälfte seiner Stirn gezogen hatte. Sein linker Zeigefinger betastete unaufhörlich den Deckel der Pfefferspraydose, die er in seiner Manteltasche bereithielt. Die Bewegung erzeugte eine angenehme Reaktion in seinem Gehirn. Sie suggerierte ein gewisses Maß an Sicherheit, und das brauchte er im Moment, weil seine Konzentration anderen Dingen galt. Mit verstohlenen Blicken prüfte er die Anzahl der Mitfahrer, die neben Schichtarbeitern überwiegend aus alkoholisierten Spätheimkehrern bestand. Noch zwei Minuten bis zur Abfahrt. Nur vereinzelt kamen verspätete Fahrgäste die Bahnhofstreppe hinaufgerannt und sprangen direkt in den nächsten erreichbaren Waggon, gerade noch rechtzeitig, bevor sich die Türen mit einem penetranten Piepton schlossen. Im letzten Moment entschied er sich für den hinteren Teil des Zuges.

Flaschen, Papier und verdrecktes Plastikgeschirr auf dem Boden zeigten deutlich, dass der Personentransport in dieser Nacht dem Ende entgegenging. Aber das interessierte den Mann mit der Baskenmütze nicht. Noch während die Bahn anfuhr, stand er in der Mitte des Waggons und strich sich über seinen dunkelroten Vollbart, fast nachdenklich, als könne er sich nicht für einen der Plätze in dem leeren Zugabteil entscheiden. Erst als er sicher war, dass kein Zugbegleiter aus dem Nachbarabteil zu ihm wechselte, nahm er in der hintersten Reihe Platz. Acht Stationen waren es bis zu dem Park&Rail-Parkplatz, auf dem sein Lieferwagen stand, und wenn er Glück hatte, stieg so bald niemand mehr zu. Ohne weitere Zeit zu verlieren, zog er einen Gefrierbeutel und einen weichen Pinsel aus der Tasche, fegte mit zwei, drei Strichen die Ritzen zwischen den stoffbezogenen Sitzen entlang und bürstete den Inhalt in den Beutel. Anschließend wechselte er zur gegenüberliegenden Sitzreihe und wiederholte das Spiel. Bis zur nächsten Station hatte er sich um drei Sitzreihen nach vorn gearbeitet. Erst nach vier weiteren Stopps stieg ein Pärchen zu, das sich kichernd weit vor ihm in eine Reihe flegelte. Aber er hatte genug Material zusammen. Sorgfältig verschloss er die Tüte mit einem Draht und steckte sie in seine Jackentasche.

»Das ist jetzt die dritte«, murmelte er zufrieden. »Das sollte reichen.«

Die Mülltonnen wurden donnerstagabends an die Straße gerollt. In der einen Woche die gelben für wiederverwertbaren Kunststoffabfall, in der nächsten die schwarzen für Restmüll. Es waren große, fahrbare Container, für Geschäfte und Mehrfamilienhäuser.

In der Nacht gegen drei Uhr tauchte ein zerlumpt gekleideter Mann in der menschenleeren Straße auf. Zielgerichtet steuerte er auf die Mülltonne des Friseurladens zu, die an der Ecke zur Fußgängerzone stand. In dieser Woche war die schwarze Tonne dran. Hastig zog er ein kleines Päckchen aus der Manteltasche und faltete eine größere Plastiktüte auseinander. Sein Blick fiel nur kurz auf die bunte Zeichnung. Es war eine der typischen Darstellungen aus der Werbewelt Zentralafrikas. Eigentlich wollte er sie für einen anderen Zweck einsetzen, überlegte er, während er behutsam den Deckel des Müllcontainers zur Seite schob.

Vorsichtig blickte er sich nach allen Seiten um, bevor er den Inhalt des Containers musterte. Er hatte Glück, die Tonne war voll genug. Wenn er sich auf die Zehenspitzen stellte, erreichte er gerade noch die beiden hinteren Ecken, aus denen er zuerst mehrere Hände voll der unterschiedlichsten Haarbüschel in die Tüte schaufelte.

»Was kann man denn darin noch Brauchbares finden?«

Der Obdachlose erstarrte vor Schreck. Er hatte den Mann nicht aus dem Haus hinter sich kommen hören. Langsam drehte er sich um, mit jedem Zentimeter erhöhte sich die Vorspannung seiner Muskeln. Der Mann vor ihm war nur mit einem Mantel bekleidet, den er über seinen fülligen Körper geworfen und notdürftig zugeknöpft hatte. Darunter schauten seine nackten Beine hervor. Die Füße steckten in fußpilzfreundlichen Gartenlatschen aus dem Baumarkt.

»Der Hund!« Herzhaft gähnend deutete der Frager auf das ergraute Haustier an seiner Leine. »Lassen Sie sich nicht stören. Ich tu Ihnen nichts. Komm, Bennie, lass den Mann weitersuchen.« Er zog das Tier, das sich viel mehr für die organo-chemischen Botschaften am Müllcontainer interessierte, einige Schritte den Bürgersteig entlang. Als er sich noch einmal umdrehte, war der Obdachlose verschwunden.

Der Kellerraum war in der Winterzeit durch die Heizung im Nachbarraum ausreichend trocken. In den Sommermonaten jedoch kondensierte die Feuchtigkeit an den nicht isolierten Wänden und am Fußboden und schuf eine schimmelig muffige Atmosphäre. Alles hier drinnen hatte diesen Geruch angenommen.

Vor ihm auf dem ausrangierten Schreibtisch lagen drei Tüten mit dem Material aus den S-Bahnen und die Haare aus vier Mülltonnen von vier Friseurläden aus verschiedenen Großstädten. Friseurläden, die er gezielt in verschiedenen Regionen Deutschlands aufgesucht hatte. Das Zerschneiden der Haare kostete mehr Zeit, als er gedacht hatte. Sorgsam vermischte er die Schnipsel mit dem Inhalt der Beutel in einer kleinen Plastiktonne, nahm mit einem Holzlöffel eine kleine Probe heraus und betrachtete sie durch eine starke Lupe.

»Sehr gut. Das muss reichen.« Er stand auf und ging zu einem alten Schrank in der hintersten Ecke des Raums. Es war ein Relikt aus der Wohnungsauflösung seiner Tante. Als Kind hatte er heimlich in den Sachen gestöbert, die noch von seinem Onkel und seinem Großvater aus dem Krieg stammten.

Den Geruch des alten, feuchten Möbels nahm er schon lange nicht mehr wahr. Nur mit einem Ruck ließ sich die oberste Schublade herausziehen, und die schwarzen und weißen Filmdosen kullerten durcheinander. Er nahm gleich die ganze Schublade heraus, stellte sie auf den Schreibtisch und füllte zwei Löffel von dem Gemisch fremder Körperprodukte in jede Dose ein.

| 4 |

Der kleine Vorgarten, die Terrasse und der Garten von Allensteins Immobilie waren reichlich bestückt mit Gesteinen aus der ganzen Welt und allen möglichen Fundstücken aus seinen Arbeitsgebieten. Christa, seine geschiedene Frau, hatte dies nie zugelassen. »Die Terrasse ist kein Steinbruch«, hatte sie immer geschimpft, als sie in Köln noch im Haus ihrer Eltern wohnten, gleich nach der Hochzeit in viel zu jungen Jahren. Aber jetzt lebte er allein, und wenn seine Arbeitsgruppe zum Grillen kam oder größere Besuchermengen sich ankündigten, musste erst einmal Platz geschaffen werden.

Es war Montag, der letzte Tag im Oktober und vermutlich auch der letzte Tag des Jahres, an dem man zum Frühstück noch draußen sitzen konnte. Nach einem kurzen Kälteeinbruch war es am Sonntag noch einmal warm geworden, und laut Wetterbericht sollte das schöne Wetter mindestens zwei Tage lang anhalten. Allenstein hatte sich auf der Terrasse die einzige sonnige Ecke für sein Frühstück ausgesucht. Montags hatte er keine feste Veranstaltung, und wegen des Unfalls in der Kiesgrube hatte er die Auflage bekommen, sich zu schonen und sich etwas Zeit zu nehmen. Lediglich am späten Nachmittag war eine Fachgruppensitzung angesetzt, die ihn allerdings überhaupt nicht interessierte.

Während er seinen Kaffee trank, versuchte er die wichtigsten Schlagzeilen der großformatigen Zeitung zu überfliegen.

Bevor er zum Lokalteil kam, ließ er die Hände sinken, biss von seinem Brötchen ab und schaute über den Zeitungsrand. Noch ganz mit anderen Gedanken beschäftigt, verfolgte er, wie der Nachbarkater mit irgendetwas im Maul über die Terrasse huschte. Kam er nicht gerade aus seiner Küche?

»Halunke!«, rief er ihm wohlgesonnen hinterher und hob die Zeitung wieder, um sich dem Lokalteil zu widmen. Fast wäre ihm der Bissen im Hals stecken geblieben. Auf der ersten Seite war groß abgebildet, wie vier Studenten ihn aus dem Kieshaufen zogen. Die Schlagzeile lautete: »Zu viel Kies für den Prof!«

»Das darf doch nicht wahr sein!«, murmelte er verärgert und überflog hastig den Text. Leise Rachegefühle stiegen in ihm auf. Ob man wohl herausfinden konnte, wer dafür verantwortlich war? Der Kaffee schmeckte plötzlich bitter. Es war beinahe schon unheimlich, wie viel Pech er in letzter Zeit gehabt hatte, fand er. Das Leben entwickelte sich immer mehr zu einer gefährlichen Gratwanderung. Unwillkürlich fröstelte er.

Am Nachbarzaun raschelte es. »Gratuliere, lieber Kollege. Ich wusste gar nicht, dass man dich so leicht aus dem Dreck ziehen kann.« Gerhard Böhm, sein Nachbar und Institutskollege, hielt grinsend die Zeitung hoch.

Man hatte Allenstein gewarnt, nicht auch noch privat so dicht auf seinem Kollegen zu kleben. Brei brennt leicht an, wenn er zu dick wird. Aber das Haus war eine Gelegenheit gewesen, und bisher war eigentlich alles erträglich verlaufen. Jetzt allerdings verwünschte er die Nähe zu seinem Kollegen.

»Du musst doch ganz still sein, du mit deinen Abenteuern. Lass uns später darüber reden.«

»Ist denn alles wieder okay?«

»Ja, so weit schon. Allerdings habe ich reichlich Sand verteilt, im Notarztwagen und im Krankenhaus. Wir sehen uns.«

Hastig räumte er den Frühstückstisch ab und verschwand im Haus.

Ich muss hier raus, dachte er. Kurz entschlossen lief er in sein Arbeitszimmer, packte seine Geländesachen zusammen, suchte die geologische Karte vom Siebengebirge, das Blatt Königswinter, aus seiner Kartensammlung und holte einen Meißel und einen schweren Hammer aus dem Werkzeugkeller. Seit langem schon suchte er eine Gelegenheit, eine Probe von einem bestimmten Gesteinstyp aus den Vulkanresten des Siebengebirges zu nehmen. Möglicherweise war er in verschiedenen historischen Gebäuden verbaut, ohne dass man Kenntnisse über die Herkunft hatte. Die geochemische Zusammensetzung dieser Bausteine war zwar schon lange bekannt, aber es fehlte der Ort, wo sie abgebaut wurden. In den uralten Berichten jedoch, die er in den kleinen lokalen Museen im Süden von Bonn aufgestöbert hatte, war immer wieder von einer Stelle östlich des Drachenfels die Rede.

Jetzt war die Gelegenheit gekommen. Das Wetter war gut und bis zur Fachgruppensitzung hatte er genügend Zeit, die Stelle zu suchen und Proben zu nehmen, um sie in den nächsten Tagen analysieren zu lassen.

Er parkte in Rhöndorf am Rand eines Weinbergs, gleich nach der Abfahrt von der Schnellstraße, direkt am Fuß des Drachenfels. Dann machte er sich auf den Weg nach oben. Zwischendurch ging ihm bei den über einhundert Stufen, die steil hinaufführten, die Puste aus. Auf der Hälfte des Weges musste er stehen bleiben, weil er Seitenstechen bekam. Keuchend beugte er sich vornüber und stützte sich mit den Händen auf den Oberschenkeln ab. Er sollte wahrscheinlich besser den sanfteren Aufstieg wählen, dachte er und wandte sich zu dem Weg, der nach Osten durch einen Weinberg und dann über die Forstwege in Richtung Wolkenburg verlief.

Zwei Stunden lang suchte er das Gelände nach Hinweisen auf die alten Steinbruchtätigkeiten ab. Beim Anblick eines frisch geschobenen Forstwegs hätte er beinahe laut aufgejubelt. Unter einer freigelegten Schuttdecke, die verdächtig nach Abraum aus einem Steinbruch aussah, stand unverwittertes vulkanisches Gestein an, das ihm sehr vertraut vorkam.

Eine halbe Stunde lang hämmerte Allenstein auf den Meißel ein, bis er sich schließlich mit einem großen Stück Gestein zufriedengab. Zum Mitnehmen war es eigentlich zu schwer. Um weiter bergauf steigen zu können, hätte er mindestens die Hälfte liegen lassen müssen. Aber sein Auto stand ja nur 200 Meter tiefer. Also wickelte er seinen Fund in Zeitungspapier ein, das er mitgebracht hatte, beschriftete einen Zettel mit den Daten der Fundstelle und verstaute alles in einer Probentüte, die gerade noch Platz im Rucksack fand.

Die Sonne hatte bis zum Nachmittag durchgehalten. Sie verbreitete eine spätherbstliche Stimmung, die den drohenden, nasskalten November in weite Ferne zu rücken schien. Allenstein blickte auf die Uhr und blinzelte gegen die tiefstehenden Strahlen zur Kuppe des Drachenfels. Kurz entschlossen änderte er die Richtung und steuerte auf den Gipfel zu. Für dieses Jahr war das sicher die letzte Gelegenheit. Nach den ersten Höhenmetern jedoch zögerte er. Mit diesem Gepäck würde er nicht weit kommen. Der Stein war zu schwer. Rasch blickte er sich um, um sich zu vergewissern, dass er alleine auf dem Weg war, dann stieg er zügig die Böschung an einer kleinen Steilkante hinunter und versteckte den eingetüteten Klotz unter einem Laubhaufen. Er prägte sich die Stelle ein und marschierte erleichtert dem Gipfel entgegen.

Zahlreiche Touristen hatten anscheinend die gleiche Idee gehabt wie er, aber sie störten ihn nicht. Der Ausblick von oben war grandios. Allenstein wartete, bis der glatte Fels an der Mauer direkt an der Steilkante zum Rhein frei wurde, dann setzte er sich auf den vorgewärmten Platz, legte den Kopf zurück an die

Mauer und schloss die Augen, um die letzten wärmenden Sonnenstrahlen des Jahres zu genießen. Er dachte an Helga. Beinahe wäre er eingenickt.

»Sieh mal, das ist doch der Prof aus der Zeitung!« Die spöttische Stimme einer jungen Frau, die ihren Freund rief, schreckte ihn auf. Allenstein sprang auf und flüchtete. Das hatte ihm gerade noch gefehlt! War er jetzt schon so eine Art Lokalberühmtheit geworden oder was?

Ein wenig missmutig, weil seine Erholungspause auf der Ruine so jäh zu Ende gegangen war, stapfte er zu seinem Versteck unterhalb des Forstwegs zurück. Er hatte sich die Stelle gut eingeprägt und war nur noch einen Schritt weit davon entfernt, als es passierte. Er rutschte auf hangabwärts gerichteten Stöcken unter dem Laub aus. Das rechte Bein flog nach oben, die Luft blieb ihm weg, und dann durchschoss ihn ein stechender Schmerz, als er hart auf dem Steiß aufprallte. Einen Augenblick lang bildete er sich ein, den Knochen knacken zu hören. Sein Fuß stieß an die Tüte unter dem Laub, die sich umgehend in Bewegung setzte und erst etliche Meter tiefer an einem Baum, direkt an der Felswand, zum Stillstand kam.

Fluchend und mit schmerzverzerrtem Gesicht rutschte Allenstein hinterher. Endlich hatte er die wertvolle Gesteinsprobe erreicht und packte sie wütend in seinen Rucksack. Es war noch nicht allzu lange her, seit er an dieser Stelle des Drachenfels gestanden hatte. Allerdings war er da von unten an der Felswand entlang nach oben gestiegen. Prüfend musterte er die Gesteinswand, in der zahlreiche, mehrere Zentimeter große weißliche Minerale zu erkennen waren, ganz typisch für den Drachenfels-Trachyt. Wie Autos auf einem Parkplatz waren sie eingeregelt, was durch die Fließbewegung des Magmas zu erklären war. Sein Blick fiel auf eine etwa kopfgroße Stelle etwas weiter oberhalb. Merkwürdig, dachte er. Wieso ist mir das denn nicht beim letzten Mal aufgefallen? Die Fläche hob sich deutlich von dem umgebenden Gestein ab. Vielleicht ein fremdes Gestein aus der tieferen Erdkruste, das vom Magma mitgebracht worden war? Oder war das eine der Stellen, an denen die Kernbohrungen angesetzt hatten?

Von hier unten konnte er das nicht erkennen. Allenstein blickte auf die Uhr. Und einen Helm habe ich auch nicht dabei, dachte er. Ein Stechen in der Brust rief ihm die letzte Aktion in Erinnerung.

Beim nächsten Mal, beschloss er und bahnte sich einen Weg durch das Gestrüpp aus Dornensträuchern und Ilex, ein Horror für kartierende Geologen. Als er sich langsam durch die stechende Blattmasse schob, gab es auf einmal ein lautes Plopp. Er war mit dem rechten Fuß auf eine verschlossene Plastikflasche getreten. Neugierig bückte sich Allenstein und zog eine Kunststoffflasche mit dem typischen Aufkleber für chemische Substanzen unter dem Laub hervor.

»Salzsäure – Achtung ätzend!«, las er laut. Merkwürdig, dachte er, wie kommt das denn hierhin? Der Deckel war durch den Druck abgegangen und hatte das Geräusch verursacht. Es war noch ein wenig Restflüssigkeit in der Flasche. Die lasse ich besser hier, überlegte Allenstein und versteckte sie wieder im Laub.

| 5 |

Das Haus des Priesters der kleinen Gemeinde lag fast im Ortszentrum, an der Straße, die zum Friedhof führte. Die Abendmesse begann pünktlich um 18.00 Uhr. Eine Stunde hatte er jetzt mindestens Zeit.

Der gezackte Metallstift passte genau in den Schließzylinder. Fünf, sechs vibrierende Bewegungen und der zweite Metallstab traf nicht mehr auf Widerstand. Problemlos ließ sich der Zylinder einmal um die eigene Achse drehen.

Der Geruch im Flur erinnerte den Eindringling an seine Kindheit, eine Mischung aus Teppichmief, Kölnisch Wasser und altem Kaffeegeruch. Eine Zehntelsekunde lang staunte er darüber, wie lange ein Gehirn die Erinnerung an Gerüche speichern kann. Dann jedoch setzte er, ohne weitere Zeit zu verlieren, eine OP-Haube auf, streifte Plastikschuhe über und zog sich Latexhandschuhe über die Hände. Im Haus war es ruhig und dunkel. Mit Hilfe einer schwachen LED-Lampe versuchte er sich zu orientieren. Im Flur hing, vermutlich über der Wohnzimmertür, ein antik aussehendes Kreuz. Nach links führte eine Tür zur Gästetoilette, dahinter lag der Eingang zur Küche. Gleich vorn neben der Haustür begann die Treppe zum nächsten Geschoss.

Das Haus lag an einem kleinen Bergrücken und war versetzt an die Morphologie des Hanges angepasst worden. Die Treppe zum Halbgeschoss war mit einem roten, sehr weichen Teppichläufer belegt. Er schluckte jeden Schritt, selbst das Knistern der Plastikschuhe. Von einem kleinen Zwischenflur ging es weiter aufwärts in verschiedene Zimmer. Zur Seite, fast in den Hang gebaut, lag das Badezimmer mit dem typischen Charme der sechziger Jahre.

Es roch nach feuchten Schimmelresten aus den alten Kachelfugen. Vorsichtig zog er den Riemen mit der Stirnlampe über die OP-Haube und sah sich im Bad um. Hinter dem halb geöffneten Duschvorhang hing der Duschschlauch schlapp in einer ausgeleierten Halterung, am Ende ein kalkverkrusteter Duschkopf.

Einen Augenblick dachte er an »Psycho«, den Thriller von Hitchcock, und unwillkürlich überlief ihn ein Schauer. Nein, das wäre nicht seine Sache.

Der Schlauch saß fest. Aber er hatte zum Glück noch rechtzeitig an eine Rohrzange gedacht. Nach wenigen Umdrehungen war der Schlauch gelöst. Schnell legte er die mitgebrachten Papiertücher in die Duschwanne, die ersten Tropfen hatten schon seine Füße bespritzt. Aus einem flachen Karton in der Manteltasche zog er eine 20-Milliliter-Spritze, auf deren Spitze ein kleiner Schlauch befestigt war. Etwas umständlich dirigierte er den Schlauch in den dickeren der Duscharmatur und drückte den Inhalt der Spritze vollständig aus. Es passte alles in das durchhängende Schlauchstück. Gerade als er die Überwurfmutter an der Mischbatterie wieder befestigte, hörte er ein Geräusch an der Haustür. Jemand versuchte, mit einem Schlüssel das offene Schloss zu öffnen. Sekunden später fiel die Tür zu, und jemand ging summend in die Küche. Von der Tonlage her musste es ein Mann sein. Die Duschwanne war an einigen Stellen noch feucht. Hastig wischte er sie mit den Papiertüchern trocken, wobei er sich hektisch umblickte.

Das Fenster zum Hang war gekippt. Er musste es als Notausgang nehmen. Mit drei Schritten war er dort und stemmte sich gegen den Holm mit dem Fenstergriff. Verflucht, wann war es zuletzt bewegt worden? Nur mit großem Kraftaufwand überbrückte er einen plötzlich auftretenden Widerstand, der ruckartig nachgab. Dass dabei das Fenster an den Rahmen schlug, konnte er nicht mehr verhindern. Aus dem Fensteranschlag schoss ihm eine schleimige Flüssigkeit entgegen, der er nicht mehr ausweichen konnte. Hose, Jacke, Kacheln und sogar der Toilettendeckel waren bespritzt. Entsetzt starrte er auf das Sekret, dessen Farbe er bei dem schwachen Licht nicht erkennen konnte. Voller Panik riss er einen Meter Toilettenpapier von der Rolle und säuberte halbwegs den Deckel. Gleichzeitig horchte er nach unten. Die Geräusche waren verstummt.

Aber wenn jetzt jemand käme, würde er es nicht hören, schoss ihm durch den Kopf. Der Teppich würde Schritte verschlucken. Instinktiv steckte er das benutzte Papier in die Jackentasche, sprang in die Duschwanne und zog den Vorhang noch ein Stück vor. Er hatte gerade seine Kopflampe ausgeschaltet, als das Licht anging.

Dem kurzen Brummton nach zu urteilen, war es eindeutig ein Mann, der das Badezimmer betrat. Er nahm die Zange aus der Tasche und hielt sie griffbereit. Einen Moment lang passierte gar nichts. Dann zwei Schritte, das Fenster wurde in Kippstellung gebracht, wieder Stille und dann ein Geräusch, als ob ein Kamm durch sehr dichtes Kopfhaar gezogen würde. Hatte der Priester nicht eher eine fortgeschrittene Glatze? Wenige Sekunden später fiel die Tür ins Schloss, und es wurde wieder dunkel. Langsam senkte er den Arm mit der Rohrzange.

Der zweite Versuch, das Fenster zu öffnen, verlief geräuschlos, aber der Ausblick war ernüchternd. Ein Gitter über dem Lichtschacht war fachmännisch gesichert, der Fluchtweg versperrt. Die Schlösser hätte er noch knacken können, aber was ausweglos schien, waren die schweren Blumenkübel auf dem Gitter. Sein Blick fiel auf den Fensterrahmen. Von dort hatte es gespritzt. Er leuchtete einen grünschwarzen Klumpen an, der vorne an den Rahmen gepresst war und mit dem anderen Ende in der Luft hing. Das Ende hatte zwei Beine, die alle zwei Sekunden wie auf Kommando zuckten.

Die Reste der Kröte mussten entfernt werden, sonst würde man viel zu schnell auf einen Einbruch schließen. Dummerweise hatte er nur ein einziges Paar Latexhandschuhe mit, was er jetzt schon bereute. Ein Spritzer des Sekrets auf den Handschuhen, und er würde das ganze Haus kontaminieren. Kurz entschlossen zog er sich einen Handschuh aus, um die Kröte mit Papier aufzunehmen. Als er zufasste, glitschte der noch ansehnliche Teil des Tieres aus seiner Hand und plumpste direkt in den Wasserablauf des Lichtschachtes. Nervös versetzte er das Fenster wieder in seinen Ausgangszustand, leuchtete den Rahmen auf weitere Spritzer ab und verließ das Bad. In der Küche rauschte Wasser.

Die Plastiküberzieher schienen jetzt lauter zu rascheln als vorhin, als er über die Treppe hinunter zur Haustür schlich. Er hörte noch, wie eine Schranktür ging und Gegenstände abgestellt wurden, als er die Haustür geräuschlos öffnete. Im Freien blieb er erst einmal stehen und musste tief durchatmen, bevor er die Überzieher abstreifte und leise davonschlich.

| 6 |

Der November zeigte sich von seiner klassischen Seite, mit einem Sturmtief nach dem anderen. Nach dem warmen Oktober wurde jeder wieder in die brutale Wirklichkeit der Jahreszeiten zurückgeholt.

Gut, dass wir diesmal im Oktober auf Exkursion waren, dachte Allenstein. Er stand am Fenster seines Büros und schaute gedankenverloren auf die Regenschauer, die zwischen den Universitätsgebäuden hindurch auf die hastenden Studenten peitschten. Unbewusst fasste er sich an die linke Brust. Die peinliche Situation in der Kiesgrube verursachte ihm von Zeit zu Zeit immer noch ein klammes Gefühl. Sicher, nach außen hin hatte er die Sache locker überspielt. Aber diese Nacht war er schon zum dritten Mal panisch aus einem Alptraum aufgewacht. Es war immer der gleiche Traum. Er rutschte in ein Loch, wurde verschüttet und drohte zu ersticken. Und gleichzeitig vermengten sich damit die Bilder von Helga, wie sie unter ihm am Seil hing, erschlagen von einem Stein, der so groß war, dass kein Helm sie schützen konnte.

»Ich habe gerade ein Paket für Sie angenommen.« Anja, seine neue Assistentin, riss ihn aus seinen Gedanken. Sie kam in den Arbeitsraum und überreichte ihm ein Paket in der Größe eines Schuhkartons. Es war ungewöhnlich schwer.

»Danke. Ist Frau Hörnig denn nicht da?«

»Wird wohl in der Verwaltung sein«, erwiderte Anja vage und wollte wieder verschwinden.

»Moment noch.« Allenstein war froh, auf andere Gedanken zu kommen. »Kam das mit der Post oder durch Boten? Hier ist gar kein Absender zu finden.«

»Keine Ahnung. Es ist in der Mineralogie abgegeben worden. Bin gleich zurück.«

Im Karton lag ein mehrfach mit Packpapier umwickeltes Objekt, das schwer war wie ein Stein.

Bestimmt die Probe aus dem Westerwald, dachte Allenstein. Auf einer der letzten Exkursionen hatte er einen Studenten gebeten, ihm einen größeren Brocken mitzunehmen.

Als er das Papier abwickelte, stand Anja wieder in der Tür.

»Ich brauche den Schlüssel für den Giftschrank im Labor, ich will noch einen Versuch ansetzen.«

»Hängt im Kasten.«

»Und, was ist es Gewichtiges?« Anja schaute neugierig beim Abwickeln zu. Auf das letzte Stück Packpapier folgte ein Fetzen eines lilafarbenen weichen Tuches, als sollte der Stein noch einmal besonders geschützt werden. Ein Brief oder ein Zettel war nicht dabei.

Allenstein nahm den schwarzen, bearbeiteten Stein heraus und hielt ihn seiner Assistentin hin. »Hier, erkennen Sie, worum es sich handelt?«

»Basalt, vermute ich.«

»Richtig vermutet, zu erkennen am Olivin als typisches Mineral, außerdem sieht man zahlreiche Poren.«

»Das waren Gase, die darin enthalten waren, als die Schmelze fest wurde.«

»Genau, aber das Ganze ist Teil eines Werkstücks, was man unschwer an der gesägten Kante und an den Resten einer Figur erkennen kann.«

Allenstein rückte dichter an Anja heran und deutete auf die betreffenden Stellen. Als sie sich über das Werkstück beugte, war ihr Kopf so nahe, dass er sich nicht beherrschen konnte und vorsichtig an ihrer Haarfülle schnupperte.

Die Haare rochen frisch, ein bisschen nach Zitrone, aber auch nach Mandeln. Unwillkürlich musste er wieder an Helga denken.

Anja betrachtete den Stein eingehend und meinte dann: »Sieht aus wie zwei untere Beinhälften, die übereinander liegen. Wo kommt so etwas her?«

»Es könnte von einem Wegkreuz oder etwas Ähnlichem stammen. Vermutlich erhalte ich heute noch einen Anruf oder eine Mail von jemandem, der wissen möchte, wo der Steinbruch dazu liegen könnte. Ein Brief oder so ist ja nicht dabei.«

Mit einem letzten Blick auf den Stein schnappte Anja sich den Schlüssel und verließ den Raum. Allenstein schaute ihr hinterher, bis sie um die Ecke verschwunden war. Noch immer hing ihm der Duft ihrer Haare in der Nase. Obwohl sie natürlich viel jünger war, hatte sie viel von Helga, seiner letzten Lebensgefährtin.

Verrückt, dass man als Mann so stark auf ein paar Reize programmiert ist, dachte er und verzog verärgert das Gesicht. Manchmal entscheiden wirklich Millimeter an der richtigen Stelle, ob der Daumen nach oben oder nach unten geht.

Aber gleichzeitig hatte diese Programmierung natürlich auch angenehme Folgen. Evolutiv macht es Sinn, redete er sich ein. Eigentlich jedoch war sein Verhältnis zu ihr schon viel zu vertraulich. Er erinnerte sich an letzte Woche, als er sie beinahe völlig gedankenverloren in den Arm genommen hatte, so wie früher Helga. Das wäre in der Arbeitsgruppe sicher nicht gut angekommen.

Anja war eine von vierundzwanzig Bewerbern, die sich auf die Stellenausschreibung gemeldet hatten. Zwei Drittel waren männlich, aber wenn die Herren nicht überragende Fachkenntnisse und international anerkannte Veröffentlichungen vorlegen konnten, fielen sie gleich unten durch. Die Gleichstellungsbeauftragte der Universität machte inzwischen Druck. Es sollten bevorzugt Frauen eingestellt werden. Allenstein hatte keine Probleme damit. Im Gegenteil, die Hochschulen waren so, wie sie waren, weil es seiner Überzeugung nach immer noch zu wenige Frauen in dieser Laufbahn gab. Ein gesundes Geschlechterverhältnis konnte nur hilfreich sein. Jetzt jedoch hatte er eine besondere Situation, weil er mit einigen Projekten zeitlich im Verzug war. Deshalb hoffte er insgeheim darauf, dass sich genügend qualifizierte Frauen bewerben würden. Das ersparte einen gewaltigen Verwaltungsaufwand. Wenn sich nämlich keine geeignete Bewerberin finden würde, wäre eine Neuausschreibung fällig, mit einem mehrwöchigen Zeitverzug, erneuten Bewerbungsgesprächen und so weiter. Und wenn es ganz schlimm kam und sich auch beim zweiten Durchgang keine geeignete Frau bewarb, musste doch auf einen männlichen Bewerber zurückgegriffen werden. Allerdings konnte man dann sicher sein, dass der Beste aus der ersten Runde bereits woanders eine Stellenzusage hatte. Das war ein Grund, warum diese Regelung bei seinen Kollegen und selbst bei den Kolleginnen sehr unbeliebt war. Aber Allenstein hatte Glück. Die beste Bewerbung kam von Anja Gutte. Er sah sie, und sie siegte. Vielleicht lag es ja auch daran, dass sie ihm gefiel und er sich noch Chancen ausrechnete. Wenn er ehrlich war, sogar gleich im ersten Moment. Als Professor hatte er es bei Frauen insgesamt recht leicht, nicht nur des Titels wegen. Es lag wohl an seiner Art, am selbstsicheren Auftreten und, so meinte er, auch am Aussehen. Selbst bei einigen Studentinnen testete er seinen Marktwert, allerdings meist ohne tiefere Absichten, einfach nur, um zu sehen, ob er noch dazugehörte. Er hatte gerade die Fünfzig überschritten, wirkte aber deutlich jünger, war groß und durchtrainiert und wusste, mit welcher Art von Charme er bei welcher Dame ankam.

Seiner Ehe hatte dieses Verhalten nicht gut getan, und sie war schon frühzeitig auf eine Katastrophe hinausgelaufen. Vielleicht lag es ja daran, dass er nach der Promotion auf eine Assistentenstelle nach Aachen wechselte und sich dort auch eine kleine Wohnung nahm, während seine Frau mit Katy weiter im Haus der Schwiegereltern wohnte. Sie hatte seine meist harmlosen Flirts nicht richtig einordnen können, und schließlich hatten sie sich getrennt. Das Schönste und Wichtigste an ihrer Ehe war für ihn, dass daraus Katy, seine Tochter, hervorgegangen war. Er hing sehr an ihr, zumal sie unbeirrt immer zu ihm gehalten hatte. Aber die ewigen Streitereien und erbitterten Auseinandersetzungen zwischen ihm und ihrer Mutter hatten für alle Beteiligten gewaltigen Stress bedeutet, und da er wusste, dass er nicht ganz unschuldig daran gewesen war, überfielen ihn in stillen Stunden manchmal Schuldgefühle, wenn er daran dachte, was er seinem Kind alles zugemutet hatte.

Nach der Scheidung war er nur kurze Zeit allein gewesen, und dann hatte er Helga kennengelernt. Mit ihr war alles ganz anders gewesen. Vom ersten Tag an hatte sich eine tiefe Freundschaft zwischen ihnen entwickelt, die er für unzerstörbar hielt. Sie gab seinem Leben wieder Struktur und Halt, und er malte sich ihre gemeinsame Zukunft in den schönsten Farben aus. Aber dann war sie bei einem Kletterausflug auf tragische Weise ums Leben gekommen. Nach ihrem Tod fiel er in ein unendlich tiefes Loch, aus dem er letztlich nur mit Katys Hilfe wieder herausgefunden hatte.

Drei Jahre waren mittlerweile vergangen, drei Jahre, in denen er nicht den Mut zu einer festen Beziehung gehabt hatte. Es hatte lediglich ein paar flüchtige Affären gegeben, und so langsam wurde er unruhig.

Er gab sich einen Ruck und ging entschlossen in das Labor mit dem Giftschrank. Anja hievte gerade einen großen Glaskolben auf einen Chemikalienschrank. Es sah ein wenig gefährlich aus, wie sie sich mit dem Glas in die Höhe reckte.

»Warten Sie, ich helfe Ihnen.« Allenstein spurtete zu ihr und griff nach dem Glaskolben. Sein rechter Ellbogen streifte ganz langsam ihre Brust, ein Augenblick, der sämtliche verfügbaren Sexualhormone in seinem Körper in Bewegung setzte. Er hätte den Arm nach dem Abstellen des Kolbens auch in einem anderen Winkel herunternehmen können, aber es ging nicht. Wie im Zwang musste er die Berührung noch einmal spüren.

»Vielen Dank, das nächste Mal nehme ich die Leiter.« Anjas Gesicht war leicht gerötet. Während Allenstein noch überlegte, ob es von der Anstrengung kam oder ob er sich falsch benommen hatte, kam seine Sekretärin, Frau Hörnig, ins Labor.

Sie war eine erfahrene Frau in den besten Jahren und durchschaute die Situation mit messerscharfem Blick.

»Herr Allenstein, Telefon, es geht um ein Paket.«

»Das ist sicher der Absender des Basalts«, sagte Allenstein ein wenig verunsichert zu Anja und eilte in sein Büro.

Es schien Sturm in der Leitung zu herrschen. Allenstein nannte seinen Namen mehrmals, ohne dass eine Reaktion aus dem rauschenden Hörer kam. Gerade als er irritiert auflegen wollte, krächzte ihm eine Männerstimme ins Ohr: »Hören Sie: Wenn der Stein des Drachen fällt …«

Es knackte in der Leitung, bevor Allenstein etwas erwidern konnte.

»Schon wieder so ein Spinner.« Er legte auf, setzte sich an den Schreibtisch und schloss die Augen. Das Telefonat hatte ihn nur wenig abgelenkt. Ganz langsam holte er sich das Gefühl zurück, das Gefühl von Anjas Brust an seinem Arm.

Nein, natürlich würde er jetzt nicht zurück ins Labor rennen, um sie in die Arme zu nehmen, ohne sich darum zu scheren, was die Hörnigs dieser Welt darüber zu tratschen hatten. Und schon gar nicht würde er sie in sein Zimmer zerren und abschließen, um seinen Trieben freien Lauf zu lassen.

Aber alles Einreden half nichts. Wie ferngesteuert stand er auf und machte die ersten Schritte zur Tür. Bevor er sie jedoch öffnen konnte, klopfte es.

Seine Sekretärin stand direkt vor ihm.

»Anja hat sich heute früher verabschiedet. Sie muss noch ihren Freund vom Bahnhof abholen.«

Allensteins Hochstimmung verflüchtigte sich wie die Kölschkrone in einem gefetteten Bierglas. Aus seinem Mund drangen nur noch Satzfragmente und sinnloses Gestammel. Die Hörnig setzte ihr maximal penetrantes Grinsen auf.

»Hat Sie der Anrufer so verwirrt?«, fragte sie betont. »Das scheint ja ein merkwürdiger Kauz gewesen zu sein.« Sie wartete die Antwort gar nicht erst ab und verschwand im Sekretariat.

Am nächsten Tag beschloss Allenstein, zu Hause zu bleiben. Zwei Diplomarbeiten, ein Gutachten für eine auswärtige Doktorarbeit und ein Forschungsantrag warteten auf ihn. Alles Dinge, für die er Ruhe brauchte. Der eigentliche Grund jedoch war das dumpfe Gefühl, sich gestern ein wenig lächerlich gemacht zu haben. Außerdem quälte ihn der Anflug eines grippalen Infekts. Seit Tagen schon machte der November seinem Ruf alle Ehre, mit Kälte, Nebel und Nässe. Allenstein fröstelte permanent, und dann hatte sich am Morgen auch noch etwas in seinem rechten Ohr festgesetzt. Seitdem nervte ihn ein penetrantes Pfeifen.

Bereits als er die erste Arbeit durchblätterte, hatte er genug. Er sprang auf, massierte seinen Nacken und drehte den Kopf mehrfach in beide Richtungen. Schließlich schlug er mit der flachen Hand auf die Ohrmuschel. Es half nichts. Im Gegenteil, ein zweiter Ton, höher als der erste, gesellte sich im Hintergrund dazu.

Eigentlich kannte er diese Art von Tinnitus. Immer mit einer beginnenden Erkältung stellte er sich ein, dauerte aber nur kurz. Meistens war es mit einem kräftigen Schlucken getan. Bei hartnäckigen Tönen hatte er einen Trick herausgefunden. Er konzentrierte sich auf die Frequenz des Tones und versuchte, die Lautstärke von innen heraus zu verstärken. Das funktionierte so gut, dass der Ton immer lauter und fast schmerzhaft wurde. Bis zu einem bestimmten Punkt. Dann starb er plötzlich weg.

Doch diesmal half auch diese Methode nicht. Nach einer halben Stunde erfolglosen Arbeitens reichte es ihm. Kurzerhand lud er sich ein Programm zur Erzeugung von Tönen aus dem Internet herunter und drehte so lange an den Frequenzen, bis er seinen Ton exakt gefunden hatte.

Immerhin, dachte er, ein C. Wenig später hatte er den zweiten, etwas höheren Ton. Ein Es. Merkwürdig.

»Na, nicht schlecht«, murmelte er vor sich hin, »ich habe eine Terz im Ohr.«

Das Programm gefiel ihm. Fast zehn Minuten lang spielte er die angebotenen Möglichkeiten durch und bemerkte bei den vielen Pfeiftönen gar nicht, wie sich seine Ohrgeräusche langsam verflüchtigten.

| 7 |

Das große, mehrstöckige Geschäfts- und Fabrikationshaus in München war mehrfach gesichert. Bereits einige Tage zuvor hatte sich der vollbärtige Mann, der Knickerbocker und Baskenmütze als auffälligste Kleidungsstücke trug, über die Verhältnisse im Inneren einen Eindruck verschafft. Die Alarmanlage war zu kompliziert. Deshalb hatte er sich für einen anderen Weg entschieden. Jetzt, nachts um halb vier, war die günstigste Zeit zwischen den Kontrollrunden der Wachleute. Bereits einige Nächte lang hatte er aus seinem Lieferwagen heraus das Gebäude beobachtet.

Am vorangegangenen Abend war es so weit gewesen. Den Behälter mit Brandbeschleuniger konnte er problemlos in die Stoffabteilung schmuggeln und an einer geeigneten Stelle verstecken. Es gab allerdings ein unkalkulierbares Risiko. Würde die Leistung des Senders ausreichen, um die Abschirmung der dicken Gebäudemauern zu durchdringen? Seine Hände waren eiskalt, obwohl er in Schweiß gebadet war. Es musste Angstschweiß sein, weil er seinen eigenen, strengen Achselgeruch riechen konnte. Vorsichtig zog er an der Verpackung, die er unter dem Beifahrersitz ertastete. In ihr steckte der Sender. Plötzlich, ohne Vorwarnung, fing sein Körper an zu zittern, so als hätte er Schüttelfrost, genau wie damals. Ruckartig warf er den Sender auf den Sitz neben sich, krampfte beide Hände um das Lenkrad und unterdrückte einen Schrei. Mit dem Kopf schlug er heftig gegen das Lenkrad, immer wieder, immer wieder, bis er einen dumpfen Schmerz spürte und die Spannung langsam nachließ. Blind umfasste er den kleinen Kasten, hielt ihn zwischen den Beinen fest und betastete den kleinen Knopf. In diesem Moment tauchte ein Radfahrer auf, der ohne Beleuchtung aus einer Seitengasse in die Straße einbog. Er blickte sich einmal kurz um und verschwand dann in der Straße, die links an dem Gebäude vorbeiführte.

Der nächtliche Beobachter richtete sich langsam wieder auf. Mehrere Minuten lang verharrte er bewegungslos und entschloss sich schließlich, die Situation um das Gebäude neu einzuschätzen. Vorsichtig wand er sich aus dem Fahrzeug heraus, ohne die Tür vollständig zu öffnen, so als würde ein Bus an ihm vorbeifahren. Er war so konzentriert, dass er nicht merkte, wie ein altes, zusammengeknülltes Kaugummipapier unter den Wagen kullerte, als er die Tür schloss. Es war unbemerkt in der Hosentasche an den Rand gewandert. Fast katzenhaft schlich er sich direkt an der Häuserzeile entlang, etwa vierzig Meter, blieb an einem Wartehäuschen stehen und beobachtete kurz das gegenüberliegende Gebäude. Es schien alles ruhig zu sein.

Als er wieder in seinem Lieferwagen saß, atmete er bis an die Aufnahmegrenze ein und hielt die Luft an. Sechs Sekunden. Noch während der letzten Sekunde presste er den Handballen mit Schwung auf den kleinen Knopf und atmete zischend aus. Ein Blitz zuckte hinter den Fenstern im mittleren Stockwerk auf. Gleich darauf flackerte ein heller Schein hinter den kostbaren Gardinen. Schlagartig setzte das Geheul der Alarmanlagen ein.

| 8 |

»Sie können auf der Erdoberfläche nichts dauerhaft lagern. Dauerhaft, damit meine ich natürlich in geologischen Zeiträumen. Alles, aber wirklich alles unterliegt der Verwitterung, ist irgendwann aufgelöst, zerbröselt und ins Meer gespült. Sie müssten sich schon etwas einfallen lassen, wenn Sie Ihren Nachfahren in mehreren Millionen Jahren etwas von sich mitteilen wollen, das erhalten bleibt.«

Leises Getuschel ging durch die Reihen der Studenten.

»Aber so weit wollen wir gar nicht gehen. Denken Sie an die heutige Datenspeicherung. Wer von Ihnen kennt zum Beispiel noch Floppy Disks in 5¼-Zoll-Größe?«

Drei Arme hoben sich langsam.

»Sehen Sie, ein ehemals hochmodernes Speichermedium ist fast vergessen. Versuchen Sie einmal heute noch einen Rechner zu finden, auf dem diese Dinger gelesen werden können. Anders sieht es mit den CDs auch nicht aus. In hundert Jahren sind sie entweder zerfallen, oder es gibt keine Geräte mehr, die sie lesen können.«

»Papier hält auch nicht ewig«, kam es aus der zweiten Reihe.

»Nein, ewig nicht, aber stellen Sie sich einmal vor, die alten Ägypter hätten ihre Daten auf CD geschrieben. Dann wüssten wir gar nichts mehr von ihnen. Nein, Papier ist nicht schlecht, es sei denn, man verwendet welches, das durch Reaktionen mit Luft und Feuchtigkeit Säuren entwickelt. Also erneut die Frage: Was hat bisher am besten die Zeiten überdauert?«

»Keilschrift, in Stein gehauen!«

»Genau! Wobei wir gleich beim Thema sind, nämlich der Verwitterungsanfälligkeit von Werksteinen. Aber zuvor noch eine Frage an Sie. Wer von Ihnen hat den Wunsch, persönliche Daten aufzeichnen zu lassen, die auch nach vielen Millionen Jahren noch gelesen werden können, vorausgesetzt, die dann lebende intelligente Spezies kann aus den mitgelieferten Übersetzungsschlüsseln den Text entziffern?«

In der Studentenmasse regte sich nichts.

»Ich kann Ihnen auch gleichzeitig anbieten, dass die Daten an einer Stelle untergebracht werden, die in dem gewünschten Zeitabschnitt an der Erdoberfläche zugänglich ist.«

»Wenn das ginge, warum nicht«, murmelte es aus der Gruppe, und mehr als die Hälfte meldete sich.

»Ist doch eine spannende Überlegung. Würden Sie dafür auch mehrere tausend Euro bezahlen?«

Sofort gingen die Hände wieder nach unten.

»So viel müssten Sie aber schon anlegen. Aber das führt jetzt zu weit. Wir können ja irgendwann in einem kleineren Kreis noch einmal darüber sprechen.«

Allenstein lächelte seine Studenten an.

»So, jetzt aber zum Thema. Schauen wir uns heutige Beispiele an, die sehr unter der Verwitterung leiden. Hinzu kommen dann natürlich auch noch die schädlichen Auswirkungen der Umweltverschmutzung, zu der wir alle kräftig beitragen. Nehmen wir historische Bauwerke, wie hier eines der bekanntesten, die Akropolis in Athen. Sie hat gerade in den letzten 50 Jahren besonders unter Rauchgasverwitterung, hauptsächlich durch die Abgase der unzähligen Autos, zu leiden gehabt.«

Henno Allenstein trat an seinen Laptop und warf über den Beamer einige Bilder von stark verwitterten Marmoren einzelner Bauteile der Akropolis an die Wand. Anschließend zeigte er Beispiele für die Restaurierung.

»Die hierfür verwendeten Steine können heute noch in griechischen Marmorbrüchen abgebaut werden. Aber wir brauchen nicht erst nach Athen zu reisen, um diese äußerst aggressive Form der Verwitterung zu beobachten. Fast an allen historischen Gebäuden, auch in Deutschland, ist der Angriff der Säuren aus der Luftverschmutzung zu sehen. Die besten Vergleichsmöglichkeiten haben Sie auf den Friedhöfen. Hier sind fast alle Natursteine zu finden, und Sie sehen mit einem Blick auf das Datum, seit wann der Stein der Verwitterung ausgesetzt ist.«

Allenstein musste unwillkürlich grinsen, als er die leicht verwirrten Mienen seiner Zuhörer sah.

»Oder nehmen wir das prominenteste Beispiel, den Kölner Dom, an dem ständig restauriert werden muss. Da gibt es zum Beispiel Strebwerke, die aus Muschelkalk gefertigt sind, der aus Krensheim bei Lauda stammt. Das liegt östlich von Tauberbischofsheim.«

Allenstein präsentierte ein Bild von dem üppigen Strebwerk des Kölner Doms.

»Muschelkalk ist ein zum Teil mergeliger Kalkstein, der in einer bestimmten Zeit in der Erdgeschichte, der Trias, in einem flachen Meeresbecken abgelagert wurde. Er ist ein Paradebeispiel für die Anfälligkeit durch Verwitterungslösungen. Und ...«

In diesem Moment ging oben die Tür auf, und seine Sekretärin kam mit leicht wiegenden Hüften die Stufen des Hörsaals herunter. Bei jedem Schritt klackten ihre Absätze auf dem Holzboden. Ganz wohl schien ihr nicht dabei zu sein, eine voll besetzte Vorlesung ihres Chefs zu stören. Die Studenten reckten die Hälse, um die willkommene Abwechslung genau zu verfolgen. Auf der vorletzten Stufe hielt Frau Hörnig wie zur Entschuldigung ein Handy hoch und überreichte es Allenstein, der sie ein wenig irritiert anschaute. Es war sein eigenes Handy, das er während der Vorlesung grundsätzlich im Sekretariat hinterlegte.

»Ein Anruf, Herr Professor.«

»Ach ja! Und wir fliegen für so was raus!«, murrte ein studentischer Vertreter aus einer der hinteren Reihen. Ein amüsiertes Raunen ging durch die Gruppe, aber schnell wurde es mucksmäuschenstill, als deutlich wurde, dass das Handy sehr laut gestellt und das Gespräch bis weit in den Hörsaal hinein zu verstehen war.

»Guten Tag, Herr Professor Allenstein«, meldete sich eine weibliche Stimme, mit einem Unterton, der erst einmal jeden Gedanken an irgendeinen Widerstand im Keim erstickte. »Mein Name ist Gabriele Kronberg. Ich bin Kommissarin bei der Kripo Köln und bitte Sie umgehend nach Bad Honnef zu kommen, auch wenn Sie, wie mir Ihre Sekretärin beteuerte, gerade Vorlesung haben. Lassen Sie sich vertreten. Ein Fahrzeug ist bereits auf dem Weg zu Ihnen.«

Allenstein war Professor, und als solcher verstand er sich auch. Das hieß für ihn, dass er eine Institution war, die grundsätzlich niemand kommandieren konnte. Nach zwanzig Jahren an der Hochschule mit täglichem Kampf gegen Kollegen an der Uni, wissenschaftlichen Disputen und Anfeindungen auf Tagungen und den Auseinandersetzungen mit Studierenden hielt er sich für einen psychisch gestählten Mann in den besten Jahren, der sich nicht mehr so leicht von einem Gegenüber beeindrucken ließ. Schließlich war er der Chef einer großen Arbeitsgruppe, hielt neben Vorlesungen regelmäßig öffentliche Vorträge vor einem großen kritischen Publikum und war sogar als Rektor im Gespräch.

Jetzt stand er mit dem Handy in der Hand vor seiner triumphierend dreinblickenden Frau Hörnig und sechzig Studenten, die vermutlich jedes Wort mitbekommen hatten, und musste erst einmal tief Luft holen.

»Moment, Moment!«, trotzte er in das Gerät. »Da müssen Sie schon warten, bis die Vorlesung zu Ende ist. Und würden Sie vielleicht die Freundlichkeit besitzen, mir zu erklären, worum es überhaupt geht und wie Sie gerade auf mich kommen?«

Plötzlich gefiel er sich in seiner Rolle. Vielleicht konnte er ja bei den Studenten noch ein paar Punkte sammeln. Immerhin wurde er gerade von der weiblichen Studentenschaft mit mehr Aufmerksamkeit bedacht als üblich, was vielleicht auch an Anja lag. Sie begleitete ihren Chef jedes Mal in die Vorlesung und sah ihn jetzt sehr interessiert an. Über den Vorfall im Labor hatten sie nicht mehr gesprochen, aber Allenstein kam es seitdem so vor, als ob Anja sich durchaus zu ihm hingezogen fühlte.

»Ich kenne Sie aus der Zeitung.«

Allenstein verzog das Gesicht. Gleichzeitig setzten die ersten vier Reihen ein triumphierendes Grinsen auf.

»Sie haben viel im Gebiet des Mittelrheintales gearbeitet und kennen vermutlich die Verhältnisse dort am besten. Wir hatten heute am frühen Morgen einen ungewöhnlichen Felssturz in einem Steinbruch in der Nähe von Bad Honnef. Es hat einen Toten gegeben. Ich hoffe, das reicht an Erklärungen. Ich erwarte Sie umgehend.«

Als Allenstein vor das Gebäude trat, fuhr bereits ein grauer Audi mit aufgesetztem Blaulicht vor. Die Begründung hatte ausgereicht. Anja bekam ihre Feuertaufe. Ohne Vorbereitung durfte sie die restliche Vorlesungszeit mit den Unterlagen ihres Chefs überbrücken.

Eigentlich schade, dachte Allenstein. Ich hätte gern gesehen, wie sie sich schlägt.

Die Begrüßung war knapp. Der Fahrer hieß Mark Weller und stellte sich als Mitarbeiter von Kommissarin Kronberg vor. Allenstein warf seine Geländeschuhe und den Geologenhammer vor den Beifahrersitz. Weller schaltete Blaulicht und Horn ein und drückte das Gaspedal durch.

»Ist es denn so eilig?« Allenstein zog den Kopf ein, als er einen Mitarbeiter erkannte, der ihnen mit dem Fahrrad entgegenkam.

»Ja«, erwiderte der Mann einsilbig, mit einem Unterton, der auf deutliche Unlust, etwas zu erklären, hinwies.

Allenstein musterte ihn unauffällig von der Seite. Weller war etwa Mitte dreißig, durchtrainiert mit auffallend modisch frisierten Haaren. Das Tempo, das er durch die belebte Innenstadt vorlegte, schien er gewöhnt zu sein. Trotzdem wirkte er sehr konzentriert. Vermutlich lag es am Schnee, der sich mehr und mehr unter den Regen mischte. An einigen Stellen blieben bereits die ersten Flocken liegen.

Allenstein fühlte sich unwohl bei Fahrten, die er selbst nicht unter Kontrolle hatte. In der rechten Wade meldete sich bereits der erste Anflug eines Krampfes, weil er automatisch immer mit bremste. Vielleicht lag es aber auch noch an den Nachwirkungen des Hangrutsches. Ein paar größere Brocken waren schließlich schon auf seinen Beinen gelandet. »Aber Sie können mir doch sicher sagen, wohin wir fahren? In der Gegend um Bad Honnef gibt es mehrere Steinbrüche.«

Inzwischen hatten sie es bis zur Autobahn geschafft. Weller fuhr die Gänge bis in den roten Bereich aus, was dem Magen von Allenstein gar nicht gut bekam, vor allem, als er sich vorbeugte, um sich die Geländeschuhe zuzuschnüren.

»Es geht durch Bad Honnef hindurch, von der Straße nach Aegidienberg rechts ab, das Tal entlang und dann noch den Hang hinauf.«

»Das gibt es doch nicht. War der Felssturz etwa am Leyberg?«

»Ja, ich glaube, das war der Name.«

»Das haut mich jetzt aber um. Der Steinbruch steht im Verwitterungsrest eines alten Vulkans. An der Wand haben wir früher häufig Klettern geübt, weil sie einigermaßen sicher schien.«

Allenstein war seit neun Jahren Geologie-Professor in Köln. Nach Jahren der Unsicherheit, nach der Habilitation und dem Kampf gegen die Konkurrenz, nach der Scheidung mit all ihren zerstörerischen Momenten war die Professur damals der Durchbruch für ihn gewesen. Mit dem Ruf auf den Lehrstuhl war alles vergessen, es war der Höhepunkt in seinem Leben. Helga war mitgekommen nach Köln. Sie hatten sich bei einer Klettertour auf einer Alpenhütte kennengelernt. Eine Mathematikerin, die kletterte. Er hatte es erst gar nicht fassen können. In ihrem Fach fand sie problemlos in Köln eine Stelle. Die ersten Jahre schwamm Allenstein im Glück. Finanziell unabhängig, intellektuell herausgefordert, erfolgreiche Forschung und eine Lebensgefährtin, mit der es richtig gut lief.

Allenstein wurde schlagartig aus seinen Gedanken gerissen. Sie fuhren bereits durch Bad Honnef, als Weller auf einmal voll in die Bremsen stieg. Das ABS arbeitete an allen vier Rädern. Ein junger Punker hatte rückwärts aus einer Einfahrt auf die Straße gesetzt, unter ohrenbetäubendem Wummern der Lautsprecheranlage.

»Den sollte ich doch gleich hochnehmen«, entfuhr es Weller. Er legte den ersten Gang ein und gab wieder Vollgas.

Drei Minuten später bogen sie in eine Schotterstraße ein, die am Fuß der Bergkuppe in den Bruch führte. Der Weg war gesäumt von Fahrzeugen des THW, der Feuerwehr und anderer Rettungsorganisationen. Hier war der Regen schon früher in Schnee übergegangen und teilweise liegen geblieben. Nach kurzem Stopp an der Absperrung konnten sie bis zur höchstmöglichen Position durchfahren.

Auf den letzten Metern versuchte Allenstein die Kommissarin aus der Gruppe der Helfer und Polizisten ausfindig zu machen.

Für den Umgang mit ihr hätte er gern schon einmal einen ersten Eindruck aus der Distanz gehabt. Aber sie war in dem starken Schneefall nicht zu entdecken.

»Kommen Sie«, meinte Weller, zog wie Allenstein die Kapuze über den Kopf und stapfte durch den zerstampften Schneematsch in Richtung Steinbrucheinfahrt.

Gerade als sich Allenstein erstaunt über das Mietklo äußern wollte, das er hinter dem letzten Fahrzeug entdeckt hatte, rumorte es drinnen, die Plastiktür ging auf, und eine Frau kam heraus, die sich mit einem Taschentuch die Hände abtrocknete.

»Hallo, Frau Kronberg«, sagte Weller. »Ich bringe Ihnen den Professor.«

Allenstein klappte den Mund zu. »Wenn Sie die Tür offen lassen, haben Sie von dort eine fantastische Aussicht«, platzte er heraus.

Die Kommissarin verzog keine Miene. »Sie vermutlich auch. Kronberg, Kripo Köln«, sagte sie und zog sich eine dicke Strickmütze über die krausen, rötlichen Haare.

Allenstein grinste ein wenig verlegen. Er stellte fest, dass sie müde aussah, allerdings hatte er das von einer leitenden Kriminalbeamtin auch nicht anders erwartet. Aber sie war nicht unattraktiv, vielleicht Ende dreißig. Eigentlich viel zu hübsch für ihren Job, dachte er, als sie vor ihm stand und ihm die Hand entgegenstreckte. Allensteins kurzes Zögern reichte ihr, um die Hand gleich wieder zurückzuziehen.

»Ist vielleicht besser so, ist noch nicht trocken.«

Allenstein stutzte. Bevor ihm eine schlagfertige Antwort einfiel, half sie ihm aus der Situation.

»Schön, dass Sie gleich vorbeikommen konnten, wir brauchen fachliche Unterstützung.«

Allenstein schluckte.

»Wann ist das passiert?«, fragte er und zeigte mit dem Arm durch das Schneetreiben in Richtung Steinbruchwand.

»Heute Morgen, so gegen 6.30 Uhr. Es muss ein ziemlicher Rumms gewesen sein.«

»Sieht aus wie nach einer Sprengung im Steinbruch. Die Massen haben anscheinend das Wasser aus dem Loch davor komplett verdrängt.«

»Verdrängt? Der Begriff ist noch viel zu harmlos. Kommen Sie mal mit.«

Gemeinsam gingen sie auf die andere Seite des Weges. Von dort konnte man eine Schneise der Verwüstung erahnen, die bis weit hinunter ins Tal reichte.

»Sehen Sie? Eine gewaltige Flutwelle ist den Hang nach unten gerauscht, mit Schlamm, Geröll und Baumstämmen. Das haben die beiden Häuser da unten nicht ausgehalten.«

»Sie sagten, es hat einen Toten gegeben?«

Allenstein deutete mit seinem Arm den Hang hinunter, dorthin, wo ein Heer von Helfern mit technischen Geräten in den Schuttmassen grub.

»Ein älterer Mann, der Hausmeister. Er hat in dem kleinen Haus gewohnt. An das große Gebäude sind wir noch nicht rangekommen. Das war eine Art Gästehaus oder Jugendheim der Kommune. Zum Glück wird es seit längerer Zeit nicht genutzt. Aber von Ihnen möchte ich vorab gern wissen, wie so etwas überhaupt passieren kann.«

»Dazu müssen wir am besten dort hinauf.« Allenstein deutete auf die obere Steinbruchkante. »Schaffen Sie das?«

Sein Blick fiel auf ihre leichten Halbschuhe im modischen Turnschuhdesign.

»Damit«, er zeigte auf ihre Schuhe, »wahrscheinlich nicht«, beantwortete er seine Frage selbst.

»Ach was, das geht schon.«

Mittlerweile hatte der Schneefall deutlich nachgelassen, und wie auf Kommando klopften sie sich beide den Schnee von den Jacken.

»Ist das wenigstens eine alte Hose? Es wird bestimmt rutschig.«

»Ist schon okay. Ich war als Teenager eine begeisterte Bergsteigerin.«

Das Schuhwerk der Kommissarin war wirklich nicht geländetauglich. Auf halber Höhe gab es eine steilere Strecke, die ausgetreten und in Kombination mit dem nassen Schnee extrem rutschig geworden war. Allenstein turnte in gewohnter Weise vorweg, mit Schwung an den rutschigsten Stellen. Immer wieder schlug er den Hammer zur Unterstützung in die Erde und nutzte jeden Zweig der kleinen Büsche, um sich weiter nach oben zu ziehen. Keuchend drehte er sich um.

Kronberg kam bis zur Hälfte der steileren Strecke. Als sie es Allenstein nachmachte und nach einem längeren Zweig eines Ginsterbusches griff, rutschte sie bei der Gewichtsverlagerung auf das rechte Bein nach innen weg. Sie drehte eine fast elegante Pirouette, allerdings mit Aufsetzer, und dann ging es auf dem Hinterteil mindestens vier Meter in die Tiefe. Ein langgezogenes »Neiiin« begleitete den Vorgang. Die Resonanz der Zuschauer unten am Hang reichte von Entsetzen bis hin zu Lachkrämpfen.

Wütend rappelte sich die Kommissarin aus dem Dreck auf. »Verfluchter Mist«, raunzte sie Allenstein an, der vorsichtig zurückgerutscht kam. »Ich hasse das, ich bin Großstadtkommissarin und kein Waldläufer.«

»Ist Ihnen etwas passiert?«

»Ja, ich habe einen großen Respektsverlust erlitten.« Sie deutete auf die grinsende Mannschaft unter ihnen.

»Sollen wir abbrechen?«

»Nein, natürlich nicht. Sie helfen mir.« Sie machte eine kurze Pause. »Bitte!«

»Und wie?«

»Sie gehen hinter mir, und wenn es sein muss, schieben Sie. Ach, und geben Sie mir bitte Ihren Hammer.«

Ohne Gegenwehr, fast reflexartig übergab Allenstein sein Heiligtum an die Kommissarin. Als sie sich bergauf drehte, musterte er stirnrunzelnd ihr verschlammtes Hinterteil. »Na, dann mal los!«

Gemeinsam hatten sie weniger Probleme mit dem Aufstieg. An den meisten Stellen reichte es, dass Allenstein einfach ihre Schuhe fest in den Matsch drückte. Lediglich an der steilsten Stelle wurde es kritisch.

»Nun schieben Sie schon«, fuhr ihn die Kronberg verzweifelt an, als sie wieder drohte, den Halt zu verlieren.

Beherzt drückte Allenstein seine Hände in den mit Schlamm tapezierten Hosenboden. Kurze Zeit später war es geschafft.

Keuchend standen sie an der frischen Abbruchkante des Steinbruchs und versuchten den gröbsten Dreck mit Schnee von den Händen zu waschen. Allenstein spürte eine beginnende Erkältung und war ungewohnt kurzatmig.

»Dieser Höhenunterschied ist doch immer wieder beeindruckend«, keuchte Gabriele Kronberg, immer noch außer Atem.

»Waren Sie denn schon einmal hier?«, fragte Allenstein ungläubig.

»Das ist ja das Verrückte. Es ist erst ein halbes Jahr her, im Frühjahr bei ähnlichem Wetter. Aber irgendwie sind wir von der anderen Seite gekommen.«

Sie schaute sich suchend um.

»Dort, die Wand zur anderen Seite nach hinten. Oberhalb vom älteren Abbau. Ein junges Mädchen. Selbstmord.«

Allenstein sah sie ungläubig an: »Hier?«

»Ja, aber das ist eine andere Geschichte. Schauen wir uns erst einmal das hier an.« Kronberg deutete auf die Massen vor ihnen, die frisch in den Steinbruch gestürzt waren.

»Da ist einiges abgegangen. Das tiefe Abbauloch des Bruchs ist vollständig aufgefüllt und noch weit darüber hinaus«, stellte Allenstein fest.

»Was haben Sie?«

Allenstein hatte sich plötzlich auf das Ohr geklopft und deckte es jetzt mit der Hand zu.

»Ich habe wohl zu viel kalten Wind beim Aufstieg abbekommen, und dann noch der erhöhte Innendruck durch die Anstrengung, kein Wunder, dass es jetzt pfeift.«

»Tinnitus, das kenne ich. So, jetzt erzählen Sie mal.«

»Es ist eine Terz.«

»Wie, eine Terz?« Kronberg blickte ihn verwirrt an.

»Ja, eine Terz, eine kleine Terz. Ich höre zwei Töne, ein hohes ›C‹ und ein ›Es‹.«

»Unsinn!«, herrschte sie ihn kopfschüttelnd an. »Ich will etwas über den Steinbruch wissen. Was war hier los?«

Verlegen kratzte Allenstein sich am Kopf.

»Ach so. Also: Der Steinbruch ist vermutlich seit mehr als vierzig Jahren stillgelegt.«

»Woran sehen Sie das?«

»Das ist ein Erfahrungswert, wenn ich mir den Bewuchs hier rundherum ansehe. Aber das kann man noch genauer erfragen. Jedenfalls steht hier seit dieser Zeit eine vielleicht achtzig bis hundert Meter hohe senkrechte Wand direkt vor dem tiefen Loch des Steinbruchs. Diese Wand ist kein Stahlbeton aus einem Guss, sondern die Füllung eines ehemaligen Vulkanschlotes, der stark mit Klüften durchzogen ist. Hinzu kommen Störungen, also Bruchflächen, die durch Setzungen oder Verschiebungen bei Erdbeben entstehen und bis in große Tiefe reichen.«

»Woher wissen Sie das?«

»Das Gestein ist ein Basalt, das heißt, er ist hier als flüssige Gesteinsschmelze von unten aus dem Erdmantel aufgestiegen, hat einen Vulkan aufgebaut und steckt jetzt als erkalteter Rest in den Sandsteinen des Schiefergebirges. Das ist sozusagen der tiefere Anschnitt des Vulkans. Alles, was darüber war, ist durch die Erosion bereits abgetragen.«

»Aha. Und wie erklären Sie die Risse, an denen der ganze Schlammassel ja wohl abgebrochen ist?«

»Sie sind hauptsächlich durch die Abkühlung des Basalts entstanden, der im Übergang vom heißen zum kühlen Zustand schrumpft und solche Risse bekommt.«

Allenstein deutete auf die Flächen der fast senkrecht stehenden Basaltsäulen, die in die Kuppe hineinliefen.

»Das heißt, die Kuppe, auf der wir hier stehen, sieht im Inneren genauso aus?«

»Fast. Außen an der Wand sind die Flächen nur stärker verwittert. Und dann gibt es noch Risse, die horizontal verlaufen und erst deutlich werden, wenn das Gestein abgebaut wird, so wie hier. Sie sehen, die Geologie ist nicht ganz so leicht zu verstehen.«

»Und das Ganze kann dann einfach so abbrechen?«

»So einfach nicht. Dazu gehören bestimmte Bedingungen. Es kommt darauf an, wie an der möglichen Abbruchstelle die Fläche geneigt ist. Geht die Neigung in Richtung des Berges, ist das Ganze lange stabil. Sind jedoch Flächen, auf denen die Wand steht, nach außen, zum Steinbruch hin, geneigt, ist es sehr gefährlich. Die gesamte Wand kann irgendwann darauf abrutschen.«

»Aber es muss doch irgendeinen Grund geben, dass es erst jetzt passiert ist und nicht schon während der Steinbrucharbeiten.«

»Das ist richtig. Frische Steinbruchwände sind noch sehr mit dem gesamten Randgestein des Bruches verhakt. Erst mit der Zeit, wenn Wasser eindringt und die Verwitterung einsetzt, werden die Verhakungen mürbe. Und dann kommt noch der Hauptverursacher, gefrorenes Wasser, hinzu. In strengen Wintern kann das Wasser in den Spalten gefrieren. Das Eis übt einen enormen Druck aus und schiebt so die Gesteinsmassen ein winziges Stückchen auseinander. Jedes Jahr ein bisschen mehr. Sie können bei allen Steilwänden mit der Zeit solche Risse an der Oberfläche finden, die Wände klappen irgendwann regelrecht ab.«

»Das bedeutet, der Steinbruchbetreiber hätte dafür sorgen müssen, dass die Wand nicht abbricht«, überlegte Kronberg laut.

»Das ist in der Tat seine Pflicht, wenn es ihn noch gibt.«

»Und wenn nicht?«

»Dann muss vermutlich der Rechtsnachfolger, Erben, die Kommune, die Forstverwaltung oder wer auch immer haften.«

»Werden solche Steilwände denn nicht überprüft?«

»Eigentlich schon, wenn eine Gefährdung besteht. Meistens dann, wenn sich die ersten Risse auftun. Dann dauert es zwar noch ein paar Jahre, aber irgendwann muss entschieden werden, was passieren soll.«

»Sprengen?«

»Oder sichern. Mit Verfahren, die man im Bergwerk einsetzt.«

»Gab es hier keine Risse?«

»Ich weiß nicht, ob das Landesamt regelmäßig nachgeschaut hat. Das machen sie an den wirklich gefährdeten Stellen, Steilhänge an der Mosel, der Ahr oder dem Rhein. Aber hier bei so einem alten Bruch eher nicht. Die werden meistens sich selbst überlassen.«

»Wir werden das prüfen.«

»Aber Sie haben schon recht. Eigentlich hätten zumindest Spaziergängern oder sporadisch auftauchenden Geologen Risse auffallen müssen. Wir sollten uns einmal umschauen. Aber noch eine Frage. Wieso sind Sie von Köln hier tätig? Ist das nicht Sache von Bonn oder Siegburg?«

»Das liegt am LKA, das uns angefordert hat. Wir erschienen ihnen wohl am erfahrensten, weil wir vorher an einem Fall mit geologischem Hintergrund in Köln gearbeitet haben.«

»Der Einsturz des Stadtarchivs?«

»Genau der.«

»Und der Selbstmord?«

»Das war eine Zusammenarbeit mit Bonn, weil es eine Querverbindung nach Köln gab.«

Gemeinsam verfolgten sie die frische Abbruchkante, bis hin zu einem Vorsprung, der zur alten Randzone überleitete. Der Schnee war nur an einigen kleinen Vorsprüngen liegen geblieben. Der Rest der Wand war noch gut zu erkennen.

»Sehen Sie, hier sieht man die Spalte weiter in den Berg verlaufen, dort wo der Abbruch zu Ende ist. Sie ist allerdings stark zugeschlämmt.«

»Wahrscheinlich wird sie das über die gesamte Länge gewesen sein. Sonst hätte jemand etwas bemerkt.«

Allenstein trat so dicht wie möglich an die Steilkante.

»Fallen Sie mir bloß nicht runter! Das hatten wir gerade erst.«

»Das müssen Sie mir nachher noch einmal genauer erklären. Um mich brauchen Sie sich keine Sorgen zu machen, ich bin zwar etwas älter als Sie, aber noch ganz gut in Übung.«

Die Kronberg musterte ihr Gegenüber. Erst jetzt fiel ihr auf, dass die Ohrmuscheln an dem kantigen Schädel deutlich zu groß geraten waren. Vielleicht lag es daran, dass Allenstein bis jetzt die Kapuze übergezogen hatte. Oder an seinem buschigen Haar, das bis auf die Ohren reichte und an den Schläfen bereits in professorales Grau überging.

»Aber Sie haben recht«, fuhr er fort. »Schauen Sie, die gesamte Abbruchfläche ist mit einem braunen Lehm überzogen. Der saß schon vorher in der Spalte. Kein Wunder, dass die Wand abgegangen ist. Es gab überhaupt keinen Halt mehr zum Gestein dahinter.«

Allenstein bückte sich und wischte mit dem Finger über die oberste Kante der Abbruchfläche. Dann zog er eine kleine Lupe aus der Tasche und studierte intensiv die winzigen Klümpchen auf seinen Fingern.

»Was haben Sie da?«, fragte die Kommissarin neugierig.

»Einen Augenblick noch.« Allenstein schaute sich um und ging zu dem mittleren Erdhaufen am Rand der Steinfläche. Erneut bückte er sich, nahm etwas Erde und legte sie auf den Handteller seiner linken Hand. Während er mit zwei Fingern die Lupe zwischen Auge und Hand hielt, schob er mit dem Ringfinger die Bodenteilchen auseinander.

»Wir müssen von so vielen Stellen der Abbruchfläche wie möglich Proben nehmen, bevor der Schneeregen alles abgewaschen hat.«

»Vielleicht erklären Sie mir ja erst einmal, was Sie da überhaupt tun«, murrte die Kommissarin.

Allenstein schaute sie ernst an. »Nun, es ist schon merkwürdig. Wir stehen hier auf nacktem Basalt, von dem der Erdboden abgeräumt wurde, damit man ihn abbauen konnte, ohne dass er verdreckte. Dazu ist es aber nicht mehr gekommen. Die Erde ist sicher irgendwo dort hinten auf einen Haufen geworfen worden. Sie besteht unter anderem aus kleinen Bimsen, die vom Vulkanausbruch am Laacher See vor 13 000 Jahren stammen.«

Allenstein hielt Gabriele Kronberg zwei kleine verschmierte

Krümelchen hin. »Wenn Sie mit der Lupe schauen, sehen Sie so ein poröses graues Körnchen, das allerdings stark verschmiert ist.«

»Hm!«, brummte sie. »Und was lerne ich daraus?«

»Die Spalten können sich erst in den letzten Jahren geöffnet haben, lange nachdem der Abbau eingestellt wurde. Der Boden war zu dieser Zeit hier oben aber schon abgetragen und konnte nicht mehr eingeschwemmt werden.«

»Also muss jemand nachgeholfen haben? Vielleicht um den Riss zu verschleiern?«

»Es ist zumindest nicht auszuschließen.«

Kronberg zog ihr Handy aus der Tasche, um die Spurensicherung zu instruieren.

»Es gibt übrigens noch einen Zugang von der hinteren Seite. Man kann dichter heranfahren und ist schon fast auf der Höhe.«

»Jetzt wo Sie es sagen, fällt es mir auch wieder ein. Dann hätten wir uns den mühsamen Aufstieg vorhin ja ersparen können.«

Kurz entschlossen rief sie Weller an, damit er sie möglichst schnell von der anderen Seite abholte.

»Die Leute werden begeistert sein, wenn sie da unten an der Wand den Dreck abkratzen dürfen. Leider können wir hier oben nichts mehr machen. Erst muss der Schnee abtauen.«

Langsam stapften sie durch den frischen Schnee bis zum Weg auf der anderen Seite der Bergkuppe. Es dauerte eine Weile, bis Weller den Zugang gefunden hatte. Er stand vor der verschlossenen Schranke der ehemaligen Steinbruchzufahrt. Langsam kam er ihnen einige Schritte entgegen.

»Wir haben einen weiteren Toten gefunden, einen etwa 35-jährigen Mann«, empfing er seine Chefin unterkühlt. »In den Resten des zweiten Gebäudes. Ein Schwarzer, den Papieren nach ein Nigerianer. Wir müssen seine Identität noch überprüfen.«

Kronbergs Gesichtsausdruck veränderte sich schlagartig, und sie demonstrierte, wie professionell sie mit solchen Nachrichten umging. »Auch das noch. Können Sie mich vertreten? Ich muss mich dringend umziehen.«

Weller blickte auf ihre verdreckte Hose, auf der sich die Abdrücke von Allensteins Händen deutlich abzeichneten, aber er verkniff sich eine ironische Bemerkung. Nach dieser Nachricht war ihm nicht mehr nach Scherzen zumute.

»Ja, so können Sie wohl nicht mitkommen.«

| 9 |

Abseits hinter der Aufbereitungsanlage für die gebrochenen Hartgesteine lag der Bunker, in dem der Sprengstoff gelagert wurde. Nachts um 3.00 Uhr war niemand mehr im Steinbruchbetrieb. Weitab im Sauerland, auf einer großen bewaldeten Bergkuppe, gab es noch das Gestein, das immer schwieriger zu gewinnen war. Keiner wollte mehr in seiner Nachbarschaft einen Steinbruch haben, viele Stellen waren inzwischen für den Abbau tabu, weil sie in Naturschutzgebieten oder zu dicht an den Dörfern lagen. Diabas, ein vor 300 Millionen Jahren in die obersten Sedimentschichten eines Meeresbodens ausgeflossener Basalt, so hieß das begehrte Gestein. Gebrochen zu kleinem Splitt, wird es in die oberen zwei Zentimeter der Fahrbahndecke eingebaut. Ein Gestein, das widerstandsfähig ist gegen die Polierkraft von Millionen Autoreifen täglich. Auch nach Jahren der Abnutzung ist es rau und verhindert, dass die Autobahn bei Feuchtigkeit zu einer Rutschbahn wird. Es gibt nur wenige Gesteine, die diese Eigenschaft besitzen.

Das Schloss zum Container-Büro hielt seinen Aufbruchsversuchen zehn Sekunden stand. An der Wand, in einem Kasten, hingen die Schlüssel zum Geländewagen und Bunker. Der Einbrecher zögerte kurz. Dann entschloss er sich, bereits jetzt eine der mitgebrachten Filmdosen zu öffnen und den Inhalt gleichmäßig zwischen Tür und Schlüsselkasten zu verteilen. Es war fast nur Staub mit einigen wenigen Haaren.

Das Auto war nicht für den Straßenverkehr zugelassen und in entsprechend schlechtem Zustand. Die 300 Meter bis zum Bunker ließen sich allerdings problemlos ohne Licht fahren. Es waren nur wenige Wolken am Himmel, und sie ließen genügend Sternenlicht durch, sodass auch kleinere Hindernisse gut zu erkennen waren. Der jüngste Warmluftvorstoß aus Südwest hatte nur noch ein paar Flecken Schnee an den Nordhängen der Splitthalden und den angrenzenden Waldflächen übrig gelassen. Sie zeichneten sich in der Dunkelheit besonders gut ab.

Der nächtliche Besucher leuchtete den Türrahmen des Bunkers sehr sorgfältig ab. Es gab keine zusätzlichen Alarmvorrichtungen. Die Sicherheitsschlösser öffneten sich mit einem leisen Klack.

Er staunte immer wieder, wie einfach es war, an diesen hochgefährlichen Stoff zu kommen. Vor ihm lag der Sprengstoff für die nächsten vier Wochen Steinbruchbetrieb. Genug, um mehrere 10 000 Tonnen Gestein zu zerkleinern. Lange hatte er recherchiert, welche Betriebe den stangenförmigen gelatinösen Sprengstoff verwendeten. Der war für seine Zwecke am besten geeignet. Insgesamt acht Kisten konnte er aus der Mitte der Stapel nehmen, ohne dass ihr Fehlen gleich bemerkt werden würde. Abschließend zog er wieder ein Filmdöschen aus der Tasche und verstreute es im Bunker und auf den Autositzen.

Die Fahrt durch den Steinbruch ohne Beleuchtung war riskant, auch wenn er kurz vorher den gesamten Weg gelaufen war, immer genau auf der Fahrspur entlang. Oben am Waldrand hinter der Schranke zum Forstweg stand sein Lieferwagen. Es dauerte nur wenige Minuten, bis er die Kisten umgeladen hatte. Den Geländewagen stellte er exakt an die gleiche Stelle zurück, hängte die Schlüssel wieder an ihren Platz und schloss das Büro ab. Der Fußmarsch bergauf kostete Zeit und Kraft. Auf halbem Weg bekam er einen Hitzeschub und musste stehen bleiben. Als würde er ersticken, riss er sich die obersten Druckknöpfe der Jacke auf und hechelte nach Luft. Es passierte ihm jetzt immer öfter. Der Kampf hatte gerade erst begonnen.

Er schaltete das Standlicht am Lieferwagen ein. Im Wald reichten die Sterne nicht mehr aus. Vorsichtig fuhr er mit seiner brisanten Ladung durch den Wald, fast nur Schritttempo. Der steile Hang auf der linken Seite könnte das Ende bedeuten. Er sehnte den Waldrand herbei, dann waren es nur noch 200 Meter an der Weide entlang, und er hatte die Straße erreicht.

Verflucht! Was machte der denn jetzt hier?

In der Einfahrt zum Feldweg hatte ein Fahrzeug geparkt. Schemenhaft erkannte er einen größeren Hund und eine dunkel gekleidete Person. Sofort schaltete er das Abblendlicht ein und beschleunigte.

Laut kläffend rannte der Hund auf den Lieferwagen zu. Der nächtliche Spaziergänger – anscheinend war es ein Mann – brüllte lauthals hinter seiner Töle her. Der Hund hatte inzwischen das Fahrzeug erreicht und versuchte, die Geschwindigkeit zu halten. Mit einem riskanten Schlenker zog der Lieferwagen an dem geparkten Fahrzeug vorbei, bog in die Landstraße ein und verschwand hinter der nächsten Kuppe.

| 10 |

»Lieber Herr Allenstein, im Namen der gesamten Arbeitsgruppe wünschen wir Ihnen nur das Beste zum Geburtstag, und dass Sie noch an vielen Exkursionen teilnehmen können.«

Anja hatte dieses Mal die Aufgabe übernommen, dem Chef das Geschenk zu überreichen. Mit verschmitztem Lächeln streckte sie ihm ein handliches Paket entgegen. Ohne das Geschenk gleich entgegenzunehmen, nutzte Allenstein die Gelegenheit, breitete die Arme aus und drückte Anja fest an sich, um sie auf die Wangen zu küssen.

»Ho, ho«, kam es von den männlichen Doktoranden.

»Nur kein Neid!« Allenstein grinste. »Ich bin gespannt, was ihr euch diesmal wieder ausgedacht habt.«

Vorsichtig wickelte er das Geschenkpapier ab. Darunter kam eine Zeitung zum Vorschein, die wiederum etwas verhüllte. Er blickte direkt auf ein Foto von sich, wie er bei der Oktober-Exkursion aus dem Kies gezogen wurde.

»Das ist jetzt aber richtig gemein.«

Unter der Zeitung tauchte ein alter Verbandskasten auf, der mindestens aus den fünfziger Jahren stammte.

»Ich kann mir fast denken, was jetzt kommt.« Vorsichtig öffnete er den schon brüchigen Plastikverschluss und klappte den Deckel hoch. Seine Mannschaft drängte sich um ihn herum.

Zum Vorschein kam ein eigenwillig zusammengestelltes Notfallset. Eine Überlebensfolie, ein Stück Traubenzucker, Riechsalz, eine kleine Sandschaufel, Notfall-Bachblütentropfen, ein zusammengerollter Blasenkatheter, zwei Blätter eines Strauches, von dem Allenstein gleich ahnte, dass es sich um Kokablätter handeln musste, und viele Kleinigkeiten, die für manche Überlebenssituationen tatsächlich wichtig werden könnten.

»Wir hoffen, dass wir Sie noch lange als Lehrkörper bei uns haben«, ergriff einer der Mitarbeiter das Wort und gratulierte noch einmal mit einem festen Händedruck.

Seinen Geburtstag Anfang Dezember hatte Allenstein seit Helgas Unfall nicht mehr zu Hause gefeiert. Sein Lebensmittelpunkt lag mittlerweile im Institut, und so war es das Einfachste, mit seiner Arbeitsgruppe zu feiern und gleichzeitig die Weihnachtsfeier vorzuziehen. Meist spendierte er die Getränke, und das Essen wurde durch »Sondermittel« gesponsert.

Die Arbeitsgruppe inklusive Sekretärin war inzwischen auf neun Personen angewachsen. Als Letzte war Anja hinzugestoßen. Am Anfang beobachtete Allenstein sehr genau die Stimmung, weil er wissen wollte, ob sich irgendwelche Spannungen durch den oder die Neue aufbauten. Bei Anja war er sich nicht ganz sicher. Zwei seiner Doktorandinnen hatten schon ab und zu spitze Bemerkungen gemacht, aber das hatte sich anscheinend wieder gelegt. Die Herren hingegen fuhren alle auf Anja ab, was vielleicht auch Probleme geben konnte. Heute jedoch wollte er nichts von Gruppendynamik oder Spannungen wissen. Es gab genügend Glühwein, und die Stimmung war einigermaßen gut. Für gewöhnlich feierte Katy mit, heute jedoch hatte sie eine Verabredung und wollte ihren Vater erst später abholen kommen.

Nicht Auto fahren zu müssen bedeutete an so einem Tag bei Henno Allenstein, dass er etwas trinken konnte. Die Hörnig passte natürlich mal wieder auf wie ein Schießhund und warf schon die ersten zweideutigen Blicke in die Runde. Aber Allenstein ließ sich nicht die gute Laune verderben und quittierte ihre säuerliche Miene mit einem demonstrativen Zuprosten.

Es ging auf Mitternacht zu, und alle machten inzwischen einen deutlich lockereren Eindruck. Selbst die Hörnig hatte sich entspannt. Sie hatte ein klein wenig mehr vom Glühwein konsumiert als sonst und war länger geblieben als in den Jahren zuvor. Sie wirkte auffallend ausgelassen. Als sie schließlich aufbrechen wollte, wackelte sie leicht verjüngt auf ihren Chef zu und wollte sich von ihm mit einer Umarmung verabschieden. Allenstein stand gerade am Glühweinbottich und schöpfte mit der Kelle den nächsten Becher voll.

Das Forschervolk verstummte schlagartig und richtete seine Aufmerksamkeit auf das, was sich da zu entwickeln schien.

»Tschüs, Chef, ich bin dann mal weg.«

Allenstein versteifte automatisch seinen Oberkörper und schob reflexartig wie eine Schildkröte seinen Kopf nach vorn. Hörnig setzte mit Schwung an und warf sich ihm an die Brust, aber irgendetwas zwischen den beiden war nicht richtig koordiniert. Der Becher geriet zwischen beziehungsweise hinter die Front, und dann gab es für den Inhalt kein Halten mehr. Die klebrige Flüssigkeit lief auf Frau Hörnigs Rücken über das Hinterteil bis zum Rocksaum. Erst hier bremste die Saugkraft des Wollstoffs den weiteren Lauf. Ein zweiter Schwall landete auf Anjas T-Shirt. Während die Hörnig mit einem Stepptanz zwischen den Doktoranden durch den Raum hüpfte, sprang Anja auf und fuchtelte mit den Armen in der Luft herum, als wolle sie einen Angriff von Killerbienen abwehren. Reflexartig ergriff Allenstein zwei Servietten und rubbelte die sensibelsten Stellen des T-Shirts ab. Wenn ihn die Aufgabe nicht so in Anspruch genommen hätte, hätte er sich vielleicht vom Blick seiner Sekretärin warnen lassen. Mit weit ausholenden Schritten durchquerte sie den Raum, baute sich vor ihrem Chef auf und holte aus.

Gerade in diesem Moment betrat Katy den kleinen Übungsraum. Sie hatte die T-Shirt-Aktion noch mitbekommen und zuckte jetzt unwillkürlich zusammen, als die Hand von Frau Hörnig auf der Wange ihres Vaters landete.

»Guten Abend zusammen, na hier ist ja mal richtig was los«, rief sie.

Kommentarlos und mit hochrotem Kopf stapfte die Sekretärin an ihr vorbei, schnappte sich ihren Mantel und verschwand im Flur. Das Letzte, was Katy von ihr sah, war ein breiter roter Streifen, der vertikal mittig auf dem hellen Rock verlief.

Die Stimmung anschließend hätte kaum ausgelassener sein können. Endlich konnte die Musik auf Tanzlautstärke gedreht werden, einige Freunde und ältere Studenten tauchten unvermutet auf, und die Veranstaltung entwickelte sich fast zur Party. Katy kannte einige der älteren Doktoranden und wurde gleich zum Tanzen aufgefordert. Henno warf Anja einen Blick zu.

»Was mache ich jetzt mit Ihnen? Haben Sie noch etwas zum Wechseln hier?«

»Ist schon okay. Sie haben es doch fast alles wieder weggetupft.« Anja lächelte ihn an.

Henno war schon zu betrunken, um sich Gedanken darüber zu machen, ob sein Verhalten peinlich oder gar unangemessen war.

»Das würde ich jederzeit wieder für Sie machen.«

»Ach ja?« Anja hob ihre Arme und fuhr langsam mit beiden Händen durch ihre langen dunklen Haare, als wolle sie sie zu einem Pferdeschwanz zusammenfassen. Allenstein konnte den Blick nicht von dem großen länglichen Fleck auf ihrer Brust wenden. Unter dem dünnen, feuchten Baumwollstoff zeichneten sich ihre Brüste gut sichtbar ab. In diesem Moment ertönte aus dem Lautsprecher der Sommerhit des Jahres. Anja sprang auf.

»Können Sie so etwas noch tanzen?«

»Aber holla!«

Allenstein stürmte in die Mitte der von Tischen und Stühlen befreiten Raummitte zu den anderen und zappelte los. Die Meute quittierte es mit johlendem Beifall. Anja folgte ihm. Ihre Art, sich nach der Musik zu bewegen, ernüchterte Henno ein wenig. Da konnte er nicht mehr mithalten.

»Kommt denn auch mal etwas Langsameres?«, fragte er keuchend nach der dritten Discomusik.

Anja ging zur Anlage und legte eine neue CD ein.

Schon bei den ersten Takten des Stücks erstarrte Henno. Es war die irische Gruppe Them mit »It's all over now baby blue«. Das Stück, bei dem er Helga das erste Mal in den Arm genommen hatte.

Anja sah ihm kurz in die Augen, zog ihn an sich und drückte das immer noch feuchte T-Shirt an seine Brust.

Katy hatte ihren Tanzpartner auf Distanz gehalten. Immer wieder blickte sie zu ihrem Vater, der mehr und mehr in der Musik und Anja zu versinken drohte. Aus den Augenwinkeln beobachtete sie, wie die Doktoranden trotz ihres Alkoholpegels vielsagende Blicke untereinander wechselten.

Das nächste Stück begann. Es war »Hey Joe« von Jimi Hendrix.

Katy hatte genug. Sie trat zu dem eng umschlungenen Paar und legte ihrem Vater die Hand auf die Schulter.

»Komm, lass uns fahren. Ich bin hundemüde.«

Anja warf ihr einen halb giftigen, halb unsicheren Blick zu.

Henno blickte seine Tochter an. Er sah sofort, dass Widerstand jetzt zwecklos war.

Die Fahrt verlief schweigend. Erst als Katy ihren Vater zu Hause abgeliefert und sich und ihm einen Orangensaft aus dem Kühlschrank geholt hatte, legte sie los.

»Das ist doch nicht dein Ernst.«

»Ich vermute, du meinst Anja.«

»Völlig richtig. Ich kann mir ja vieles erklären, aber das nicht.«

»Du erinnerst mich an deine Mutter. Ich habe jetzt keine Lust, mit meiner Tochter über Frauen zu diskutieren, die mich interessieren.«

»Paps, das ist nicht irgendeine Frau, die dich interessiert, das ist deine Assistentin. Sie ist von dir abhängig, weil ihr zusammen arbeitet und du ihr Chef bist. Die nutzt das doch nur aus. Diese jungen Frauen suchen Selbstbestätigung. Du darfst dich auf so etwas nicht einlassen.«

Henno sah sie gedankenverloren an. »Wie alt bist du eigentlich jetzt?«, fragte er nachdenklich.

»Paps! Ich bin so alt wie deine Assistentin.«

Henno saß zusammengesunken auf dem Barhocker an der Küchentheke und blickte seine Tochter an.

Nach einer langen Minute stand er auf.

»Entschuldigung. Ich glaube, ich gehe jetzt besser ins Bett.«

| 11 |

In den folgenden Tagen wurden die Gebäudereste vorsichtig abgetragen. Eine weitere Leiche wurde nicht gefunden.

Es war wieder milder geworden. Warme Luftmassen aus Südwest hatten den ersten Wintereinbruch Ende November schnell zunichte gemacht und die letzten Schneeflecken weggetaut.

Gabriele Kronberg stand ein wenig unschlüssig an der untersten Absperrung zu den verschütteten Häusern und wartete auf Allenstein.

»Ich wollte noch einmal mit Ihnen sprechen«, empfing sie ihn, als er aus dem Auto stieg. »Vielleicht können Sie bei diesen Witterungsverhältnissen mehr erkennen.«

»Gibt es denn etwas Neues?«

»Kommen Sie am besten gleich mit.«

Heute hatte sie leichte Bergstiefel an, die noch sehr neu aussahen. Sie führte Allenstein durch die Absperrung und steuerte den Rand des Steinbruches an, auf dem es wieder nach oben ging.

»Diesmal werden Sie mich nicht anschieben müssen!«, sagte sie über die Schulter zu ihm.

Allenstein war tief in Gedanken versunken und ignorierte ihre Bemerkung.

»Hat es noch mehr Opfer gegeben?«

»Nein, das große Haus war zum Glück unbewohnt. Jugendgruppen waren schon längere Zeit nicht mehr darin. Nur der Nigerianer hat sich dort wohl seit einiger Zeit immer mal wieder aufgehalten.«

»Und was ist mit dem Hausmeister?«

»Der wohnte schon seit Jahrzehnten dort und hat zum Schluss noch als Rentner für die Kommune die Gebäude beaufsichtigt.«

»Gibt es irgendetwas Verdächtiges bei der Sache?«

»Das werden wir sehen. Wir müssen jedenfalls ganz sicher wissen, ob der Abbruch eine natürliche Ursache hatte.«

Inzwischen waren sie auf der Kuppe angekommen. Diesmal ohne Ausrutscher, aber wieder etwas aus der Puste.

»Ich wollte Ihnen zeigen, was wir heute Morgen in der Erde gefunden haben.«

Sie gingen ein paar Schritte bis zu einem größeren Erdhaufen. Die Spurensicherung hatte von der Oberfläche die Erde abgetragen und nach weiteren Bimssteinchen durchsiebt. Die groben Steinbruchstücke lagen auf einem kleinen Haufen neben der durchsiebten Erde.

»Sehen Sie sich das an.«

Allenstein nahm eine Hand voll Steinchen und musterte sie mit seiner Lupe. Dann schaute er sich um und ging ein Stück in Richtung des Steinbruches. Der Himmel war diesmal geringer bewölkt, und die Luft war klar. Die Fernsicht ins Siebengebirge und über den Rhein in die Eifel war beeindruckend.

»Mesolithikum!«

»Wie bitte? Ist es wieder Ihr Ohr?«

»Mesolithikum, Mittelsteinzeit. In dem Siebgut sind Abschläge, also Splitter von Feuerstein. Sehr wahrscheinlich Mittelsteinzeit, vielleicht auch Jungsteinzeit. Hier, sehen Sie, ein Bruchstück einer Klinge.«

Er hielt der Kommissarin einen Splitter und die Lupe entgegen.

»An der Art der Bearbeitung kann man das Alter grob einschätzen.«

Kronberg hantierte umständlich mit der Lupe herum und versuchte die Erklärungen nachzuvollziehen.

»Feuerstein kenne ich. Damit haben wir als Kinder immer versucht, Funken zu schlagen, um etwas anzuzünden. Hat aber nie geklappt.«

»Das kenne ich. Ich habe mir eher die Finger aufgeschlagen, als auch nur den kleinsten Funken zu entzünden. Heute weiß ich auch, warum. Man braucht nämlich noch Pyrit dazu, ein Eisenschwefelmineral. Damit geht es wirklich.«

»Gut zu wissen. Aber wie kommt der Feuerstein hierher?«

»Schauen Sie sich um. Das ist einer der besten Plätze, um die Landschaft zu beobachten. Versetzen Sie sich doch mal ans Ende der Eiszeit. Die ersten Sträucher, später Bäume in den flachen Talmulden, man konnte sofort sehen, wo sich Tiere bewegten. Und das bis in die Niederrheinische Bucht hinein. Und wenn nichts los war, wurden Feuersteine zu Werkzeugen verarbeitet.«

»Ach, deswegen die vielen Abschläge. Meine Laborleute haben mir erzählt, sie hätten in allen Lehmproben von der steilen Abbruchfläche Reste von Quarzmaterial gefunden. Ist das das gleiche?«

»Feuerstein ist ein ganz wenig kristallisiertes Siliziumdioxid, es heißt wissenschaftlich Chalcedon. Wenn die Kristalle etwas größer werden, sagt man auch Quarz.«

»Den kenne ich.«

»Das bedeutet auf jeden Fall, dass das Material von dem Erdhaufen dort hinten in die Spalte gefüllt wurde. Wie sollten sonst die Feuersteinabschläge dort hinkommen«, sagte Allenstein nachdenklich.

»Ja, so könnte man es sehen. Ist es vielleicht möglich, dass dieser Platz hier nicht nur in der Steinzeit eine Bedeutung hatte, sondern bis in die heutige Zeit so etwas wie ein Versammlungsort ist?«

»Sie meinen, so eine Art Thing-Platz?«

»Ja, so etwas.«

»Dafür liegt er eigentlich zu weit abseits vom Rhein, aber wer weiß. So gut kenne ich mich damit nicht aus. Wie kommen Sie darauf?«

»Kommen Sie mal mit.«

Die Kommissarin führte Allenstein um ein Gebüsch herum, auf die andere Seite des Erdhügels, wo mehrere Markierungen im Boden steckten.

»Wissen Sie, was das ist?« Kronberg zeigte auf eine weiße Keramik, die stark verdreckt schief im Boden steckte.

»Sieht aus wie die alte Soßenschüssel von meiner Oma.«

»Vermutlich ist es sogar eine, nur nicht von Ihrer Oma. Aber sehen Sie die Glasperlen da? Wir werden heute noch alles ins Labor schicken. Noch bin ich mir nicht sicher, was es mit der Suppenschüssel und den Perlen auf sich hat. Vielleicht hat jemand diesen Platz hier ja als Privataltar genutzt. Wir haben häufig mit völlig abgedrehten Leuten aus der Esoterik-Szene zu tun. Sie könnten doch gerade hier auf der exponierten Höhe eine Verbindung zur Tiefe konstruieren – vorausgesetzt, sie wissen, dass das hier ein Vulkan war.«

»Und die betreffende Person oder die Personen sorgen dafür, dass der Riss nicht zu sehen ist. Sie heilen den Berg«, ergänzte Allenstein nachdenklich.

»Ja, das wäre denkbar. Zumindest ist es eine sympathischere Variante als vorsätzlicher Mord an Unschuldigen.«

Die Kommissarin atmete tief durch. Ein Windstoß zerzauste ihre roten Locken, auf denen heute keine Mütze saß. Entspannt drehte sie den Kopf in den Wind und schaute blinzelnd gegen den einzigen Sonnenstrahl, der sich zwischen zwei dicken Wolkenpaketen durchgewagt hatte.

»Vielen Dank, Herr Allenstein, Sie haben mir sehr geholfen. Es wird sicher irgendwann zu einem Gerichtsverfahren gegen den

Verantwortlichen wegen der Sicherungspflicht kommen. Ich hoffe, Sie haben dann Zeit für ein Gutachten.«

Langsam gingen sie am Rand des Bruchs entlang, zurück zum Pfad nach unten.

»Sie wollten mir noch von dem Selbstmord erzählen«, erinnerte Allenstein sie.

»Stimmt, es ist wirklich ein Zufall, dass das genau hier passiert ist.«

»Steht denn mit Sicherheit fest, dass es Selbstmord war?«

»Wir haben bis jetzt keine Anzeichen für ein Gewaltverbrechen gefunden. Es handelte sich um ein junges Mädchen. Die ältere Schwester hatte sie gesucht. Sie wusste, dass sie sich häufig hier auf dem Berg aufhielt. Es besteht sogar die Möglichkeit, dass die Keramikschüssel etwas mit ihr zu tun hat.«

»Wie alt war die Kleine?«

»Siebzehn.«

Gabriele Kronberg machte eine Pause und drehte sich zu ihm um.

»Sie stand dort oben an der Kante. Als sie die große Schwester rufen hörte, breitete sie die Arme aus und sprang – vor den Augen ihrer Schwester.«

Allenstein musste schlucken. Ein Blick in die Augen der Kommissarin sagte ihm, dass der Vorfall sie genauso bewegte wie ihn. Unwillkürlich musste er an Katy denken, und er starrte hilflos zu Boden. Absichtlich stieß er mit dem Fuß gegen einen Stein, der auf dem Weg lag, bückte sich und musterte ihn von allen Seiten.

»Was ist das für ein Stein?«

»Sandstein, vielleicht aus dem Keuper. Der ist nicht von hier.«

»Was heißt Keuper? Und woher wissen Sie, dass er nicht von hier stammt? Wie kommt der Stein denn hierher?«

Dankbar wechselte Allenstein das Thema.

»Keuper ist eine Zeitstufe in der Erdgeschichte, in der in Deutschland unter bestimmten Bedingungen Sande abgelagert wurden. Erkennen kann man das an Pflanzenfossilien, wenn welche darin enthalten sind. Aber für eine genaue Einordnung muss man einen Paläo-Botaniker fragen.«

»Sie meinen einen …?«

»Genau, einen Pflanzenkundler, der sich mit versteinerten Pflanzen auskennt.«

Allenstein sah sich das Stück noch einmal an.

»Es könnte auch ein Gestein aus der Kreide sein. Pflanzenreste sind nicht wirklich zu erkennen. Aber wie es hierherkommt, kann ich nicht sagen. Manchmal leeren Studenten auf Exkursionen ihre mitgeschleppten Steine irgendwo wieder aus, weil sie einfach zu schwer werden.«

»Eigentlich arbeiten Geologen fast wie Kriminologen«, überlegte Kronberg.

»Das ist wohl wahr.« Allenstein zögerte kurz. »Aber ich muss trotzdem noch mal fragen: Können Sie mir die Stelle zeigen, wo die Siebzehnjährige gesprungen ist?«

»Ja sicher, dort hinten.«

»Als Sie mir davon erzählten, musste ich sofort an meine Tochter denken.«

»Sie haben eine Tochter?« Sie blickte ihn von der Seite an.

»Ja, von meiner geschiedenen Frau. Sie ist schon erwachsen.«

»Wo lebt sie?«

»In Köln. Sie arbeitet in einem Heim für verhaltensauffällige Kinder und Jugendliche. Katy ist Psychologin.«

»Ach richtig! Katy Allenstein. Der Name kam mir gleich so bekannt vor. Ich hatte schon einmal mit ihr zu tun. Es ging um einen Fall, in den ein Jugendlicher aus ihrem Heim verwickelt war.«

Kronberg überlegte. »Eine nette junge Frau. Sie hat auf mich einen sehr vernünftigen Eindruck gemacht.«

»Das ist sie auch. Manchmal ist sie meine letzte Rettung, wenn es um kompliziertere Dinge geht.«

»Wie Haushalt zum Beispiel.«

»Natürlich auch das.« Allenstein stutzte. »Woher wissen Sie denn, dass ich allein lebe?«

»Woher wissen Sie, was Keuper ist?« Kronberg versuchte abzulenken.

Sie waren inzwischen an der Steinbruchkante des anderen Bruchs angekommen.

»Hier ist die Stelle, ich kann mich noch gut erinnern. Dort unten lag sie.«

Allenstein starrte in das Feld aus großen und kleinen Bruchsteinen. Plötzlich verschwammen die moosüberzogenen Stücke vor seinen Augen, und er fasste Halt suchend nach der Schulter der Kommissarin.

»Was ist los?«, fragte sie erstaunt. »Ich denke, Sie sind schwindelfrei?«

»Entschuldigung. Es geht schon wieder.«

Allenstein verschränkte die Arme im Nacken und drehte den Oberkörper einige Male nach beiden Seiten.

»War die Spurensicherung auch dort unten?«

»Nein, da war nicht viel zu machen. Es schneite an diesem Tag noch einmal heftig, so wie vor zwei Tagen. Und dann war die Sache ja auch völlig eindeutig. Die Schwester hat von unten alles gesehen.«

Allenstein blickte sich suchend um. Bis zum Rand des Gebüsches waren es etwa fünf Meter. Er ging die wenigen Schritte, bückte sich und hob etwas auf. Mit einem Gesteinsbrocken in der Hand kam er zurück und deutete in den Bruch.

»Sehen Sie dort unten diesen roten Gesteinsbrocken in den bemoosten Basaltblöcken? Etwa vier bis fünf Meter neben der Stelle, die Sie mir gezeigt haben.«

»Was ist damit?«

»Er stammt von hier oben.« Er zeigte ihr den Stein, den er aufgehoben hatte, und führte sie zurück an den Rand des Gebüschs. Dort lag ein Halbkreis aus Steinen. »Das sind Steine von einem Lagerfeuer. In der Mitte liegen noch verkohlte Holzreste. Durch die Hitze oxydieren die Steine an einer Seite und werden oft rostrot. Genau wie dieser Stein hier und der da unten im Bruch.«

»Das habe ich verstanden, aber es kann ihn doch jeder irgendwann einmal dort hinuntergeworfen haben.«

»Völlig richtig. Aber haben Sie ihn untersuchen lassen?«

Gabriele Kronberg blickte Allenstein direkt in die Augen. Genau zwei Sekunden fokussierte ihr Blick im schnellen Wechsel sein linkes und sein rechtes Auge. Dann nahm sie wortlos ihr Handy aus der Tasche und tippte eine Nummer ein.

»Ich brauche sofort die Spurensicherung hier oben. Ja, hier oben und im alten Bruch.« Sie drehte sich zu Allenstein um. »Sie meinen, den Stein hätte ihr auch jemand in den Rücken werfen können. Wenn Sie recht haben, müssen wir völlig umdenken.«

Gemeinsam suchten sie noch einmal die Feuerstelle und das angrenzende Gebüsch ab, fanden jedoch nichts Auffälliges.

»Sie haben keine Kinder?«

»Nein, das hat sich bei diesem Beruf nicht ergeben.«

»Und? Bedauern Sie es?«

»Manchmal schon. Aber mein Job ist zu gefährlich. Ich hätte die Vorstellung nicht ertragen, dass ich Kinder zurücklassen muss, wenn mir etwas passiert.«

Inzwischen war die Spurensicherung eingetroffen. Kronberg instruierte die Kollegen kurz und trat mit Allenstein den rutschigen Weg nach unten an.

»Wurde auch Zeit, ich habe mir die Blase erkältet.«

»Ach, deswegen das Klo.«

»Nein, das ist bei so langwierigen Untersuchungen einfach notwendig.«

Allenstein wartete etwas abseits und musterte die frische Abbruchwand von dem unteren Standort aus. Als die Kommissarin auf ihn zukam, zeigte er nach oben.

»Was ich noch wissen wollte: Gibt es eigentlich Thermo-Aufnahmen von der Wand nach dem Abbruch?«

»Die haben wir routinemäßig gemacht. Allein um zu sehen, ob noch Personen unter dem Schutt liegen. Allerdings war das bei der Masse zwecklos.«

»Ich würde sie mir gern einmal anschauen.«

Es dauerte fast eine Stunde, bis Weller einen Laptop brachte, auf den die Wärmebilder übertragen worden waren. Kronberg hatte die Zeit genutzt und einen Bericht an ihren Vorgesetzten abgeliefert.

»Das hier sind die Bewegungsbahnen, auf denen das Gesteinspaket abgerutscht ist.« Gemeinsam saßen sie im Audi, und Allenstein drehte den beiden Ermittlern den Monitor zu.

»Die Reibungswärme ist noch einige Zeit im Gestein gespeichert und durch dieses hochempfindliche System sichtbar.«

»Und die anderen warmen Stellen?« Weller zeigte auf einen größeren Flecken an der Wand.

»Genau das würde ich auch gern wissen.«

In diesem Moment klopfte es an die Scheibe. Es war der Leiter der Spurensicherung. Kronberg und Allenstein stiegen aus und atmeten tief durch. Im Auto roch es noch stark nach Kunstleder.

»So, wir sind oben jetzt fertig. Noch mal kriegen Sie mich da nicht rauf.«

»Haben Sie den roten Stein eingesammelt?«

»Deswegen wollte ich Sie sprechen. Auf den ersten Blick sieht es so aus, als ob auf der einen Seite Gewebefasern hängen würden. Aber Genaueres kann ich Ihnen morgen sagen.«

Kronberg wurde unruhig. »Welche Farbe?«

»Schwer zu sagen, sieht aus wie ein Grau mit roten Abschnitten. Aber wie gesagt, morgen mehr. Und tschüs!«

Kronberg wandte sich zu Allenstein. Ihr Blick war ruhig und konzentriert, als wolle sie in ihr Gegenüber eintauchen. Allenstein spürte förmlich, dass sie eine Ahnung hatte, die sich mit dem Verstand nicht fassen ließ. Gab es doch so etwas wie Instinkt?

»Die Jacke der Kleinen war graurot«, sagte die Kommissarin nachdenklich.

»Wir müssen noch einmal hochgehen, bevor es dunkel wird«, drängte Allenstein.

Der Weg nach oben war inzwischen deutlich ausgetreten und rutschiger als am ersten Tag.

»Und Sie sind sicher, dass das hier notwendig ist?«, fragte Gabriele Kronberg schnaufend und legte eine kurze Pause ein.

»Wir werden sehen. Aber wir hätten ja auch außen herumfahren können.«

»Nein, nein, das würde zu lange dauern.«

Weller begleitete sie und demonstrierte seine Top-Form, indem er den größten Teil des Hangs im Laufschritt zurücklegte. Als die Nachzügler oben ankamen, hatte er bereits den Laptop geöffnet und die Stelle mit der Wärmeanomalie abgeschätzt.

»Wir stehen jetzt vermutlich über dem wärmeren Fleck. Er müsste zirka zwei Meter unter uns liegen.«

Allenstein fuhr mit dem Finger durch den Matsch, zerrieb ihn ein wenig zwischen Daumen und Zeigefinger und roch konzentriert daran.

»Ich brauche noch ein paar Taschentücher.« Er wischte kurz über die vorderste Kante, breitete einige Tücher aus und kniete sich direkt an den Rand. »Halten Sie bitte meine Füße fest.« Die beiden schauten sich kurz an, dann packten sie wortlos die Waden des Professors.

»Da Sie von der Polizei sind, gehe ich davon aus, dass Sie mich nicht loslassen«, sagte Allenstein grinsend und beugte sich weit über die Kante vor.

»Was ich von hier sehen kann, ist noch nicht eindeutig. Wir brauchen zwei, drei Eimer Wasser, eine starke Taschenlampe und die Spurensicherung.«

»Ich dachte eigentlich, ich leite hier die Untersuchung. Wollen Sie es nicht lieber mir überlassen, wann ich die Spurensicherung einbinde und wann nicht?«, raunzte Kronberg Allenstein an, als er sich hochrappelte.

Weller grinste. Allenstein registrierte das erste Mal eine derartige Regung bei ihm. Er hatte schon nicht mehr geglaubt, dass der Mann dazu fähig war.

»Okay, dann halten wir jetzt Ihre Beine und Sie schauen sich das Ganze auch noch einmal an, damit Sie eine Entscheidung treffen können.«

Kronberg warf ihm einen verächtlichen Blick zu und griff zum Handy.

Als die ersten zwei Eimer Wasser vergossen waren, leuchtete Allenstein mit der Taschenlampe die Felswand ab. Mit bloßem Auge sah er nichts mehr, dazu war es bereits zu dunkel geworden. Diesmal hielten ihn die Kollegen der Spurensicherung an den Beinen fest.

»Das ist eindeutig«, rief Allenstein nach oben. »Hier ist gesprengt worden. Nur eine kleine Ladung, aber immerhin eine Sprengung. Das hat wohl ausgereicht.« Etwas mühsam richtete er sich wieder auf. Der Kommissarin hatte es die Sprache verschlagen. Sie benötigte zwei weitere Sekunden, bevor sie sie wiederfand.

»Woran sehen Sie das?«

Allenstein bückte sich, nahm einen Steinsplitter und ritzte eine Linie in den Matsch.

»Bei einer Sprengung gehen von einem Bohrloch bestimmte Muster aus.« Er zeichnete ein Muster, das in etwa aussah wie eine Vogelfeder. »Hier war kein richtiges Bohrloch vorhanden, sondern nur eine geringfügig geöffnete Spalte. Aber die Muster sind trotzdem da. Die Spurensicherung muss den Schlamm auf Sprengstoffreste untersuchen. Entschuldigung …« Allenstein sah Kronberg an. »Ich empfehle Ihnen, Ihren Kollegen von der Spurensicherung zu sagen, dass sie den Schlamm auf Reaktionsprodukte von Sprengstoff untersuchen sollen.«

| 12 |

In den nächsten Tagen mied Allenstein größere Besprechungen im Institut und war nur zu den festen Terminen anwesend. Schon wieder braute sich ein grippaler Infekt zusammen, der ihm die Freude an Unternehmungen und geistiger Tätigkeit nahm. Lediglich seiner Frau Hörnig erzählte er mit einer gewissen Begeisterung von der Kommissarin und wie spannend so ein Job sein konnte. Die Hörnig hatte die Geburtstagsfeier noch nicht ganz verdaut. Obgleich sie jeden Kontakt ihres Chefs mit einer weiblichen Person fast routinemäßig mit Interesse begleitete, folgte sie seinen Schilderungen in ungewohnt unterkühlter Weise.

Seiner Assistentin ging Allenstein erst einmal aus dem Weg. Nachdem er die nächtliche Diskussion mit Katy durchgestanden hatte, brauchte er eine kleine Auszeit. Aus Erfahrung wusste er, dass Peinlichkeiten mit einer bestimmten Halbwertszeit abgebaut werden. Deshalb vermied er zurzeit jeden Kontakt zu seinen Mitarbeitern. Mittwochs fand das Seminar zum Hauptstudium statt, das normalerweise bis 18.30 Uhr ging und dieses Semester von ihm betreut werden durfte. Vielfach überzogen die Teilnehmer ihre Vorträge. Mit anschließenden Diskussionen wurde es manchmal 19.00 Uhr, bis er die Veranstaltung schließen konnte.

Dieser Mittwoch war wieder ein besonders langer Tag. In seiner Abteilung traf er erwartungsgemäß keinen mehr an. Abgespannt und hungrig ließ er sich auf den Schreibtischsessel fallen und überprüfte rasch noch die eingegangenen Mails auf dem Rechner.

Plötzlich klopfte es ein wenig zaghaft an der Tür, die sich gleich darauf öffnete. Allenstein erschrak beinahe, als er sich umdrehte.

Es war Anja, eingepackt in einen langen gesteppten Wintermantel, in der linken Hand eine Sporttasche. Sie schloss die Tür und stellte die Tasche auf einen Stuhl. Die untere Hälfte ihrer langen dunklen Haare war feucht und bildete kleine Strähnen, die über Kapuze und Schultern hingen. Ihre Wangen glühten wie die eines kleinen Kindes, das frisch aus dem Schnee kam.

»Hallo, Herr Allenstein, ich komme gerade vom Badminton und habe noch Licht gesehen.«

»Guten Abend, Anja. Regnet es?«

»Nein, ich habe geduscht nach dem Sport. Kann ich mich setzen? Ich wollte Sie etwas fragen, wegen einer Sache im Institut.«

»Ja, sicher, setzen Sie sich doch.«

Allenstein wurde leicht unruhig, als er ihren engen Fleece-Pullover sah, der keinen Zweifel aufkommen ließ, dass sie eine sehr gute Figur hatte. Und sie trug auch keinen Büstenhalter. Vermutlich hatte sie ihn nach dem Duschen nicht mehr angelegt.

»Spielen Sie schon lange Badminton?«

Anja baute sich halb provozierend, halb verschüchtert vor ihm auf. Betont unsicher nestelte sie an ihrem Armband herum und begegnete seinem Blick mit einem gekonnten Wimpernaufschlag.

Sie schien die Frage überhört zu haben.

»Schade, dass wir nicht mehr zu ›Hey Joe‹ tanzen konnten«, sagte sie leise.

Allenstein starrte auf ihre Rundungen, die sich mit jedem Atemzug unter dem engen Pullover deutlicher abzeichneten. Es war der Moment, in dem seine kognitiven Gehirnzentren einen Wettlauf gegen das Limbische System begannen. Letzteres versuchte mit Macht, die Entscheidungskompetenz auf eine tiefere Etage zu verlagern.

»Ja, schade«, erwiderte Allenstein gedehnt. Er hatte das Gefühl, die Situation nicht mehr mit dem Verstand beherrschen zu können, und kam sich vor wie in einem Trichter, in den er langsam, aber sicher hineinzurutschen drohte.

»Wollen wir das denn irgendwann nachholen?«

Langsam ging Anja auf Allenstein zu. Sie stellte sich so dicht vor ihn, dass er ihren Oberkörper spürte, und strich ihm ganz vorsichtig über den linken Oberarm.

»Herr Professor? Herr Professor? Ist Ihnen nicht gut?«

Allenstein zuckte zusammen. Verwirrt schlug er die Augen auf. Vor ihm stand der Hausmeister und blickte ihn besorgt an.

Allenstein rieb sich die Stirn. »Ich … ich muss wohl eingeschlafen sein«, murmelte er. »Nein, nein, alles in Ordnung! Ich fahre jetzt auch nach Hause«, beruhigte er den Mann.

Allenstein saß an seinem Schreibtisch im Institut, als das Telefon klingelte. Seitdem sie zuletzt im Steinbruch gewesen waren, war mehr als eine Woche vergangen. In den letzten Tagen hatte ihn eine kräftige Erkältung heimgesucht, sodass er jetzt den ersten Tag wieder im Institut war.

»Kronberg hier. Ich hoffe, es geht Ihnen gut.«

»Danke, vergrippt. Was haben Sie herausgefunden?«

»Es ist gesprengt worden. Eindeutig, mit einem Spezialsprengstoff, den wir normalerweise nicht so schnell gefunden hätten. Dafür braucht man den genauen Punkt, an dem gesprengt wurde. Sie sollten zur Kripo gehen.«

»Danke. Ich komme auch so zurecht. Und was ist jetzt mit dem jungen Mädchen, das Selbstmord begangen hat?«

»Den Fall müssen wir wohl neu aufrollen. Die Fasern an dem Stein stammten von ihrer Jacke. Und der Stein lag so weit weg von der Toten an der Seite, dass wir durchaus ein Verbrechen in Erwägung ziehen müssen.«

»Es könnte natürlich auch sein, dass der Stein schon vorher im

Bruch lag, sie ist darauf gestürzt, und viel später hat jemand den Stein an eine andere Stelle gelegt.«

»Das wäre theoretisch eine Möglichkeit. Aber aufgrund der neuen Sachverhalte werden wir auf jeden Fall ganz neu ansetzen.«

»Glauben Sie, dass es einen Zusammenhang mit der Sprengung gibt?«

»Ich glaube grundsätzlich nichts. Für mich steht immer die Untersuchung im Vordergrund. Aber ich melde mich bei Ihnen, wenn ich noch Fragen zu geologischen Zusammenhängen habe.«

Henno Allenstein legte den Hörer auf. Er hatte mit dem linken, ungewohnten Ohr telefoniert. Das Pfeifen in seinem rechten Ohr hatte in den letzten Tagen durch die Erkältung wieder zugenommen und war noch nicht verschwunden. Es machte ihn unkonzentriert und müde. Erst am Morgen hatte es sich wieder verstärkt. Vielleicht sollte ich doch einmal zum Arzt gehen, dachte er. Da erst bemerkte er, dass seine Sekretärin im Zimmer stand. Sie hielt mit beiden Händen ein Paket an den Bauch gedrückt.

»Für Sie. Ohne Absender, aber ziemlich schwer.«

»Merkwürdig.« Allenstein fiel das Paket von vor zwei Wochen wieder ein.

Während sie gemeinsam den Inhalt freilegten, gesellten sich zwei Doktoranden dazu, die die offene Tür nutzten, um fällige Termine mit ihrem Chef abzusprechen. Ihnen folgte Anja mit einem Stapel Klausuren, den sie schwungvoll auf Allensteins Schreibtisch fallen ließ.

Zu fünft beäugten sie das Gestein, das ihr Chef von allen Seiten musterte. Es war erneut ein Bruchstück von einem Werkstein.

Allenstein holte eine große Lupe aus dem Schreibtisch und untersuchte den Stein genauer.

»Da zerschlägt wohl jemand Wegkreuze«, murmelte er vor sich hin. Er reichte das Gesteinsstück und die Lupe an die Doktoranden weiter.

»Sandstein«, nickten die beiden sich zu.

»Das ist ein Sandstein mit einer kleinen Ecke einer herausgemeißelten Figur. Vielleicht Berrias, Unterkreide aus Obernkirchen«, erklärte Anja, als ihr das Stück weitergereicht wurde.

Allenstein zog die Augenbrauen hoch. Für Kenner ein typisches Zeichen, dass er überrascht war.

»Gut erkannt. Woher stammt diese Sicherheit?«

»Bückeburg! Ich komme doch aus der Gegend.«

Hörnig grinste solidarisch und setzte sich mit den Papierresten und dem Karton in Bewegung. »Das brauchen Sie doch sicher nicht mehr.«

Allenstein nahm Anja das Bruchstück wieder ab, betrachtete es noch einmal nachdenklich und legte es neben das andere Stück ins Regal. Wie zufällig stellte sich Anja dicht neben ihn und fuhr mit ihrem rechten Zeigefinger kreisend über die beiden Steine, ohne etwas zu sagen.

»Vielleicht ruft wieder jemand an. Ich sollte mir ein Aufnahmegerät besorgen. Möglich, dass der Typ kriminell ist.«

Rasch drehte Allenstein sich zu seinen Doktoranden um, setzte sich an den Schreibtisch und blätterte in seinem Kalender.

»Nächste Woche, Dienstag 10.30 Uhr. Kommen Sie bitte vorbei«, sagte er, während er über den Brillenrand hinweg beobachtete, wie Anja den Raum verließ.

| 13 |

Das Haus der Familie Krämer lag in einer kleinen Wohnsiedlung zwei Kilometer oberhalb des Steinbruchs, am Rande des Siebengebirges am Übergang zum Westerwald. Kronberg dirigierte Weller durch die leeren Straßen, auf denen nicht einmal ein Hund zu sehen war. An den Rändern der Fußwege lagen noch Reste des ersten Schnees, der aus den Garageneinfahrten gekehrt worden war, verdreckt mit Splitt und Hundekot. Gabriele Kronberg war erst vor einem halben Jahr hier gewesen und hatte die Mutter von Cordula befragt. Sie erinnerte sich noch an die gedrückte Stimmung in dem Haus, das auf sie irgendwie beklemmend gewirkt hatte. Aber das hatte natürlich auch an der Situation gelegen. Es gehörte zu den unangenehmsten Seiten ihres Berufs, mit Eltern zu sprechen, die den Tod ihres Kindes verkraften mussten.

Weller wendete und parkte den Wagen in gewohnter Weise direkt in Abfahrtrichtung vor einem kleinen Haus mit breitem Vorgarten. Es war im Stil der fünfziger Jahre gebaut und schien in dieser Zeit auch zum letzten Mal gestrichen worden zu sein. Zum Hauseingang an der Seite führte eine Holztreppe, die in eine verwitterte Veranda mündete. Als sie die wenigen Stufen nach oben gingen, beugte Kronberg sich leicht über das Geländer und deutete in den Garten. Die Strünke von Rosenkohl und Grünkohl, die dort in zwei Reihen standen, erinnerten sie an ihre Kindheit. Plötzlich bekam sie Hunger auf etwas Herzhaftes.

Sie brauchten nicht lange zu warten, bis eine ältere, schlanke Frau die Tür öffnete. Sie trug einen knöchellangen, sehr bunt gemusterten Rock und eine langärmelige helle Bluse. Auf ihren grauen, viel zu langen Haaren, die ein hageres, faltiges Gesicht einrahmten, saß ein Haarreif. Mit der warmen Raumluft drang ein leichter Duft nach Räucherkerzen nach draußen.

»Was kann ich für Sie tun?«, fragte die Frau höflich, nachdem die Kommissarin sich und Weller vorgestellt hatte. Anscheinend konnte sie sich an die Kommissarin nicht mehr erinnern.

»Es geht noch einmal um Ihre Tochter Cordula. Dürfen wir kurz hereinkommen? Das Thema lässt sich nicht so zwischen Tür und Angel besprechen.«

»Ach, Sie sind das. Ja, jetzt erinnere ich mich.« Frau Krämer wirkte auf einmal sehr unsicher. Ihr Blick huschte zwischen den beiden Polizisten hin und her. »Ich möchte eigentlich nicht mehr darüber sprechen.«

»Wir hatten auch gehofft, mit Ihrer älteren Tochter ein paar Worte reden zu können. Ist sie zu Hause?«

»Nein, Gerda ist nicht da«, erwiderte die Frau. Sie machte einen verwirrten, fahrigen Eindruck.

»Wir haben auf der Kuppe des Leybergs etwas gefunden, das vielleicht Ihrer verstorbenen Tochter gehört hat, eine längliche Schüssel aus weißem Porzellan und Glasperlen.« Gabriele Kronberg zückte die Fotos, die von den Gegenständen gemacht worden waren.

Frau Krämer wurde blass und hielt sich am Türstock fest. Ihre Gesichtszüge wirkten auf einmal wie eingefroren.

»Sollen wir nicht doch besser ins Haus gehen?«, schlug die Kommissarin vor.

Die ältere Frau holte tief Luft und stimmte zu.

Im Wohnzimmer standen zahlreiche Bilder, die fast alle nur Cordula zeigten. Ein hübsches, etwas blasses Mädchen, mit einem Blick, der sehr verträumt wirkte. Auf einer kleinen Kommode war eine besonders schöne Aufnahme mit frischen Blumen und kleinen Puppen wie ein Altar hergerichtet.

»Wissen Sie vielleicht etwas über diese Gegenstände?«, fragte die Kommissarin und hielt Frau Krämer noch einmal die Fotos hin.

»Nein«, kam die ungewöhnlich scharfe Antwort, und dann begann die ältere Frau übergangslos und ungefragt vom Todestag ihrer Tochter zu erzählen. Mit versteinerter Miene schilderte sie den schlimmsten Augenblick ihres Lebens, als Gerda schreiend nach Hause gerannt kam und von Cordulas Sturz im Steinbruch berichtete. Sie hatte sofort Polizei und Notarzt gerufen und war dann mit ihrer älteren Tochter dorthin gerannt. Aber die Polizisten, die bereits eingetroffen waren, hatten ihr nicht erlaubt, über das Trümmerfeld von bemoosten Gesteinsblöcken zu Cordula zu gehen. Und dabei hatte sie doch nur ihr Kind noch einmal in den Arm nehmen wollen.

Mitfühlend beobachtete Gabriele Kronberg, wie sich Frau Krämer immer mehr in ihren Kummer hineinsteigerte. Sie wechselte einen kurzen Blick mit Weller und unterbrach dann den weinerlichen Redefluss.

»Wo ist Gerda jetzt? Wir haben noch ein paar Fragen an sie.«

Frau Krämer tupfte sich die Augen mit einem zerknüllten Papiertaschentuch ab und trat an den Schrank. »Ich gebe Ihnen eine Karte.«

Sie zog eine abgewetzte Ledermappe aus einer Schublade und nahm eine Visitenkarte heraus.

»Gerda ist seit einigen Monaten in einer Klinik, zur Stabilisierung ihrer Psyche. Die Situation hat sie sehr mitgenommen.«

Die Kommissarin studierte die Karte, auf der der Name eines Psychologen und die Anschrift einer psychiatrischen Klinik standen.

»Für mich ist die Sache klar«, meinte Weller, als er den Motor startete. »Das war Selbstmord. Gerade in diesem Alter häufen sich doch die Fälle. Die Kleine hatte Probleme und fand zu Hause keinen Rückhalt. Die Krämer scheint doch sowieso ein bisschen neben der Spur zu sein. Sie hätte sich am besten mit ihrer Tochter zusammen in die Klinik einweisen lassen sollen. Ich glaube nicht, dass die Angelegenheit etwas mit unserem Fall zu tun hat. Wer weiß, wie die Fasern auf den Stein gekommen sind.«

»Ich glaube, es ist noch zu früh für eine Einschätzung der Sachlage. Wir sollten erst einmal abwarten, was Gerda Krämer sagt«, wies Gabriele Kronberg ihn zurecht.

Weller war jedoch nicht so leicht von seinen Vorstellungen abzubringen. »Ich glaube ja, die Sprengung war ein Anschlag auf den Nigerianer, aus welchen Gründen auch immer. Wir sollten auf jeden Fall in Richtung Menschenhandel oder Rauschgift ermitteln. Da wollte sich bestimmt jemand rächen.«

Kommissarin Kronberg warf ihrem Assistenten einen Blick von der Seite zu. Er hatte wirklich einen Hang zu dramatischen Szenarien.

»Meinen Sie nicht, Sie haben zu viele schlechte Krimis gelesen?«, fragte sie spöttisch.

Aber Weller ließ sich nicht beirren. »Cordula Krämer ist vielleicht nur auf den Stein aufgeschlagen, den andere schon viel früher in den Bruch geworfen hatten. Das können Kinder gewesen sein. Es macht doch Spaß, Steine zu schmeißen, das haben wir früher auch immer gemacht. Der Hang mit den Steinbrocken ist ziemlich steil, und nachdem das Mädchen aufgeprallt ist, ist vielleicht auch noch einiges verrutscht. Der Notarzt war da, gleich danach hat es angefangen zu schneien, der Abtransport der Leiche. Hundert Möglichkeiten, den Stein zu verlagern.«

»Wie gesagt, warten wir es ab. Lassen Sie uns erst einmal Gerda Krämer befragen. Sie brauchen übrigens nicht mit in die Klinik zu kommen«, meinte Gabriele Kronberg. »Ich werde auf jeden Fall fachliche Unterstützung hinzuziehen. Und Sie besorgen mir in der Zwischenzeit einen Sprengmeister, oder am besten einen Ausbilder, der Sprengkurse gibt und uns alles über Steinbruchsprengungen erzählen kann. Außerdem soll uns das Labor endlich die Information über den Sprengstofftyp geben. Schicken Sie bundesweit eine Anfrage nach gestohlenem Sprengstoff raus, und fragen Sie beim BKA nach, ob es in den letzten zwanzig Jahren ähnliche Fälle gegeben hat.«

Das Gebäude aus der Zeit der vorletzten Jahrhundertwende hatte etwas Ehrfurcht gebietendes. Es lag in einem kleinen Waldstück am Hang des Siebengebirges und war von einem hohen Zaun mit einem automatischen Eisentor umgeben. Der Pförtner öffnete vom Haus aus das von einer Kamera überwachte Tor, nachdem Gabriele Kronberg sich über die Sprechanlage vorgestellt hatte. Die gepflasterte Straße führte steil ansteigend direkt auf einen Wendeplatz vor einem breiten Treppenaufgang, an den auf der etwas höher liegenden linken Seite eine flache Auffahrrampe für Rollstühle angebaut worden war.

Eine dezent gekleidete Dame mittleren Alters wartete bereits an der doppelflügeligen Eingangstür. Ihre Gesichtszüge und das zu einem Dutt zusammengesteckte Haar strahlten eine unsympathische Strenge aus.

»Guten Tag, ich bin Gabriele Kronberg, Kripo Köln«, sie zeigte ihren Ausweis, »und das ist meine Kollegin, Frau Dr. Petra Gärtner. Wir haben erfahren, dass Frau Gerda Krämer hier untergebracht ist. Wir würden sie gerne sprechen.«

»Oh, das wird schwierig werden. Um diese Uhrzeit haben wir

ein spezielles Übungsprogramm, aus dem sie nicht einfach herausgeholt werden kann. Worum geht es denn?«

»Wir möchten ihr nur ein paar Fragen stellen. Bitte, zeigen Sie uns, wo wir sie finden können.«

»Warten Sie einen Augenblick, ich werde Doktor Schwertfeger informieren.«

Gemeinsam gingen sie an der Pförtnerloge vorbei in die Eingangshalle, von der zwei alte, geschwungene Natursteintreppen zu den oberen Stockwerken führten. Die strenge Empfangsdame deutete auf eine Sitzgruppe zwischen den Treppenaufgängen und verschwand durch eine große Schiebetür, die sich automatisch öffnete, im Erdgeschoss.

Als sie weg war, schaute Kronberg sich unbehaglich um. Ihre Kehle war auf einmal wie ausgedörrt. »Das sind so die Einrichtungen, mit denen ich überhaupt nicht zurechtkomme.« Sie warf ihrer Kollegin einen vielsagenden Blick zu und schüttelte sich leicht, als ob ihr ein Schauer über den Rücken liefe.

»Alles Gewöhnungssache«, entgegnete Petra Gärtner, die Diplom-Psychologin war. »Ich habe eine Zeit lang in solchen Einrichtungen gearbeitet. Nach einer Weile macht es einem nichts mehr aus. Außerdem wäre es schlimm, wenn es solche Kliniken nicht gäbe.«

Gabriele Kronberg stimmte ihr zu. Sie war froh, eine Kollegin vom Fach dabeizuhaben. Befragungen psychisch sensibler Personen liefen nicht nach vertrauten Mustern ab, und sie hatte Angst, etwas falsch zu machen. Bei so heiklen Vernehmungen war Petra Gärtner die erste Wahl, weil sie nicht nur selbstsicher und kompetent war, sondern durch ihre ein wenig fülligere Figur eine ausgesprochen mütterliche Ausstrahlung hatte.

In diesem Moment glitt die Schiebetür erneut auf, und ein Mann in den Fünfzigern mit dichten, fast schulterlangen grauen

Haaren schritt zielgerichtet auf die beiden Besucherinnen zu. Gabriele Kronberg fiel auf, dass er das linke Bein leicht nachzog. Sein Blick hatte etwas Stechendes, was durch das leicht herabhängende Lid des linken Auges ein wenig gemildert wurde. Als er vor der Kommissarin stand, wirkte er auf einmal ein wenig unsicher.

»Sie möchten Gerda Krämer sprechen? Schwertfeger, ich bin der leitende Psychologe in der stationären Abteilung.« Kronberg zuckte fast zurück, als sie zur Begrüßung seine Hand schüttelte. Schlaff und kühl, wie ein toter Fisch, lag sie in ihrer Hand.

»Ja, wir haben ein paar Fragen zu ihrem Spaziergebiet.«

»Mein Spaziergebiet? Ich gehe nicht spazieren, Sie meinen sicher mein Spezialgebiet«, erwiderte der Psychologe mit einem herablassenden Lächeln.

Kronberg warf ihrer Kollegin einen Blick zu. Die Gärtner verdrehte unmerklich die Augen.

»Nein, ich meine das Gebiet am Leyberg, in dem Frau Krämer häufig spazieren geht. Sie war dort in der Nähe des Steinbruchs auch einige Male mit ihrer Schwester unterwegs.«

»Oh, Verzeihung, da habe ich Sie falsch verstanden. Nun gut. Das heißt, Sie wollen sie auch zu Cordula befragen?«

»Ja, wir müssen sie zu Cordula befragen.« Gabriele Kronberg schaute kurz zu ihrer Kollegin.

»Da kann ich Ihnen leider keine großen Hoffnungen machen. Sie ist psychisch äußerst labil, und gerade der Tod von Cordula ist ein extrem sensibles Thema. Sie spricht sowieso nicht besonders viel und ist immer noch in einer Traumwelt gefangen. Aber versuchen wir es. Wir gehen in den Besprechungsraum.«

Schwertfeger führte sie mit schnellen Schritten einen Gang entlang. Als er die Tür zum Besprechungszimmer öffnete, wehte der Wind, der durch ein geöffnetes Fenster drang, ihm die Haare aus dem Gesicht. Kronbergs Blick fiel sofort auf Schwertfegers rechtes Ohr. Sie runzelte die Stirn.

»Wenn Sie möchten, werde ich mit der Befragung beginnen«, bot Petra Gärtner an. Schwertfeger hatte das Fenster geschlossen und sie in dem modern eingerichteten Besprechungsraum allein gelassen, um die Patientin zu holen.

»Ob das hier abfärbt?«, überlegte die Kommissarin laut und schüttelte sich. »Ja, es wäre mir lieb, wenn Sie mit ihr reden«, fuhr sie dann fort. »Sie wissen, es geht darum, ob die Schwester irgendwann einmal etwas gesehen und erzählt hat.«

Kurz darauf trat Schwertfeger mit einem jungen, zierlichen Mädchen ein. Der erste Eindruck vermittelte der Kommissarin nichts Auffälliges: helle Jacke und Hose, rotblonde, lange Haare, weiche Gesichtszüge. Nur die Augen verrieten, dass sie nicht ganz bei sich war.

Die Psychologin ging auf die junge Frau zu. »Hallo, ich bin Petra, und das ist meine Kollegin Gabriele Kronberg.«

»Ja?« Die Stimme war so leise, dass man sie kaum verstehen konnte.

»Setz dich doch. Wir haben etwas von deiner Schwester gefunden und es dir mitgebracht.«

Gehorsam setzte Gerda sich an den Tisch. Ihr Blick wanderte von den Gästen zum Fenster und schien sich hinter dem Gitter zu verlieren.

Petra Gärtner nahm einige Glasperlen aus der Tasche und legte sie auf den Tisch. Der Blick des Mädchens streifte die Perlen nur kurz. Dann sah sie wieder zum Fenster. Ohne die anderen anzusehen, begann sie zu sprechen.

»Cordula sagte, der Berg ist ein Altar. Auf ihm hat sie die ganze Kraft der Erde gespürt.« Gerda ergriff eine rote und eine grüne Glasmurmel und schloss die Finger zur Faust.

»Hat sie gesehen, wo die Kraft herauskam?«

»Sie hatte Angst, dass der Ort zerstört würde.«

»Gerda!« Petra berührte vorsichtig ihre Hand, die die Perlen umklammerte. »Hat Cordula erzählt, dass sich der Berg öffnet?«

»Ja.« Das Mädchen machte eine kurze Pause. »Jedes Jahr wieder.«

»Und sie hat ihn geheilt?«

Kronberg rutschte unruhig auf ihrem Stuhl hin und her.

»Nein.«

Gerda drehte den Kopf in Petras Richtung.

»Das hat doch ein Mann gemacht.«

Die Kommissarin reckte den Hals. »Jedes Jahr?«, fragte sie.

»Ja, immer wenn der Schnee wegtaute.«

»Dann kam der Mann und hat Erde in den Spalt gestreut?«, fragte Kronberg drängend.

Das Mädchen presste die Lippen zusammen. Sie wandte den Kopf ab und blickte wieder zum Fenster.

Petra Gärtner bedeutete ihrer Kollegin zu schweigen. »War das denn ihr Berg?«

»Ja, er gehörte nur ihr.«

Mit einer blitzschnellen Bewegung öffnete sie die Hand und steckte die Perlen in den Mund.

»Nicht!«, rief Schwertfeger, sprang auf und versuchte ihren Arm festzuhalten.

Es war zu spät. Die Perlen waren bereits verschluckt.

»Lassen Sie nur. Die sind ungefährlich«, beruhigte ihn Petra. »Ich glaube, wir haben sie jetzt lange genug gequält.«

Schwertfeger stand auf und nahm Gerda an die Hand.

»Ich komme gleich zurück. Bitte warten Sie noch einen Moment. Ich bringe Sie dann zur Tür.«

Zwei Minuten später war er wieder da.

»Ich habe Ihnen ja gesagt, dass es wenig Zweck hat. Es tut mir leid, dass Sie umsonst hierhergekommen sind.«

»Oh, nein, danke, wir haben zumindest einen Hinweis bekommen. Sagen Sie«, fragte die Kommissarin gedehnt, »wissen Sie eigentlich, wer der Vater von Cordula ist?«

Schwertfeger schüttelte langsam den Kopf und schien nachzudenken. »Nein. Soweit ich weiß, stammen beide Töchter aus einer nicht ehelichen Beziehung, wobei Frau Krämer den Vater nie benannt hat.«

Gabriele Kronberg stand auf und ging langsam zur Tür. »Wir werden versuchen, es herauszufinden«, sagte sie beiläufig.

»Warten Sie, ich gehe voran.« Ohne auf ihre Bemerkung einzugehen, schlüpfte Schwertfeger vor ihr durch die Tür und ging hastig vor den beiden Frauen den Flur entlang. An der Tür verabschiedete er sich knapp, wobei er sich mit dringenden Verpflichtungen entschuldigte.

Kaum waren sie im Auto, warf Petra Gärtner der Kollegin einen Blick von der Seite zu. »Wie sind Sie denn jetzt darauf gekommen? Sie scheinen da ja in ein Wespennest gestochen zu haben. Der Kollege war ja auf einmal ganz durcheinander.«

»Ach, ich weiß nicht«, erwiderte Gabriele Kronberg. »Nennen Sie es Intuition oder wie auch immer. Ich wusste ja, dass Frau Krämer mit den Mädchen allein lebt, aber jetzt, wo wir möglicherweise in einem Mordfall ermitteln, müssen wir auch die Frage der Vaterschaft klären.«

»Warum glauben Sie, dass er mehr weiß?«, fragte Petra Gärtner.

»Immerhin hat er engeren Kontakt zur Mutter durch die Betreuung der Tochter. Allerdings habe ich ehrlich gesagt keine Ahnung, ob das überhaupt relevant ist. Mir war lediglich eine leise

Ähnlichkeit zwischen der Toten und ihrer Schwester und Schwertfeger aufgefallen, und ich habe die Frage ganz impulsiv gestellt.«

»Na ja, auf jeden Fall ist es Ihnen gelungen, Schwertfeger aus dem Konzept zu bringen.« Die Diplom-Psychologin lachte. »Das war den Versuch doch schon wert. Ein unangenehmer Zeitgenosse, fanden Sie nicht auch? Und was wollen Sie jetzt unternehmen?«

»Vermutlich nichts.« Auch die Kommissarin musste unwillkürlich lächeln. Dann wurde sie wieder ernst. »Hinweise auf eine Straftat liegen ja nicht vor.«

Sie hatten mittlerweile das eingezäunte Gelände verlassen. Bei der nächsten Gelegenheit hielt die Kronberg an und griff zu ihrem Handy.

»Weller, die Sache wird ernst. Das Ganze ist zwar gerichtlich noch nicht verwertbar, aber für uns stellt es sich eindeutig dar. Es muss einen Zusammenhang zwischen den beiden Fällen geben. Was ist mit dem Laborbefund?«

»Es war eine kleine Menge Spezialsprengstoff mit einem besonders hohen Schwadenvolumen. Das heißt, genau darauf abgestimmt, dass mit wenig Material möglichst viel Druck erzeugt wird. Das muss der Auslöser dafür gewesen sein, dass die ohnehin kurz vor dem Absturz stehende Wand abgebrochen ist.«

»Mit anderen Worten, die Vorlaufzeit betrug zwar einige Jahre, aber der Zeitpunkt war exakt gewählt. Was muss das für ein Mensch sein? Informieren Sie bitte die anderen, dass wir uns morgen früh um acht Uhr zur Besprechung treffen.«

| 14 |

»Meine Damen, meine Herren, Sie wissen, dass ich durch äußere Umstände in den letzten beiden Veranstaltungen verhindert war. Ich hoffe, Frau Gutte hat Ihnen den Inhalt der Vorlesung für diesen Zeitraum zufriedenstellend vermittelt.«

Spontan setzte zustimmendes Klopfen auf die Tische ein. Anja, die wieder in der ersten Reihe saß, wurde rot. Henno fiel sein Traum ein, und er musste sich von weiteren Gedanken losreißen, um sich auf sein Thema zu konzentrieren.

»Wir haben das letzte Mal über Verwitterungsprozesse an verschiedenen historischen Bauwerken gesprochen«, begann er. »Da sicher einige von Ihnen an der nächsten Tagesexkursion zu Zusammenhängen von Natursteinen und Gesteinsvorkommen teilnehmen werden, hier schon einmal vorab die verschiedenen Steinbrüche, die für die Region Niederrhein wichtige Natursteinlieferanten waren.«

»Eine Frage, Herr Professor. Was ist denn eigentlich bei dem Vorfall von letzter Woche herausgekommen?«, fragte ein vorwitziger Student.

»Dazu kann ich Ihnen leider überhaupt nichts sagen, da es sich um laufende Ermittlungen handelt. Aber eines kann ich Ihnen schon jetzt versprechen«, erwiderte Allenstein. »Dieser Steinbruch wird Programmpunkt einer der nächsten Exkursionen im Sommer sein.«

Allenstein warf Anja einen flüchtigen Blick zu. Ob sie seine Spontaneität und Schlagfertigkeit wohl bewunderte?

»Kommen wir also wieder zurück auf die Steinbrüche, die Material für historische Bauten geliefert haben. Hier in der Region sind Sandsteine der Unter-Kreide aus dem Wesergebiet bei Bückeburg verwendet worden, das ist der sogenannte Obernkirchener Sandstein ...« Allenstein machte unwillkürlich eine Pause. Irgendetwas in seinem Hirn verknüpfte in diesem Moment den Sandsteinfund oben im Steinbruch von Bad Honnef mit dem Bruchstück des Steinkreuzes.

»Weiter«, sagte er laut zu sich und schüttelte den Kopf. »Außerdem sind noch große Mengen Trachyt vom Drachenfels aus dem Siebengebirge verbaut worden.« Allenstein warf die erwähnten Steinbrüche mit Beamer an die Wand.

»Wenn wir weit zurückgehen, kommen natürlich die Römer ins Spiel. Sie haben den dichten, unverwüstlichen Basalt geschätzt und ihn sehr häufig in den Fundamenten von Brücken und Villen verbaut. Basalte sind äußerst verwitterungsresistent, was die Römer anscheinend schon richtig beurteilen konnten, gleichzeitig sind sie sehr hoch belastbar und durch die Abkühlungsklüftung leicht zu bearbeiten. Es gibt allerdings eine Ausnahme. Das ist der Sonnenbrenner, ein Basalt, der innerhalb weniger Jahre an der Luft zerfällt. So mancher Steinbruchbetrieb gerade im Westerwald ist daran früher pleitegegangen, weil man ihn frisch kaum von dem normalen Basalt unterscheiden kann. Stellen Sie sich vor, Sie liefern Basaltsäulen als Stützelemente, und innerhalb von drei Jahren zerbröseln sie in kleine Stücke. Damit kann man kein Geld verdienen.«

»Wie konnte man denn die beiden Arten unterscheiden?«, fragte eine Studentin.

»Die Steinbrucharbeiter haben auf die Proben gepinkelt.«

Erstauntes Gelächter verbreitete sich im Hörsaal.

»Das ist jetzt kein derber Geologenwitz. Ich weiß nicht, was die Arbeiter im Steinbruch früher getrunken haben, aber es hat funktioniert. Nach wenigen Tagen waren die ersten typischen Flecken des Sonnenbrennerbasalts sichtbar.«

»Das glaube ich nicht«, entrüstete sich dieselbe Studentin. »Wo ist denn da der wissenschaftliche Zusammenhang?«

»Nun gut, ein kurzer Abriss. Die grauen Flecken, die man im Sonnenbrenner zuerst sieht, sind die Stellen, die zuerst sehr schnell verwittern. Auf diese Flecken laufen von den Nachbarflecken Risse zu, sodass sich ein komplettes Netz aus Rissen aufbaut, sobald der Basalt der Verwitterung ausgesetzt ist. Die Flecken selbst waren Schmelztröpfchen und stammen aus einer Mischung unterschiedlicher Magmen. Sie hatten noch im glutflüssigen Zustand des Basalts eine andere chemische Zusammensetzung. Dadurch sind sie etwas später kristallisiert als der eigentliche Hauptteil des Basalts. Was passiert, wenn Sie in einem Glas einen Punkt haben, einen Fremdkörper, der dem Glasbläser während der Herstellung in die Glasmasse gefallen ist?«

Allenstein schaute seine Studenten auffordernd an.

Zögernd meldete sich ein älteres Semester aus der hintersten Reihe.

»Wenn das Glas reißt, läuft der Riss auf die Stelle mit dem Fremdkörper zu.«

»Genau das«, nickte Allenstein bestätigend. »Und so ist das auch beim Sonnenbrenner. Die später kristallisierten Schmelztröpfchen sind Inhomogenitäten in einem Gestein, das in der Grundmasse neben den Mineralen viel Gesteinsglas enthält. Sie selbst schrumpfen etwas, wenn sie fest werden, ein idealer Ausgangspunkt für Risse, an denen schnell Verwitterungslösungen eindringen können. Diese arbeiten dann die grauen Flecken heraus. Und«, Allenstein machte eine rhetorische Kunstpause, während er auf einen verwitterten Sonnenbrandbasalt an der Projektionswand zeigte, »Urin scheint eine Flüssigkeit zu sein, die die Verwitterung begünstigt.«

In diesem Moment hörte er das Klappern von Absätzen auf den Stufen des Hörsaals. Er spürte förmlich, wie sich seine Nackenhaare langsam aufstellten. Als er sich umdrehte, wurden seine Befürchtungen zur grausamen Gewissheit. Die Hörnig marschierte mit schwingenden Hüften die Hörsaalstufen herunter und fuchtelte schon weit oben wieder mit seinem Handy.

Ein breites Grinsen zog sich durch den gesamten Hörsaal.

»Herr Allenstein, die Kommissarin!«

Allenstein riss seiner Sekretärin das Handy aus der Hand und ließ der Anruferin keine Chance, zu Wort zu kommen. Sofort polterte er los. »Das ist doch nicht Ihr Ernst?«

Hastig verschwand die Hörnig aus der Schusslinie.

Zum Glück hatte Allenstein nach den Erfahrungen des ersten Anrufs das Gerät schon vor einiger Zeit leiser gestellt, sodass kein anderer etwas hören konnte. Jetzt stand er plötzlich wie versteinert da und konzentrierte sich auf das, was die Kommissarin erklärte. Kurz darauf beendete er das Gespräch und schaute seine Assistentin an.

»Anja, es tut mir leid, Sie müssen schon wieder ran.«

Als er vor das Institut trat, war Weller schon da.

»Wir fahren nach Bückeburg?«

»Richtig. Dort warten schon die Kollegen aus Hannover.«

»Kronberg glaubt, dass es eine Verbindung zu einem anderen Fall gibt?«

»Deswegen sind Sie wieder dabei. Sie haben sie wohl überzeugt und sie hat die Kollegen in Hannover überzeugt. Kommt nicht so häufig vor.«

»Fährt sie nicht mit?«

»Wir sammeln sie bei Hamm an der A2 ein. Sie kommt direkt aus Arnsberg und lässt ihren Wagen auf dem Autohof stehen.«

»Arnsberg? Gibt es dorthin auch eine Verbindung?«

»Nein, das ist etwas Privates.«

Allenstein horchte auf. »Hat sie dort Familie?«

»Ja, ihr Vater lebt dort, allein in einem großen Haus. Es ist ein bisschen abgelegen, aber er will da nicht raus. Die Chefin kümmert sich eben, so gut es geht. Sie kennen das doch.«

»Darf ich Ihnen mal eine direkte Frage stellen?«

Weller grinste ihn auffordernd an.

»Ist Ihre Chefin eigentlich verheiratet?«

»Nein.«

»Hat sie denn einen Freund?«

»Na, Sie sind aber neugierig.« Weller lachte gutmütig.

»Das ist wie bei Ihnen, liegt am Beruf.«

»Falls Sie Interesse haben, ich kann Sie beruhigen. Sie war vor einigen Jahren mit einem Kollegen zusammen. Aber nachdem er wegen Alkohol und anderer Kleinigkeiten den Dienst quittieren musste, war es bei den beiden auch zu Ende. Mehr weiß ich nicht. Und wenn Sie über mich auch noch was wissen wollen: Ich habe eine Lebensgefährtin. Glaube ich jedenfalls«, setzte er grinsend hinzu.

»Und Sie, Sie leben doch auch allein, oder?«, fragte er nach einer kurzen Pause.

»Wie kommen Sie darauf?« Wellers Grinsen war Allenstein plötzlich sympathisch.

»Das sagt mir die Erfahrung, und mein Beruf.«

»Ah, ich verstehe, Sie haben recherchiert. Dann weiß es die Kommissarin also auch. Aber ich weiß dafür, was Keuper ist.«

Weller warf ihm einen Blick von der Seite zu, erwiderte aber vorsichtshalber nichts.

Wenig später hatten sie den Treffpunkt erreicht. Gabriele Kronberg wartete bereits an der Einfahrt zum Autohof. Mit enger Jeans, Bergschuhen und geländetauglicher Winterjacke wirkte sie wie eine ältere Studentin, die zur Exkursion abgeholt wurde. Unter den Arm hatte sie eine dicke Mappe mit Unterlagen geklemmt.

»Tut mir leid, dass ich Sie schon wieder aus Ihrer Vorlesung holen musste«, begrüßte sie Allenstein, während sie auf dem Rücksitz hinter Weller Platz nahm. »Aber die Fälle liegen zu dicht beieinander.«

»Ich verstehe noch nicht ganz, wie das passieren konnte«, antwortete Allenstein. Die Ausführungen am Handy waren sehr kurz gewesen. Die Kommissarin hatte einen Schwall kühle Luft mit ins Auto gebracht, aber gleichzeitig stieg ihm eine frische Duftnote in die Nase, die ihn kurz von seinen Überlegungen ablenkte. Insgeheim wunderte er sich, dass ihm diese Note vorher noch nie aufgefallen war.

»Sie kennen den Steinbruch?«, fragte die Kommissarin.

»Sie werden es nicht glauben, aber als meine Sekretärin das Handy brachte, hatte ich gerade den Obernkirchener Sandstein bei Bückeburg erwähnt. Das ist einer unserer Exkursionspunkte.«

»Genau in diesem Steinbruch ist heute Morgen zu Beginn der Frühschicht eine Wand abgesprengt worden. Unkontrolliert, völlig ohne Vorwarnung. Ein Arbeiter wurde verschüttet.«

»Moment mal, dort werden Gesteinsblöcke hergestellt, die nachher zu Ornamentsteinen weiterverarbeitet werden. Eigentlich dürfte dort gar nicht großartig gesprengt werden. Konnte wirklich einer ungesehen heimlich Löcher bohren, um eine Sprengladung zu zünden?«

»Das ist etwas, worüber wir uns vor Ort unterhalten müssen.«

Die Autobahn 2 von Dortmund nach Hannover führt durch die Verebnungsfläche des Münsterlandes, eine flache schüsselartige Struktur, in der sich vor mehr als 80 Millionen Jahren über einen Zeitraum von Jahrmillionen Kalke und Sande ablagerten, die heute eine Folge flach liegender Sedimentgesteine bilden. Sie liegen auf viel älteren gefalteten Gesteinseinheiten, die weiter im Süden als Rheinisches Schiefergebirge heraustreten und so zeigen, was in der Tiefe bei Münster zu erwarten ist, falls man gewillt wäre, mehrere Kilometer nach unten zu bohren.

Nach Nordosten hebt sich recht plötzlich ein Streifen eines kleinen Mittelgebirgssystems heraus, das am Südrand des Osning als Teil des Teutoburger Waldes und im Norden vom Wiehengebirge und Teilen des Wesergebirges aufgebaut wird. Die gleichen Schichten, die im Süden flach liegend den Inhalt der Schüssel bilden, sind hier durch Gebirgsbildungskräfte gegeneinander verworfen und verstellt worden. Hinzu kommen noch ältere Gesteinseinheiten, aus der Trias und dem Jura, die bei Münster fehlen.

Allenstein ließ in Gedanken die geologische Karte der Region vor sich auftauchen. Im Südosten ging diese Struktur in die Externsteine über, in der Umbiegungszone vom südlichen Teutoburger Wald in das Egge-Gebirge. Ihm fiel eine der letzten Touren mit Helga ein. Die Schichten der Externsteine stehen senkrecht und bilden eine reizvolle Möglichkeit zu klettern. Damals hatten sie die schwierigsten Stellen im Schnelldurchgang gemeistert. Es hatte solchen Spaß gemacht, mit ihr diese Touren zu unternehmen …

Östlich der Porta Westfalica durchbricht die Weser auf ihrem Lauf nach Norden das Wiehengebirge. Die A2 verlässt den Mittelgebirgsstreifen und geht in eine flachhügelige Landschaft, in die Norddeutsche Tiefebene über.

Allenstein hätte am liebsten geschlafen. Die Fahrt war unerwartet ermüdend. Kronberg las in ihren Unterlagen, und Weller war wie gewohnt wenig gesprächig. Die letzten Nächte waren nicht sehr erholsam gewesen. Erst die Erkältung, dann längere Arbeitstage mit neuen Laborversuchen, die er in der Arbeitsgruppe vorgeschlagen hatte. Er dachte an Anja. Natürlich war eine Beziehung in dieser Form problematisch, und er würde mit Katy sicher richtig Ärger bekommen, aber obwohl er es nicht wirklich in Erwägung zog, hatte es einen verdammten Reiz. Vielleicht aber ließ ihn auch nur die Fantasie der Möglichkeiten nicht los.

Als Weller von der Autobahn abfuhr, wurde Allenstein schlagartig wieder hellwach. Alle Müdigkeit fiel von ihm ab.

»Haben Sie eigentlich irgendeine Idee, mit was für einem Täterprofil Sie es zu tun haben?«, wandte er sich nach hinten und sah die Kronberg fragend an.

»Das werden wir vermutlich nicht so schnell herausfinden. Für den Fall, dass es zwischen diesen beiden Ereignissen eine Verbindung gibt, werden wir wohl einen Psychologen hinzuziehen müssen.«

In diesem Moment klingelte ihr Handy. Es war die Kollegin aus dem Büro, die die Sprengstoff-Vertriebswege und gemeldeten Diebstähle der letzten Zeit recherchierte.

»Hallo, Gabi, ich bin in drei Fällen fündig geworden. Ein Einbruch in ein Depot für gelatinöse Sprengstoffe fand vor einiger Zeit in der Nähe von Tauberbischofsheim statt. Wann genau, kann nicht mehr festgestellt werden. Ein zweiter bei Westerburg im Westerwald, und jetzt halt dich fest, direkt in der Nähe von Arnsberg im Sauerland vor etwa einer Woche.«

»Mist, das hätte ich eher wissen sollen. Ich war gerade bei meinem Vater und hätte doch vorbeifahren können.« Die Kommissarin blickte auf die Uhr. »Vielleicht schaffe ich es ja heute noch.«

»Es soll aber von Nordwesten ein kräftiges Schneegebiet hereinziehen«, warnte die Kollegin sie.

»Egal, versuchen werde ich es. Schick mir auf jeden Fall die Adresse per SMS für mein GPS. Und informier bitte die Spurensicherung, die sollen noch einmal genau nachsehen. Vielleicht finden sie eher etwas, wenn sie die Zusammenhänge erfahren. Ach, und noch etwas. Warum sind die Zeitpunkte der Diebstähle so ungenau?«

»Der oder die Täter haben von hinten weggenommen und die Kisten stehen gelassen. Das ist erst später aufgefallen.«

»Okay, danke. Halt mich auf dem Laufenden, wenn sich etwas Neues ergibt.« Die Kommissarin legte auf.

»Das müssen Profis sein«, sagte sie nachdenklich zu Weller, nachdem sie ihn über die neue Situation informiert hatte.

Als sie in den Weg zum Steinbruch einbogen, kam ihnen der Kollege aus Hannover schon entgegen.

»Mannheimer, guten Tag. Ich leite die Ermittlungen hier«, stellte er sich vor und gab ihnen mit wenigen Sätzen einen ersten Überblick über die Untersuchungsergebnisse.

»Normalerweise wird hier selten gesprengt. Hin und wieder kommt es aber vor, dass unbrauchbare Partien weggeräumt werden müssen. Das sind verwitterte oder gestörte Bereiche, die keine vernünftige Ausbeute für große Steinquader ergeben.«

»Und dafür werden Bohrlöcher vorbereitet und irgendwann für die Sprengung bestückt«, schaltete sich Allenstein ein.

»Genau. Der oder die Täter haben jedenfalls vorher schon Sprengstoff eingefüllt, der heute Morgen hochgegangen ist.«

»Wie habe ich mir das vorzustellen? Das kann doch nur nachts geschehen sein, als keiner hier war. Und die Zündung, wie haben die denn gezündet?« Gabriele Kronberg hatte den Notizblock in der Hand und machte sich eine Skizze mit zwei großen Fragezeichen.

»Die Spurensicherung ist noch nicht fertig. Aber über Kabel wurde nicht gezündet.«

»Wie dann?«, wollte Weller wissen.

»Das ist noch nicht ganz raus. Aber es gibt eine Vermutung vom Sprengmeister, das ist der Mann da hinten, mit dem grauen Lockenkopf.« Mannheimer deutete auf einen etwa fünfzigjährigen, etwas korpulenteren Mann in einer blauen Latzhose und einer offenen Weste aus Kunstleder. Er stand mit dem Eigentümer des Steinbruchs und dem Betriebsführer vor einer Gruppe von Arbeitern.

Kronberg grüßte und wandte sich gleich an den Mann mit den grauen Locken.

»Sie waren heute Morgen bei der Sprengung dabei?«

Der Sprengmeister holte tief Luft.

»Ja, sicher, wir wollten wenig später losfahren und die Bohrlöcher befüllen. Das machen wir immer am Vormittag, damit über die Mittagspause gesprengt werden kann. Ein Kollege, der Hermann von der Firma Gossen, muss schon unten gewesen sein. Der wollte vermutlich Material und Werkzeug aus dem gefährdeten Bereich wegholen.«

»Wann haben Sie ihn das letzte Mal gesehen?«, fragte Kronberg.

»Eigentlich gestern. Er ist, wie wir auch, von einer externen Firma.«

»Gossen wartet hier die Geräte«, schaltete sich der Eigentümer ein. »Sie starten eine Stunde früher als die Stammmannschaft, damit die Maschinen bereit sind, wenn wir anfangen.«

»Die Fehlsprengungen fanden so gegen 6.30 Uhr statt. Normalerweise ist dann keiner im Bruch. Sehe ich das richtig?«

Der Sprengmeister wirkte plötzlich leicht nervös und schaute den Eigentümer an.

»In der Winterzeit schon, bloß diesmal nicht, weil der eine Lader unten einen defekten Hydraulikschlauch hatte. Der musste vor Ort repariert werden, um wieder hochfahren zu können«, antwortete er schnell.

»Wo waren Sie, als die Sprengung losging? Wie war noch mal Ihr Name?«

Kronberg hatte sich dem Eigentümer zugewandt.

»Baldes, Firma Baldes. Ich war noch zu Hause. War spät geworden gestern. Und die anderen …« Er warf dem Betriebsführer einen fragenden Blick zu.

»Wir waren hier oben, in den Sozialräumen, wie immer vor Arbeitsbeginn.«

»Ja. Und wir dachten, wir hören nicht richtig, es gab einen Schlag und dann die Erschütterung, als ein Teil der Wand herunterkam«, schaltete sich der Sprengmeister beflissen ein.

»Dann sind Sie gleich losgelaufen?«

»Wir sind sofort auf die Lader und runtergefahren. Auf halber Strecke kam der nächste Schlag, wir in Deckung, dann gleich der dritte. Das war's.«

Kronberg schaute in die Gesichter der umstehenden Arbeiter. Betreten senkten sie den Blick und starrten auf den schlammigen Boden.

»Wer hat ihn gefunden?«

Einer der Arbeiter hob die Hand. Sein südeuropäischer Teint konnte die Blässe seines Gesichts nicht kaschieren. Fahrig wischte er sich mit seinem verstaubten Ärmel über die Augen.

»Er liegt direkt neben dem verschütteten Lader. Wissen Sie, wenn ich das Schwein erwische, dann …«

Kronberg ließ den Sprengmeister nicht ausreden.

»Haben Sie eine Vermutung, wie die Sprengladungen gezündet wurden?«

»Es waren drei Ladungen. Aber sie wurden nicht gleichzeitig gezündet.«

»Und die Zündung?« Kronberg wurde langsam ungeduldig.

»Dem kam das auf den genauen Zeitpunkt der Zündung nicht an. Deshalb kann es gut sein, dass er mit einem Säurezünder gearbeitet hat.«

»Wie funktioniert der?«

»Über dem eigentlichen Sprengstoff wird eine Ampulle angebracht, in der eine Säure ein Barrierematerial durchfrisst und anschließend über eine chemische Reaktion die Explosion in Gang setzt. Das lässt sich zeitmäßig nicht so genau steuern.«

»Ich glaube, wir schauen uns am besten einmal um.« Kronberg warf Allenstein einen auffordernden Blick zu und setzte sich in Richtung Steinbruch in Bewegung.

»Was meinen Sie, Herr Kommissar, wann wir unseren Betrieb wieder normal aufnehmen können?«, rief der Eigentümer hinter Mannheimer her.

»Wir werden Sie informieren!«

Allenstein war Kronberg, Weller und Mannheimer bis zu einem großen Radlader gefolgt. Zwei schwere Ketten waren an der Schaufel befestigt und spannten sich gerade, als er neben die Kommissarin trat. Der Laderführer versuchte, einen tonnenschweren Gesteinsblock von seinem verschütteten Kollegen abzuheben. Ein Stiefel schaute auf der einen Seite heraus. Plötzlich wurde die Tür der Fahrerkanzel aufgerissen, der Arbeiter sprang nach draußen und übergab sich.

Ein Mann von der Spurensicherung schaute Mannheimer an. Dann ging er zum Einsatzleiter der Feuerwehr, die das Gebiet abgesperrt hatte. Nach kurzer Diskussion ging der Feuerwehrmann zu einem älteren Kollegen und redete mit ihm. Anscheinend war er bereit, das Gerät zu bedienen.

Als der Block frei in der Luft schwebte, setzte der Lader einige

Meter zurück. Die Kommissarin begann plötzlich leicht zu zittern. Unvermittelt drehte sie sich zu Allenstein um und ergriff seinen Arm.

»Verstehen Sie das bitte nicht falsch, aber können Sie mich einen Moment lang festhalten?«

Er schaute auf die zerquetschte Leiche des Arbeiters, aber der Anblick drang nicht wirklich zu ihm durch. Verwundert fragte er sich, was wohl von ihm erwartet wurde.

Als die Kommissarin sich von ihm löste, wich sie seinem Blick aus. Aber es war nur ein kurzer Augenblick, dann hatte sie sich wieder unter Kontrolle.

»Wir sollten dort hochgehen«, schlug sie vor und schaute sich nach der besten Aufstiegsmöglichkeit um.

Zu viert suchten sie den oberen Rand des Steinbruchs ab.

»Der oder die Täter müssen den Bruch schon länger beobachtet haben«, erklärte Mannheimer im Brustton der Überzeugung. »Es gab nur ein sehr begrenztes Zeitfenster.«

»Und es muss mindestens ein absoluter Spezialist für Sprengungen dabei gewesen sein. So etwas lernt man nicht in einem Volkshochschulkurs«, ergänzte Kronberg.

»Es gibt aber entsprechende Kurse, in denen man den Umgang mit Sprengstoffen lernt. Sonst gäbe es keine Sprengmeister«, erwiderte Allenstein.

Kronberg wies Weller an, nach seiner Rückkehr nach Köln eine Liste sämtlicher Institutionen zusammenzustellen, in denen derartige Kenntnisse vermittelt werden. Vielleicht ergab das einen ersten Hinweis.

»Übrigens, wenn ich hätte erfahren wollen, wann hier wieder gesprengt wird, hätte ich mich als Mineraliensammler ausgegeben«, überlegte Allenstein. »Mit einem Kasten Bier wäre ich schnell an die notwendigen Informationen gekommen.«

»Dann müsste vielleicht jemand von den Arbeitern eine Telefonnummer dieser Person haben«, überlegte Mannheimer. »Das werde ich gleich überprüfen lassen.«

Der Steinbruch bekam etwas Surreales, als sich am Nachmittag eine tiefblaue Wolkenwand von Norden über der Norddeutschen Tiefebene aufbaute. Es roch nach Schnee. Die weiß gekleideten Spurensicherer liefen auf der obersten Sohle des Steinbruchs entlang und versuchten hastig, so viele Spuren wie möglich festzuhalten. Viel Zeit blieb ihnen nicht mehr. Die Kommissare und Allenstein verteilten sich in einem größeren Bogen über die Fläche und versuchten, das Geschehen nachzuvollziehen. Henno hatte den intimen Augenblick unten im Steinbruch noch nicht verdaut. Immer wieder schaute er zu Gabriele Kronberg, und einmal sah er, wie sie sich gerade wieder aufrichtete, etwas in ein Papiertaschentuch wickelte und in die Tasche steckte.

Kurze Zeit später sammelten sie sich vor dem halb verschütteten Lader.

»Haben Sie etwas Auffälliges entdeckt?«, fragte Mannheimer.

»Ich sehe nur Steine und Dreck«, antwortete Kronberg resigniert. »Geht mir genauso«, erwiderte Mannheimer. Weller nickte.

»Eine Sache kommt mir komisch vor.« Allenstein musterte erneut die gesprengte Masse vor ihnen. »Der Block, unter dem der Arbeiter lag, ist viel größer und kompakter als das übrige abgesprengte Gestein.«

»Und was sagt uns das?«, fragte Mannheimer.

»Durch die Energie der Sprengladung wird das Gestein bis auf eine bestimmte Maximalgröße zerkleinert. Mit der Menge des eingesetzten Sprengstoffes kann man Pi mal Daumen vorentscheiden, wie grob das Material werden soll. Das ist zum Beispiel wichtig, wenn man einen Brecher hat, bei dem nur eine bestimmte Größe durch das Gitter passt. Sind die Brocken zu groß, müssen sie aufwendig nachzerkleinert werden. Der Block hier ist bei weitem das Größte, was herumliegt.«

»Ja und?« Kronberg wurde schon wieder ungeduldig.

»Das kann möglicherweise, ich sage es bewusst vorsichtig, möglicherweise dadurch gekommen sein, dass dieser Block vorher aufgrund einer normalen Instabilität abgerutscht ist und den Mann erschlagen hat. Wenn es so wäre, hätte die nachfolgende Sprengung das kleinere Material lediglich darübergeworfen und wäre nicht die eigentliche Todesursache.«

Mannheimer und Kronberg sahen sich an.

»Das heißt, der Mann hätte schon vor der Sprengung wieder oben in der Werkstatt sein können, wenn ihn nicht der Block erschlagen hätte«, überlegte Kronberg.

»Wenn ihn nicht der Block erschlagen hätte«, wiederholte Mannheimer, als wollte er sich diesen Gedanken fest in sein Gedächtnis einbrennen.

»Demnach müssen alle Arbeiter befragt werden, ob sie vielleicht vorher schon einen Schlag gehört haben«, überlegte Allenstein laut.

»Wenn es tatsächlich so war, ist die Rechtslage ziemlich kompliziert. Aber das fällt nicht in meine Kompetenz.« Kronberg gab Mannheimer die Hand.

»Wir müssen fahren, die Schneefront, Sie sehen es. Außerdem habe ich noch einen Termin in einem anderen Steinbruch. Bitte informieren Sie mich, sobald Sie einen Hinweis auf den Täter haben.«

Notdürftig kratzten die Kölner den Matsch von den Schuhen und stiegen in den Wagen ein. Die ersten Schneeflocken erreichten in breiter Front den Rand des Wiehengebirges. Nach wenigen Kilometern Landstraße bogen sie auf die Autobahn nach Südwesten ein.

»Ich glaube, das wird ein interessanter Fall für Mannheimer«, sagte Kronberg zu Weller, der wieder den Wagen fuhr. »Der Eigentümer oder die Belegschaft haben irgendetwas zu verbergen. Wenn Sie recht haben, Herr Allenstein, dann liegt die Verantwortung für den Todesfall ganz woanders. Aus dieser Sache sind wir wohl raus. Vermutlich ist es bloßer Zufall, dass zwei ähnliche Fälle aus völlig unterschiedlichen Gründen passieren.«

»Das gibt es auch häufig in der Forschung. Fragen Sie mal einen Statistiker. Der zeigt ihnen, dass das alles nur eine Frage von Wahrscheinlichkeiten ist.«

Die Kommissarin wollte etwas erwidern, schwieg aber erschrocken, weil Weller plötzlich heftig auf die Bremse trat und der Wagen anfing zu schlingern. Vor ihnen war ein LKW auf dem Schneematsch leicht ausgebrochen.

»Verdammt, das hätte uns gerade noch gefehlt«, fluchte Weller laut. Der Schock reichte, um sein Tempo für die Weiterfahrt deutlich zu reduzieren.

»Haben Sie oben im Bruch eigentlich noch etwas gefunden?«, fragte Allenstein, dem einfiel, wie sich die Kronberg im Steinbruch gebückt hatte.

»Nein, ich fange bloß langsam an, mich für Steine zu interessieren. Ich habe mir einen schönen mitgenommen.«

»Darf ich ihn sehen?«

»Ach, das ist sicher nur so ein Sandstein, dort aus dem Bruch.«

In diesem Moment kam eine Verkehrswarnung über das Radio. Wegen der Schneefront hatte es erste Unfälle im Norden gegeben. Kronberg forderte Weller auf, mit Blaulicht zu fahren und doch wieder mehr Tempo zu machen. Sie hoffte, wieder vor die Hauptschneefront zu kommen, etwas, was in diesem Moment sicher nicht ganz aussichtslos war.

»Vielleicht habe ich ja die Chance, doch noch rechtzeitig zu dem Steinbruch im Sauerland zu kommen, der den Diebstahl gemeldet hatte. Wenn Sie Zeit und Lust haben«, Gabriele Kronberg drehte sich halb zu Allenstein um, »könnten Sie mir dabei zur Seite stehen. Ich bin mir nicht ganz sicher, ob ich den Umgang mit dieser Materie bereits beherrsche. Es ist eigentlich immer besser, einen Fachmann dabeizuhaben.«

Weller hielt den Blick starr geradeaus gerichtet. Stoisch scheuchte er die Linksfahrer auf der Autobahn vor sich auf die andere Spur.

Allenstein überlegte kurz. Einen wirklichen Grund für eine Absage konnte er nicht so schnell finden. Sicher, Zeit war immer ein Argument. Aber mit der Kommissarin zwei weitere Stunden zusammen zu fahren war eigentlich auch reizvoll.

»Wenn Sie mir hinterher noch einen warmen Kaffee anbieten, komme ich mit.«

Das Präsidium hatte inzwischen die Adresse des Steinbruchs geschickt. Bevor sie den Wagen am Autohof wechselten, instruierte die Kommissarin ihren Kollegen für die nächsten Schritte. Sobald die Sprengstoffanalysen vorlagen, sollte eine Besprechung mit Vertretern des Bundeskriminalamtes, den Hannoveranern und den Landeskriminalämtern aus Nordrhein-Westfalen und Niedersachsen stattfinden. Solange das Motiv noch im Dunkeln lag und Mannheimer keinen Täter vorweisen konnte, mussten sie alle Möglichkeiten in Betracht ziehen, sogar terroristische Anschläge, obwohl das bislang am unwahrscheinlichsten schien.

Schweigend saß Allenstein neben der Kommissarin im Auto. Er war sich nicht ganz sicher, warum sie ihn aufgefordert hatte, sie zu begleiten. Die Geologie konnte doch eigentlich nicht der Grund sein. Hatte sie etwa Interesse an ihm? Er runzelte die Stirn. Gabriele Kronberg, die bis jetzt konzentriert gefahren war, warf ihm einen Blick von der Seite zu.

»Sie dürfen das von vorhin, als ich mich an Ihnen festgehalten habe, wirklich nicht falsch verstehen«, sagte sie ein wenig verlegen. »Ich habe schon ganz andere Dinge gesehen, das gehört zu meinem Job. Aber der Anblick vorhin hat schreckliche Erinnerungen wachgerufen.«

Allenstein blickte sie fragend an.

Hastig redete die Kommissarin weiter. »Mein Bruder, ich war zwölf, ich habe mit bloßen Händen versucht, ihn auszugraben. Er war unter einer Lawine von Sand und Kies verschüttet. Nur noch ein Fuß schaute unter dem Berg heraus.« Gabriele schluckte. »Genau wie eben. Ich war nicht darauf vorbereitet.« Sie konnte nicht mehr weitersprechen.

Allenstein spürte, wie sich sein Nacken verkrampfte. Ihm wurde eiskalt. Er dachte an seine letzte Exkursion.

»Sie sagten bei unserem ersten Telefongespräch, dass Sie mich aus der Zeitung kennen würden. Das Foto wurde aufgenommen, als ich in der Kiesgrube verschüttet worden war.«

Die Kronberg warf ihm einen Blick zu. Schweigend fuhren sie aus der Verebnungsfläche des Münsterlandes durch die Randzone des Mittelgebirges. Vor ihnen lagen in Ost-West-Richtung die Höhenrücken des Sauerlands. Gesteinsschichten, die sich vor mehr als 300 Millionen Jahren auf dem Meeresgrund gebildet hatten, waren durch die Tektonik unter extrem hohen Druck geraten, verstellt und wie eine zusammengeschobene Tischdecke in Falten gelegt worden. Aber erst vor ein bis zwei Millionen Jahren, mit der relativ jungen Heraushebung über das Niveau des Meeresspiegels, hatte die Erosion begonnen, die heutigen Geländeformen herauszumodellieren.

Unvermittelt begann Gabriele Kronberg zu sprechen. »Es gab bei uns am Niederrhein mehrere Kiesgruben. Stefan, mein kleiner Bruder, hatte eine Höhle in den Sand gegraben. Irgendwann gab der ganze Hang nach.«

»Diese Bilder brennen sich ins Gedächtnis ein.« Vor Allenstein tauchte das Gesicht von Helga auf, wie sie leblos am Seil hing, blutend, bereits in einer anderen Welt.

»Hat Sie mein Unfall auch an Ihren Bruder erinnert?«

Kronberg nickte.

Henno schaute aus dem Seitenfenster auf die Ruhr, die sich träge durch die Mittelgebirgslandschaft schlängelte. Halbherzig versuchte er die geologische Karte, die er von diesem Gebiet im Kopf hatte, auf die einzelnen Bergrücken zu übertragen. Eine Zeit lang sagte keiner etwas. Beide waren mit ihren Gedanken in der Vergangenheit.

»Dort drüben auf der anderen Talseite liegt das Haus meines Vaters, direkt an der Stadtgrenze von Arnsberg, und da hinten beginnt die Weihnachtsbaum-Wüste.« Kronberg zeigte nach vorn auf riesige Jungwaldflächen, die dicht an dicht mit Nordmanntannen bestanden waren.

»Ich weiß nicht, ob die Religionsstifter das gewollt haben«, entgegnete Henno leicht frustriert. »Sind Sie als Kommissarin eigentlich religiös?«

»Das hat doch nichts mit dem Job zu tun. Aber um Ihre Frage zu beantworten, nein, nicht wirklich, meist nur zu Weihnachten.«

»Ich glaube schon, dass es auch etwas mit dem Beruf zu tun hat. Als Naturwissenschaftler ist man zum Beispiel darauf konditioniert, tagtäglich seine Aussagen auf Stimmigkeit und Reproduzierbarkeit zu testen. Alles, was Sie behaupten, müssen Sie durch harte Fakten belegen können. Sonst würden Sie völlig unglaubwürdig werden und wären in kürzester Zeit raus aus der wissenschaftlichen Gemeinschaft. Wenn man unsere Religion verstehen will, muss man sich die Zeit vorstellen, in der sie entstanden ist. Eine Zeit, in der Menschen geglaubt haben, die Erde sei eine Scheibe, um die sich die Sonne dreht. Sie wussten doch gar nichts von Physik, Chemie, Biologie und Evolution, ganz zu schweigen von Psychologie mit all ihren Facetten. Für diese Menschen war die Religion das Gerüst für soziale Systeme, für Ethik. Aber heutzutage sind die Voraussetzungen doch völlig anders. Ich kann mich nicht abends ins Bett legen und anfangen, Dinge zu glauben, die in einer realistischen Welt keinen Bestand haben. Das gäbe irgendwann einen Kurzschluss im Gehirn.«

»Und mit solchen Kurzschlüssen haben wir es dann zu tun. Sie glauben gar nicht, wie viele Morde und Mordversuche auf religiös bedingte Kurzschlüsse zurückgehen. Da brauchen Sie nur einmal unsere Polizeipsychologen zu fragen.«

Kronberg bog in eine Hangstraße ein, die bereits zum Steinbruch gehörte. Als sie am Containerbüro anhielten, fielen auch hier die ersten Schneeflocken.

»Sie haben doch hoffentlich Winterreifen aufgezogen«, sagte Allenstein besorgt.

»Ich fahre häufiger in diese Gegend, zu meinem Vater. Außerdem ist es Pflicht.«

Der Betriebsführer wartete schon. Er führte die beiden zum Bunker, an dem das Team von der Spurensicherung gerade die letzten Sachen zusammenpackte. Die Kölner hatten auch die Schneewand im Blick.

»Und, haben Sie noch etwas Verwertbares finden können?«, fragte die Kommissarin Riese, den Leiter der Gruppe.

»Und ob«, antwortete er fröstelnd. »Wir haben einen ganzen Sack voll von genetisch verwertbaren Spuren. Da müsste einiges zu machen sein. Und Vergleichsmaterial haben wir auch schon von allen Personen genommen, die hier Zugang haben. So, wir hauen jetzt ab. Sonst geht gleich gar nichts mehr auf den Straßen.«

»Moment noch. Wie sind die Täter denn hier hereingekommen?«

»Sehr wahrscheinlich mit dem Originalschlüssel. Aus dem Büro. Das war wohl am einfachsten.«

Kronberg ließ sich vom Betriebsführer die Büros und die Datenblätter über den gelagerten Sprengstoff zeigen. Das, was fehlte, hätte für die Sprengung mehrerer hundert Meter Steinbruchwand gereicht. Gemeinsam bestiegen sie einen alten Geländewagen und fuhren den gesamten Steinbruch ab.

»Glauben Sie, die Täter sind unten über die normale Zufahrt gekommen?«

»Schwer zu sagen. Die ist jedenfalls besser einzusehen als die Zufahrt von hier oben, durch den Wald.«

Sie waren am obersten Punkt des Steinbruchs angekommen, der hier an den Nadelwald angrenzte. Hinter einer LKW-Ladung Abraum, die als Barriere für öffentliche Fahrzeuge diente, begann eine Forststraße. Der Schneefall setzte jetzt richtig ein. Etwas schwerfällig kletterten Kronberg und Allenstein aus dem hochbeinigen Fahrzeug und stiegen über den Wall.

Die Kommissarin zog ihr Handy aus der Tasche und rief Weller an, während sie ein kurzes Stück den Weg entlangging.

»Noch eine Ergänzung, Weller, wir müssen sämtliche Jäger und Förster im Umkreis des Steinbruchs befragen, ob ihnen nachts irgendetwas Verdächtiges aufgefallen ist. Und wenn möglich die schlaflosen Hundebesitzer auch. Die bekommen Sie hier in der Gegend sicher über die Dorfkneipen. Wir sehen zu, dass wir noch vor dem Schneechaos zurückkommen.«

Am anderen Ende der Leitung war nur ein Grummeln zu hören. Die Kommissarin legte auf.

Als sie den Steinbruch verließen, trafen die ersten Chaosmeldungen über die Verkehrssituation auf den Autobahnen ein. Die Sauerlandlinie war gesperrt worden, auf der A2 hatten sich zahlreiche Unfälle ereignet, und die Landstraßen waren durch erste umstürzende Bäume an zahlreichen Stellen blockiert.

»Und jetzt?«, fragte Allenstein.

»Uns wird wohl nichts anderes übrig bleiben, als hier zu übernachten. Haben Sie noch einen Termin heute?«

Henno lachte. »Nein, die Termine hat meine Frau Hörnig wohlweislich alle abgesagt. In diesen Dingen ist sie richtig fit. Ich vermute, sie hat sich alle weiteren Schritte auch schon ausgemalt.«

»Wie meinen Sie das?« Die Kommissarin warf ihm einen verständnislosen Blick zu.

»Na ja, die morgigen Termine«, entgegnete Henno hastig.

»Ich mache Ihnen einen Vorschlag«, meinte Gabriele Kronberg. »Schließlich bin ich verantwortlich dafür, dass Sie jetzt hier festhängen. Mein Vater hat ein großes Haus und lebt allein, keine fünf Kilometer von hier. Dort gibt es genügend Zimmer. Ich kaufe rasch noch etwas zu essen ein, dann verhungern wir auch nicht.«

Allenstein ließ sich mit der Antwort Zeit. Er hatte absolut keine Lust, allein in einer Pension zu sitzen. Und wenn er ehrlich war, hatte er sich genau diese Chance erhofft, einmal länger mit Gabriele Kronberg zusammen zu sein. Irgendwie war sie eine tolle Frau. Der heftige Wintereinbruch erschien ihm auf einmal eher wie ein Wink des Schicksals.

»Das dürfte wohl die beste Alternative sein. Danke für die Einladung«, erwiderte er so neutral wie möglich.

Gabriele Kronberg machte einen Umweg über einen kleinen Supermarkt. Allenstein, der Einkaufen hasste, bat darum, im Wagen sitzen bleiben zu dürfen.

»Ja, kein Problem«, erwiderte die Kommissarin. »Ich finde sowieso, dass Männer dabei nur stören. Frauen gehen in dieser Hinsicht viel zielgerichteter und effizienter vor.«

Meint sie das jetzt ernst?, dachte Allenstein, wurde jedoch sofort von einer Hand voll CDs abgelenkt, die er in einem Seitenfach entdeckte. Die dritte Scheibe, die er herauszog, war von der irischen Gruppe Them.

Es dauerte eine halbe Ewigkeit, bis die Kommissarin zurückkam. Sie schien für eine längere Winterpause eingekauft zu haben. Voll bepackt bedeutete sie Allenstein, den Kofferraum zu öffnen.

Ihm lag schon eine spöttische Bemerkung über die Effizienz der Frauen beim Einkaufen auf den Lippen, als sie sagte: »Ich hoffe, Ihnen ist nicht zu kalt geworden. Aber Mannheimer hat mich gerade angerufen.«

»Nein, es war auszuhalten. Gibt es etwas Konkretes?«

Kronberg startete den Motor und drehte die Heizung auf Maximum.

»Sie hatten mit Ihrer Überlegung recht. In den letzten Monaten gab es drei Mineraliensammler, die den Bruch aufgesucht haben. Einer davon soll einem Arbeiter einen Sechserpack Bier geschenkt haben.«

»Haben Sie eine Personenbeschreibung?«

»Nicht wirklich. Der betreffende Arbeiter ist schon im Winterurlaub in der Türkei. Das kann dauern, bis wir eine Aussage haben.«

»Gibt es nicht die Möglichkeit, ihn dort zu befragen?«

Kronberg sah ihn etwas ungläubig an.

»Das können Sie vergessen. Die Kollegen werden lieber warten, bis er zurück ist.« Vorsichtig bog sie in eine verschneite Seitenstraße ein.

»Aber so einfach liegt der Fall von Obernkirchen wohl sowieso nicht. Es gab Streit zwischen zwei Gruppen, ein Arbeiter wurde daraufhin entlassen. Er kannte sich auch mit Sprengstoff aus, kommt also als Täter in Frage. Der Getötete war von einer externen Firma, war aber der Bruder eines Arbeiters, der mit dem Entlassenen gestritten hatte.«

»Das heißt, es gibt mehrere Verdächtige für die Sprengung und gleichzeitig die Möglichkeit eines Unfalls, der vorher stattfand.«

»Genau das ist Mannheimers Problem. Sollte allerdings doch der Mineraliensammler …« Kronberg stockte, während sie sich auf die Einfahrt konzentrierte, die zum Haus ihres Vaters führte, »als Täter in Frage kommen, muss ich das Landeskriminalamt einschalten.«

Das Haus des Vaters hatte einen Renovierungsstau von mindestens vierzig Jahren. Trotzdem wirkte es angenehm sympathisch. Möbel aus dem vorletzten Jahrhundert schufen eine gemütliche Atmosphäre. Ihr Vater hatte sie kommen sehen und stand in der offenen Tür. Zufrieden registrierte er die Einkaufstaschen, die seine Tochter in den Händen hielt. Nach einer kurzen Begrüßung jedoch entschuldigte er sich und verschwand wieder in seinem Zimmer. Seit Tagen schon quälte ihn die Grippe, und er war zu schwach, um das Haus zu verlassen oder lange aufzubleiben.

Das Herzstück der Küche war ein alter Herd, der mit Holz geheizt wurde.

»So einen hatten wir auch in der Küche. Das ist schon ewig her.« Allenstein öffnete die Klappe und legte zwei Scheite auf die Glut.

»Das ist der Treffpunkt des Hauses. Im Winter ist es hier einfach am gemütlichsten.«

Gabriele Kronberg türmte die eingekauften Sachen neben dem Herd auf.

»Ich habe mir überlegt, dass ich Pillekauken mache, oder mögen Sie lieber Leineweber?«

»Geben Sie mir zwei Sekunden für die richtige Antwort?«

Die Kommissarin lachte. »Ich sehe schon, Sie kennen diese Gerichte nicht. Es handelt sich um zwei verschiedene Arten von Pfannkuchen mit Kartoffeln, Zwiebeln und Speck.«

»Und was ist der Unterschied zwischen den beiden?«

»Einmal werden die Kartoffeln, es sind übrigens Pellkartoffeln, in Streifen und das andere Mal in Scheiben geschnitten. Dazu gibt es Rübenkraut oder, wenn man hat, Birne-Dattel-Kraut.«

»Dann sollten wir Pillekauken machen, aber bitte ohne Kraut.«

| 15 |

Der Schnee kam ihm dieses Mal ungelegen. Es war sehr rutschig auf der Treppe bei Rhöndorf. Fast 300 Stufen am Rand des Weinbergs, hinauf zum Fuß des Drachenfels. Zum Glück lag Schnee, sodass er in der Dunkelheit besser sehen konnte. Jetzt schleppte er bereits zum dritten Mal die 14 Kilo nach oben. Keuchend stellte er den Rucksack zu Boden direkt an der Steilkante des Felsens. Die anderen beiden Chargen hatte er bereits weiter oben postiert. Dort wo die anderen Bohrlöcher im Fels lagen, mit Beton versiegelte Bohrlöcher, die zur Kontrolle der Felsstabilität gebohrt worden waren. Eine notwendige Maßnahme vor vielen Jahren, als der Drachenfels im obersten Bereich einen Gürtel aus Beton erhielt. Ohne Beton wären noch mehr von den größeren Teilen herabgestürzt, so wie damals, als der Eselsweg zum Gipfel gesperrt werden musste. Die Löcher lagen abseits der Wege, hinter dichtem Gebüsch. Die Salzsäure hatte ganze Arbeit geleistet. Nach wenigen Monaten war der größte Teil des Betons zerfressen, und schon im September lagen die Löcher frei, und er hatte sie provisorisch mit einem Block aus Trachyt verschlossen.

Behutsam nahm er die graue Masse aus seinem Rucksack und drückte sie vorsichtig in die Öffnung. Mit einem mehrfach ausziehbaren Teleskopstock drückte er den Sprengstoff langsam in die Tiefe, steckte Zündkapseln und Drähte hinterher und stellte den Zündmechanismus so ein, dass er per Funk ausgelöst werden konnte. Als er das letzte Bohrloch beschickt hatte, hörte es gerade auf zu schneien.

»Verdammt«, dachte er und suchte nach einem größeren abgebrochenen Zweig. Rückwärts durch das Gebüsch kriechend wedelte er mit dem Geäst, bis die Spuren halbwegs verwischt waren.

Vielleicht bin ich ja der Letzte, der diese Treppe begeht, dachte er.

Als er unten neben der Schnellstraße stand und noch einmal zum Drachenfels emporschaute, begann es gerade wieder zu schneien. Zufrieden stieg er in seinen kleinen Lieferwagen.

| 16 |

»Ich heiße übrigens Gabriele. Meine Freunde nennen mich Gabi.« Die Kommissarin hob das Glas, in das Allenstein gerade Vaters Rotwein eingeschenkt hatte. Der Pillekauken dampfte bereits auf dem Tisch, und dichter Bratendunst hing in der Küche.

Allenstein hob ebenfalls sein Glas. »Bist du sicher?« Gabi blickte ihn irritiert an, während er eine Kunstpause machte. »Dass du mich Henno nennen willst?«

Langsam stellte sie ihr Glas auf den Tisch, drehte sich zu ihm um und schlang die Arme um ihn. »Ich gebe ja zu, dass der Name gewöhnungsbedürftig ist, aber ich bin mir ziemlich sicher.«

Gabi ließ sich einfach fallen. Es war lange her, seit sie spontan einen Mann in den Arm genommen, ihn geküsst und gespürt hatte. Beinahe wusste sie schon gar nicht mehr, was das war, körperliche Nähe. Zu viel Stress und Frustration hatten sie abgestumpft und ihr die Lebensfreude genommen. Schon seit einer Ewigkeit war sie nicht mehr auf einer Party oder sonst einem Fest gewesen. Wenn überhaupt, lernte sie Männer nur im beruflichen Umfeld kennen, und von Kollegen hatte sie nach einer komplizierten, schmerzhaften Beziehung die Nase voll. Henno war anders. Das hatte sie gleich gespürt. Zu ihm hatte sie sich vom ersten Augenblick an hingezogen gefühlt. Er war intelligent, wirkte selbstsicher, und ihr gefiel, wie er mit anderen Menschen umging. Und er sah auch noch gut aus, trotz der etwas zu groß geratenen abstehenden Ohren. Vielleicht hatte sie ja wirklich einmal Glück.

Der erste Kuss war noch zögernd. Beide erkundeten sie fremdes Terrain. Aber mit ihrer Leidenschaft wuchs auch die Sicherheit, und als sie sich schließlich voneinander lösten, strich Gabriele ihm mit einer zärtlichen Geste die Haare aus der Stirn.

»Du musst mir so viel erzählen, von dir und deiner Welt.«

»Gerne, wenn du dich revanchierst«, erwiderte Henno. »Aber was machen wir jetzt mit dem da?«

Er zeigte auf den Pillekauken, der inzwischen die richtige Verzehrtemperatur hatte.

Henno hatte noch einen halben Schritt vor sich. Vor ihm tat sich der Abgrund zu einem riesigen, unendlich tiefen Loch auf, dessen Boden er nicht einmal erahnen konnte. Der Stein, den er mit dem Fuß über die Kante schubste, wurde einfach von der dunklen Tiefe verschluckt.

»Du wirst jetzt springen«, brüllte die Stimme hinter ihm, »oder ich sprenge alles in die Luft, alles, mitsamt deiner Tochter.« Henno verkrampfte sich und kalter Schweiß stand ihm auf der Stirn.

Das Handy. Er hatte sein Handy auf lautlos gestellt, und unvermittelt heftig spürte er in diesem Moment den Vibrationsalarm in der rechten Hosentasche. Schweißnass schreckte er hoch und fasste dorthin, wo er die Tasche vermutete. Stattdessen ertastete seine Hand eine unbekleidete Pobacke. Neben ihm lag Gabi. Der Vibrationsalarm war ihr entwichen, direkt auf seinen Oberschenkel.

Allenstein wusste nicht, wie ihm zumute war. Der Alptraum hielt ihn noch so im Bann, dass er am liebsten geschrien hätte. Gleichzeitig jedoch musste er aufpassen, nicht laut loszulachen. Gabi schlief noch fest, er wollte sie nicht wecken. Blinzelnd warf er einen Blick auf seine Armbanduhr, die auf dem Nachttisch lag. Es war erst halb sechs. Normalerweise war das nicht seine Zeit. Viel zu früh, und um diese Uhrzeit brachte er auch noch kein Frühstück hinunter. Aber vielleicht sollte er jetzt doch aufstehen und in die fremde Küche hinuntergehen, um einen Kaffee aufzusetzen. Sie hatten heute schließlich noch einiges vor. Unschlüssig räkelte er sich unter der warmen Decke und war wieder eingeschlafen, noch ehe er den Gedanken zu Ende gedacht hatte.

Zwei Stunden später klingelte sein Handy tatsächlich und weckte ihn. Seine Sekretärin teilte ihm mit, dass sie nicht ins Büro kam, weil aufgrund des Schneechaos der Verkehr zusammengebrochen war. Frühestens am Nachmittag sollte die Lage sich wieder normalisieren.

Dann kommt wahrscheinlich auch kein Student, dachte Allenstein und beschloss, nichts zu unternehmen. Eigentlich kam ihm dieser geschenkte Tag ganz recht. Er schlug Gabi vor, nach dem Frühstück eine Runde spazieren zu gehen. So eine Gelegenheit würden sie so schnell nicht wieder bekommen.

Noch während sie am Frühstückstisch saßen, hörten sie den Vater die Treppe herunterkommen.

»Du musst dich nicht verstellen«, meinte Gabi sofort. »Er ist in Ordnung, was meine Beziehungen angeht.«

»Ich bin gespannt.«

Die Tür öffnete sich, und Gabis Vater trat mit einem freundlichen »Guten Morgen« ein. An seinem Blick sah Henno sofort, dass der alte Herr die Situation richtig einschätzen würde.

»Habt ihr zwei einen kräftigen Kaffee für mich? Diese Kräutertees können einem den ganzen Tag verderben.«

Henno nahm die Kanne von der Wärmeplatte und schenkte ihm eine Tasse ein. Grinsend schlug er vor: »Vielleicht sollten Sie den Tee mit Kräuterschnaps kombinieren, dann schlagen Sie zwei Fliegen mit einer Klappe.«

Vater Kronberg lachte. »Das ist die Idee!«

Ein wohliges Gefühl von Glück durchzog die beiden, als sie ihre Jacken anzogen, nach draußen in den Schnee tobten und sich wie kleine Kinder mit Schneebällen bewarfen. Oben am Fenster stand Gabis Vater und schüttelte mit vielsagendem Gesichtsausdruck den Kopf. Seine Tochter war sehr wurfsicher und traf Henno mehrfach am Kopf. Nach dem dritten Treffer hatte Allenstein genug. Er startete durch und versuchte Gabi mit Schnee einzuseifen. Als sie stolperte, folgte er ihr im Fallen und begrub sie unter sich.

»Autsch, ich habe mir die Hüfte an deinen harten Knochen gestoßen.«

Gabi lachte. »Das ist der Stein vom letzten Bruch. Den habe ich ganz vergessen.«

»Wirf ihn weg. Wenn du willst, kann ich dich mit Steinen jeder Art zupflastern.«

Er fasste in ihre gesteppte Jackentasche, zog einen mit Papiertaschentüchern umwickelten Brocken heraus, packte ihn aus und setzte noch im Liegen zum Wurf an. In diesem Moment fiel sein Blick auf das Stück, das erstaunlich sauber war, und er hielt inne.

»Das ist der Stein, den du im Obernkirchener Steinbruch aufgesammelt hast?«, fragte er. Er stand auf und reichte Gabi die Hand, um ihr aufzuhelfen.

»Ja, sicher. Ist das etwas Besonderes?«

»Hast du ihn schon abgewaschen?«

»Nein, wieso? Jetzt sag schon.«

»Das ist ein Trachyt, der vom Drachenfels stammt. Normalerweise sind Gesteine aus den Brüchen immer verschlammt, auch wenn sie von Studenten weggeworfen wurden. Nach kurzer Zeit sind sie einfach verdreckt.«

Sie begannen, sich den Schnee von den Jacken zu klopfen.

»Was ist denn Trachyt?«

»Das ist ein vulkanisches Gestein. Nicht alle vulkanischen Gesteine heißen Basalt. Es gibt viele verschiedene Gesteinsschmelzen, die aus dem Erdmantel und der Erdkruste aufsteigen. Und jedes Mal erstarren sie zu einem typischen Gestein. Sieh hier, diese großen Leisten. Das sind Feldspäte, die man sich wie leicht verzogene Legosteine vorstellen kann. Sie sind ganz typisch für den Drachenfels-Trachyt. Das Gestein findest du in Deutschland nicht so schnell wieder.«

»Das heißt, es kann in Obernkirchen gar nicht vorkommen?«

»Nein. Der hat dort überhaupt nichts zu suchen. Aber Moment mal.« Henno stutzte.

»Ich habe bei Bad Honnef oben auf der Kante zum Bruch doch auch ein Gestein gefunden, das dort nicht hingehörte. Es war ein gelber Sandstein, der vermutlich Reste von Pflanzenfossilien enthielt.«

»Hast du die Fossilien bestimmt?«

»Nein, das kann ich nicht. Das ist eine Wissenschaft für sich. Dafür gibt es nur wenige Spezialisten. Allerdings habe ich dummerweise den Kollegen, der mir die Pflanzenreste bestimmen könnte, noch nicht angetroffen. Ich bin mir auch nicht sicher, ob die Qualität für eine Bestimmung ausreicht.«

Gabriele wurde plötzlich unruhig. »Könnte der Sandstein denn aus Obernkirchen stammen?«

»Das möchte ich nicht ausschließen. Aber es gibt immer viele Wechsel in den Gesteinsschichten eines Steinbruches. Das Aussehen kann von Meter zu Meter stark variieren.«

»Wickel den Stein bitte wieder in die Papiertücher ein. Der geht sofort ins Labor.«

Nachdenklich machten sie sich auf den Heimweg. Im Haus packten sie hastig ihre Sachen und verabschiedeten sich von Gabis Vater. Die Kommissarin hatte es jetzt sehr eilig. Sie mussten schnellstens zurück nach Köln, egal wie.

»Kann es sein, dass wir es mit einem besonderen Fall zu tun haben, mit einem Täter, der uns vor seiner nächsten Tat Hinweise gibt?«, fragte Henno, als sie wieder im Auto saßen.

»Du meinst, so wie in einem Roman? Das müssen wir zumindest mit einkalkulieren. Manche Täter halten sich ja für besonders schlau, wenn sie Anregungen aus irgendwelchen Romanen aufnehmen. Allerdings ist mir so ein Fall bisher noch nicht untergekommen.«

Henno runzelte die Stirn. »Ich frage nur deshalb, weil ich im Abstand von wenigen Tagen zwei merkwürdige Pakete bekommen habe. Einmal ein Bruchstück von einem Steinkreuz aus Basalt, vermutlich Mendiger Lava aus dem Quartär. Danach kam ein merkwürdiger Anruf. Ich habe mir nichts weiter dabei gedacht. Es gibt so viele Spinner auf der Welt. Und vor kurzem kam ein ähnliches Bruchstück vermutlich aus Obernkirchener Sandstein. Auch ein Stück von einem Wegekreuz. Immer ohne Absender.«

»Wie bitte? Und das sagst du erst jetzt? Ich lasse die Teile sofort abholen und auf DNA-Spuren untersuchen. Vielleicht ist es Zufall, vielleicht aber auch nicht. Hast du noch die Verpackung?«

»Ach was. Die ist schon längst in den Müll gewandert. Wer denkt denn gleich an DNA-Spuren?«

»Was für einen Steinbruch gibt es überhaupt am Drachenfels?«, fragte die Kommissarin.

»Das zeige ich dir am besten auf einer Karte, auf der die geologischen Gegebenheiten eingetragen sind. Ich kann sie dir in Köln zeigen.«

»Erzähl es mir doch jetzt schon mal.«

»Die Vulkane des Siebengebirges waren lange Zeit Lieferant für die unterschiedlichsten Baumaßnahmen. So auch der Drachenfels mit seinem interessanten Trachyt. Die Preußen haben aber schon früh den weiteren Abbau verhindert, weil die Ruine auf dem Gipfel durch den Abbau hätte beschädigt werden können. Das war 1836. Entsprechend alt und verfallen sind die Steinbrüche heute. So richtig spektakulär wäre eine Sprengung dort nicht gerade.«

»Wenn mich mein Gefühl nicht trügt«, sagte die Kommissarin nachdenklich, »dann will der oder wollen die Täter vor allem Aufmerksamkeit erzeugen. Die Presse war ja bisher recht ruhig, weil sie keine Zusammenhänge vermutete. Wenn es jetzt aber in Serie innerhalb kürzester Zeit zu einem dritten Vorfall kommt, ist der Bär los. Überleg doch mal! Was wäre in diesem Gebiet maximal möglich?«

Gabi fuhr auf die Autobahn auf. Hier war bereits geräumt und gestreut worden und der Verkehr lief ruhig und störungsfrei. Trotzdem fuhr sie vorsichtshalber nicht schneller als hundert.

»Hast du für den Wagen kein Blaulicht?«

»Nein, leider nicht. Das ist mein Privatwagen.«

Henno überlegte, welche Bereiche im Siebengebirge durch Sprengungen gefährdet sein könnten. In Gedanken ging er die einzelnen Kuppen durch. »Die gesamten Brüche im Siebengebirge sind stillgelegt und liegen weitab von Gebäuden. Hier sehe ich kein Problem.«

»Was ist mit dem Petersberg?«

Henno lachte.

»Das wäre natürlich sehr effektvoll, allerdings nur, wenn gerade ein hoher Politiker im Gästehaus der Bundesrepublik untergebracht ist. Aber wie sollte man den Berg sprengen? Das halte ich für ausgeschlossen. Hierzu bräuchte man Monate der Vorbereitung mit Bohrungen und Unmengen von Sprengstoff. So etwas würde sofort bemerkt werden.«

»Ich erinnere mich«, überlegte Gabriele, »dass es damals, als das Gästehaus ausgebaut wurde, eine Diskussion um alte Stollen im Umfeld des Petersbergs gab.«

»Stimmt. Das sind die Untertage-Steinbrüche der Ofenkaule. Sie sind noch relativ gut zugänglich und ließen sich leicht sprengen. Aber der Effekt wäre gering. Dabei würde lediglich das unterirdische System einstürzen, und wenn es hoch kommt, sackt die Straße ab, die von Königswinter nach Ittenbach zur A3 führt.«

»Aber es muss doch noch etwas anderes geben.«

»Höchstens«, Henno zögerte kurz, »höchstens der Drachenfels selbst.«

»Wie bitte?«

»Der Drachenfels ist sehr exponiert, direkt am Rhein. Wenn er gesprengt wird, rutscht alles über die Straße und die Bahnschienen bis in den Fluss. Das würde dem Täter tatsächlich eine Menge Aufmerksamkeit einbringen. Aber ich kann mir im Moment nicht vorstellen, wie das zu bewerkstelligen wäre. Man braucht viel Logistik, Bohrlöcher, jede Menge Sprengstoff und Zeit.«

Allenstein hielt inne.

»Moment mal. Ich habe dir doch vorhin von dem Paket mit dem Rest des basaltischen Steinkreuzes und dem merkwürdigen Anruf erzählt.«

»Von wem?«

»Kann ich nicht sagen. Es war auf jeden Fall ein Mann, aber er hat seinen Namen nicht genannt. Ich habe nur einen Halbsatz in Erinnerung, den er mehr gekrächzt als gesprochen hat.«

»Was hat er denn gesagt?«

»Irgendwas mit Stein und Drachen und Fels. Nein, nicht Fels, er sagte: Wenn der Stein des Drachen fällt ... Und dann hat er aufgelegt.«

Gabi sah Henno an. »Da haben wir doch unseren Hinweis«, sagte sie langsam.

Als sie auf die Autobahn Richtung Dortmund auffuhren, klingelte Gabis Handy. Es war Carsten Wolff, der Laborleiter, der sich als Erstes erkundigte, ob sie noch im Sauerland festhängen würde.

»Bin unterwegs, was gibt es für Ergebnisse?«

»Also zunächst einmal der Sprengstoff in Bad Honnef, eine Sprengladung auf Ammoniumnitrat-Basis, wurde mit einem vermutlich selbst gebastelten Säurezünder aktiviert. Den gleichen Säurezünder konnten wir in Obernkirchen nachweisen. Der Sprengstoff, der in Obernkirchen verwendet wurde, gehört zur selben Klasse wie der, der bei euch im Sauerland gestohlen wurde. Ebenso wie der aus dem Diebstahl im Westerwald. Nur der Tauberbischofsheimer Sprengstoff war Eurodyn-2000, ein Sprengstoff, der für Gebäude eingesetzt wird. Anscheinend handelt es sich um den oder die gleichen Täter.«

»Das ist schon einmal ein wichtiges Ergebnis. Was ist mit den verwertbaren Spuren für die DNA?«

»Jetzt halten Sie sich fest. Wir haben bisher über 300 verschiedene DNA-Typen gefunden, und wenn ich richtig liege, könnten es durchaus über tausend werden. Da hat jemand ganz bewusst seine Spuren verdünnt. Ich habe daraufhin sofort bei den Kollegen aus Rheinland-Pfalz und Baden-Württemberg angefragt. Die haben das gleiche Problem. In zwei Tagen haben wir die Analysen fertig und können sie gegeneinander abgleichen.«

»Da hat wohl jemand DNA-Sterntaler gespielt. Besten Dank, ich melde mich in Kürze.«

Gabriele legte auf.

»So langsam scheint sich etwas Licht im Tunnel zu entwickeln. Obernkirchen und Bad Honnef könnten nach den charakteristischen Spuren doch zusammengehören. An einen Zufall glaube ich nicht mehr. Wir dürfen jetzt keinen Fehler machen. Es scheint, dass wir es mit einem sehr ungewöhnlichen Fall zu tun haben.« Sie warf Henno einen kurzen Blick von der Seite zu.

»Du hast wir gesagt«, stellte er verwundert fest. Er legte seine Hand auf ihren Oberschenkel. »Der oder die Täter sind allerdings nicht gerade die Dümmsten.« Eine Weile schaute Henno gedankenverloren durch die Scheibe auf die frisch verschneite Landschaft. »Wenn ich so darüber nachdenke«, sagte er dann, »könnten die beiden Steinfunde in den Steinbrüchen und die Pakete mit den Bruchstücken der Wegkreuze zusammengehören. Jeweils eine Art versteckter Hinweis, um die Täter überlegen dastehen zu lassen.«

»Vielleicht ist es nicht nur der Hinweis auf Überlegenheit, sondern auch der Hinweis auf das eigentliche Motiv.«

Gabi drückte ihm ihr Handy in die Hand.

»Versuch bitte, Weller zu erreichen. Die Nummer ist gespeichert.«

Nach mehrmaligen Versuchen legte Henno das Handy beiseite.

»Keine Verbindung. Wenn wir es wirklich mit entsprechenden Tätern zu tun haben, ergibt sich daraus auch ein bestimmtes Profil. Einer muss auf alle Fälle sehr gute Geologiekenntnisse haben. Hinzu kommt, dass er oder ein zweiter eine Ausbildung als Sprengmeister hat, vielleicht arbeitet er sogar in dieser Branche.«

»Oder er hat sich darin eingelesen.«

»Das glaube ich nicht. Die Materie ist sehr kompliziert, und man braucht einfach praktische Erfahrung.«

»Kennst du dich eigentlich damit aus?«, fragte Gabriele neugierig.

»Ja, ein bisschen. Ich habe damals im Studium einen Sprengschein gemacht, aber das ist lange her, und ich habe das meiste vergessen.«

»Dann sollte ich vielleicht dein Alibi besser mal überprüfen.« Sie lachte ihn an.

»Gern, dann kannst du sehen, was ich so treibe. Dieser Kurs damals war sehr interessant. Ich habe eine Menge interessanter Dinge erfahren. Vorher wusste ich zum Beispiel nicht, dass es dünne Schnüre aus Sprengstoff gibt, mit denen man ganz einfach Bäume fällen kann. Du wickelst die Schnur in der Höhe deiner Wahl um den Baum, zündest über ein Kabel, und der Baum wird genau an der Schnur komplett durchtrennt.«

»Und die Nachbarn freuen sich, dass sie keinen Motorsägenlärm ertragen müssen.«

»Genau.« Henno lachte.

»Aber du wolltest mir noch mehr vom Drachenfels erzählen. Was gibt es denn dort außerdem noch an Besonderheiten?«

»Vor etlichen Jahren drohte der Drachenfels im oberen Bereich auseinanderzubrechen. Daher hat man ihm einen hässlichen Betongürtel verpasst. Um festzustellen, wie weit die Bruchzonen nach innen reichen, wurde an den unterschiedlichsten Stellen gebohrt.«

»Und was ist mit den Löchern passiert?«

»Die wurden natürlich mit einem Betonstopfen verschlossen und mit Messpunkten versehen. An ihnen kann man mit entsprechenden Vermessungsinstrumenten erkennen, ob die Wand in Bewegung ist.«

Gabriele Kronberg fuhr inzwischen auf der Autobahn in einer langen Schlange, die nicht schneller als 60 km/h war.

»Oh, Mann, ich kriege gleich zu viel.« Nervös trat sie wippend auf das Gaspedal. »Wenn es so ist, wie du sagst, und wenn der Täter so intelligent und geologisch vorgebildet ist, wie es sich bisher gezeigt hat, dann kennt er auch die Bohrlöcher und ...«, sie machte eine kurze Pause, weil sie sich auf den immer langsamer werdenden Verkehr konzentrieren musste, »und er kennt vielleicht auch Mittel und Wege, um diese Löcher zu öffnen. Das wäre doch möglich, oder?« Sie warf Henno einen fragenden Blick zu.

»Verdammt, du könntest recht haben. Jetzt fällt es mir wieder ein. Ich war nach meinem Unfall an einem der letzten schönen Tage im Oktober am Drachenfels und habe mich so richtig auf den Steiß gesetzt. Oh, Mann, ich habe vielleicht geflucht! Anschließend musste ich zu allem Übel auch noch durch eine Wand aus Ilex. Und da lag eine Kunststoffflasche, in der Salzsäure gewesen war. Ich bin prompt draufgetreten, aber sie war zum Glück leer.«

Vor ihnen ging mittlerweile gar nichts mehr. Der Schneematsch auf der Bahn war für einige LKWs zu viel.

»Ich glaube, wir müssen handeln«, sagte Gabriele Kronberg.

Kurzerhand drängelte sie sich durch die rechte Spur auf den Standstreifen, auf dem noch reichlich Schnee lag, und gab Gas. Henno bekam wieder den üblichen Krampf im rechten Bein, aber der Allrad marschierte problemlos an der Kolonne vorbei. Bis zum Stauanfang, wo sie sofort von einer roten Kelle gestoppt wurden.

»Kripo Köln!«, rief Kronberg dem Polizisten zu und hielt ihren Ausweis aus dem Fenster. »Notfall!«

Zwei Sekunden später hatten sie eine freie Strecke.

Nach einer Weile fuhr sie auf den Standstreifen und hielt an.

»Bitte, fahr du«, sagte sie zu Henno, »ich versuche mal, Weller zu erreichen.«

Wenig später hatte sie ihn am Apparat.

»Weller, hören Sie gut zu, ich brauche eine Suchmannschaft, den Hubschrauber und eine Mannschaft, die den Drachenfels großräumig absperrt. Die Straße, die Bahnlinie und den Rhein. Ach, und Sprengstoffspürhunde brauche ich auch. Möglichst zwei Trupps.«

Am anderen Ende der Leitung herrschte Schweigen. Dann polterte Weller ungewohnt heftig: »Entschuldigung, Frau Kollegin, sind Sie sich da ganz sicher?«

Gabriele und Henno sahen sich an. Die Stimme von Weller war deutlich zu hören gewesen. Henno stellte sich vor, wie er wohl reagieren würde, wenn Gabi ihm erzählte, dass die ganze Aktion nur auf dem gefundenen Stein beruhte.

»Ja, ziemlich sicher«, antwortete sie gelassen. »Und Elke soll versuchen, sämtliche Studienabbrecher der Geologie, der Mineralogie und Geophysik in den letzten 15 Jahren herauszufinden, aus den Universitäten im entsprechenden Umkreis.«

»Und Bergbau und eventuell physische Geographie!«, rief Henno dazwischen.

»Sie soll die herausfiltern, die auffällig waren, Streit mit den Dozenten hatten oder was auch immer. Wichtig sind noch die, die in der Ausbildung mit Sprengstoffen zu tun hatten, etwa bei Sprengmeisterkursen. Sie kann alle verfügbaren Kräfte dafür einsetzen. Wir treffen uns …«, die Kommissarin blickte auf die Uhr, »in einer dreiviertel Stunde nördlich des Drachenfels auf der Zufahrt zur B42 in Königswinter. Nehmen Sie den Hubschrauber.«

»Und wer informiert den Alten?«

»Das mache ich gleich.«

»Das ist eine nicht ganz einfache Aufgabe«, überlegte Henno, als sie aufgelegt hatte. »Studienabbrecher sind ja nicht in einer Liste erfasst. Die Prüfungsämter brauchen, wenn sie die alten Unterlagen nicht sowieso längst schon entsorgt haben, Wochen oder Monate, bis sie die älteren Unterlagen gesichtet haben. Vor ein paar Jahren wurde das doch alles noch nicht digital erfasst.«

»Ja, da hast du natürlich recht. Ich folge im Grunde ja auch nur meinem Bauchgefühl. Aber versuchen müssen wir es.«

Gabriele rief ihren Chef an und informierte ihn über den bisherigen Ermittlungsstand. Als sie den unmittelbar bevorstehenden Einsatz am Drachenfels erklärte, spuckte es Feuer aus dem Handy. Allenstein staunte, mit welcher Gelassenheit Gabi dem Redeschwall ihres Chefs begegnete und sich durchsetzte. Er stimmte schließlich der Sperrung zu und ließ sich sogar bewegen, die Kollegen vom LKA zu informieren.

»Wir fahren direkt ins Siebengebirge, die Straßen müssten jetzt halbwegs frei sein«, verabschiedete sie sich.

»Wenn ich mit meiner Überlegung zu den steinernen Vorboten recht habe, dann hätte ich eigentlich ein Bruchstück aus Drachenfels-Trachyt geschickt bekommen müssen«, überlegte Henno, etwas unsicher geworden. »Das war aber nicht der Fall. Und das basaltische Kreuzstück stammte auch nicht von den tertiären Basalten um Bad Honnef.«

»Vielleicht gab es keine passenden Wegkreuze aus dem … wie hast du gesagt? … tertiären Basalt. Für mich ist sowieso jeder Basalt gleich. Wir ziehen das jetzt durch.«

Als sie in Königswinter ankamen, wurden gerade die ersten Straßensperren errichtet und die Bewohner der Gebäude unterhalb des Drachenfels evakuiert. Weller wartete bereits dick eingepackt vor dem Hubschrauber.

»Der Chef kommt mit dem LKA«, brummte er. Sein Blick verriet, dass er das neue Verhältnis zwischen seiner Chefin und Allenstein sofort durchschaut hatte.

»Kommt, wir können das am besten von oben dirigieren«, rief Kronberg den beiden Männern zu.

Zu dritt stiegen sie in den Helikopter und warteten auf den Start.

Der Rhein hat sich in seiner langen Vorgeschichte bis dicht an das Siebengebirge herangearbeitet. Vor etwa 25 Millionen Jahren begannen hier die ersten Vulkanausbrüche mit mächtigen Eruptionen und großen Mengen an Auswurfsmaterial, dem Tuff, der heute noch weite Gebiete im Siebengebirge bedeckt. Es folgten weniger explosive Ausbrüche, mit Magmen, die zwar in Richtung Erdoberfläche flossen, es jedoch nicht schafften, die mächtige Tuffdecke zu durchschlagen. Sie schufen sich darin Platz wie ein Ballonkatheter und füllten riesige Magmakammern auf. Heute bilden diese erstarrten Magmen die Gesteine von Drachenfels und Wolkenburg. Andere Gesteinsschmelzen schafften es dagegen, große Vulkane aufzubauen, die bis über 1000 Meter Höhe aufragten. Fünf Millionen Jahre dauerte das Schauspiel, bei dem mehr als 40 Vulkane entstanden. Als jedoch die Tätigkeit dem Ende entgegenging, setzte auch schon Verwitterung ein, und der unerbittliche Zerfall begann. Kaum ein Hinweis auf das große Vulkangebiet wäre heute noch vorhanden, wenn sich das Schiefergebirge schon damals so weit wie heute herausgehoben hätte. Alle Zeugnisse dieser Zeit wären der Erosion zum Opfer gefallen und in das Meer gespült worden. Aber die Erdkruste hat ihre eigenen Gesetze. Das, was heute das Siebengebirge darstellt, sank unter das Meeresspiegelniveau und lag dort viele Millionen Jahre, überdeckt von einer Sedimentschicht, die heute noch weiter im Norden zu finden ist. Erst als das gesamte Schiefergebirge im Quartär mehrere hundert Meter herausgehoben wurde, und mit ihm das Gebiet des Siebengebirges, konnte die Erosion erneut angreifen und die versunkenen Reste der Vulkane herauspräparieren. Sie waren härter und beständiger als die Sandsteine und Tonschiefer in ihrer Nachbarschaft. Die Siefen, die steil in die weichen Tuffe eingeschnittenen Kerbtäler, gaben dem »Siefengebirge« den späteren Namen: Siebengebirge.

Henno war noch nie im Hubschrauber geflogen. Etwas besorgt um seine Magenstabilität schnallte er sich auf der hinteren Bank fest. Wie in einem extrem schnellen Fahrstuhl zog der Pilot den Helikopter nach hinten in die Höhe. Sekunden später schwebten sie über der Bonner Bucht. Die Aussicht war traumhaft. Die Luft nach den Schneefällen war klar wie selten in dieser Region. Dunkle Wolkenpakete ließen am Horizont von Westen einzelne Sonnenstrahlen des Abendrots durch. Sie beleuchteten die Kuppen der schneebedeckten Vulkanreste und tauchten das gesamte Siebengebirge in ein surreales Farbenspiel. Dazwischen lagen die schwarzen Steilwände der Basalte wie eine künstliche Mauer aus unzähligen Säulen. Sie hatten dem Angriff des Rheins an vielen Stellen standgehalten.

Unwillkürlich kam Allenstein der zweite Satz von Beethovens 7. Symphonie in den Sinn. Die Musik betonte die Landschaft und den Wechsel von Licht und Schatten, als säße er in einem Film. Wie mochte Beethoven in seiner Zeit diese Landschaft gesehen haben?

Kronberg zeigte nach rechts, dorthin, wo die Hundertschaft der Polizei den Hang erstieg.

»Bleiben Sie in sicherer Entfernung, falls etwas passiert!«, rief sie in das Mikrofon an ihrem Kopfhörer. Der Pilot flog eine große

Schleife und positionierte sich direkt über dem Rhein mit Blick auf den Hang.

Die wenigen Meter vom östlichen Ufer bis zur Steilwand des unteren Drachenfels waren mit Schutt aus dem Verwitterungsprozess und den Steinbrüchen zu einem steilen Hang aufgefüllt. Die Winzer nutzten diese besondere Lage für ihren Weinanbau, eine der nördlichsten Lagen im Rheintal. Der Hang war zur Bearbeitung mit hangparallelen Wirtschaftswegen ausgebaut, von denen der oberste Weg die Begrenzung zum natürlichen Busch- und Baumbewuchs bildete. Am nördlichen Ende reichte er bis direkt an die Felswand heran. Auf diesem Weg bewegte sich jetzt eine lange Schlange dunkelgrüner Personen auf weißem Grund. Vorweg mit einigem Abstand war aus dem Hubschrauber ein Hundeführer mit einem Schäferhund zu erkennen.

»Wie sind Sie eigentlich auf den Drachenfels gekommen?«, brüllte Weller ins Mikrofon.

Kronberg zeigte nach unten. »Ich habe einen Stein von hier im Steinbruch von Obernkirchen gefunden.«

»Was? Und deswegen dieser ganze Einsatz?« Weller drehte sich nach hinten und starrte sie an, als ob er an ihrem Verstand zweifelte.

»Henno, äh, Allenstein hat einen Stein von Obernkirchen im Steinbruch bei Bad Honnef, oben auf der Kante, gefunden.«

Das beeindruckte Weller überhaupt nicht. »Na, dann wünsche ich Ihnen nur, dass die da unten …«. Er schaute aus dem Seitenfenster und stockte. Man konnte deutlich sehen, dass der Hund an der Leine hochstieg und anschlug. Wild fuchtelnd bedeutete der Hundeführer der Mannschaft, zurückzubleiben. Mit einem Fernglas suchte er das Gebüsch vor dem Steilhang ab.

Kronberg schaltete das Funkgerät ein. »Kronberg hier, was gibt es?«

»Der Hund hat etwas geortet. Es könnte eine Sprengfalle sein, die dort oben an einem Baum befestigt ist«, kam es knarzend zurück.

»Was wollen Sie machen?«

»Es ist nicht abzuschätzen, wie sie gezündet wird. Der Schnee verhindert jede Beurteilung. Moment mal.«

Er riss das Fernglas wieder nach oben und fokussierte auf einen Baum. Auf einmal sah er, dass an dem kleinen Paket etwas anfing zu blinken.

»Alarm, alle zurück«, brüllte er so laut er konnte und rannte mit seinem Hund auf die Suchmannschaft zu. Zehn Sekunden später blitzte es kugelförmig an drei Stellen im Wald auf, dann kam der Knall, der sogar im Hubschrauber zu hören war. Die komplette Suchmannschaft hatte sich reflexartig am Wegrand in den Schnee geworfen.

Weller war blass geworden. Auch Kronberg und Allenstein steckte der Schreck sichtbar in den Gliedern. »Ziehen Sie alle Mann zurück, schnell«, brüllte die Kommissarin in das Funkgerät, »das war vielleicht noch nicht alles.«

Im Sprint rannten die grün gekleideten Gestalten zu ihrem Ausgangspunkt zurück und verschanzten sich hinter einem Erdwall.

»Das sollte eine Warnung sein, davon bin ich überzeugt.«

»Wie meinen Sie das?«, fragte Weller.

»Der Täter will vielleicht gar nicht so viele Tote, sondern es geht ihm hauptsächlich um Aufmerksamkeit, sonst hätte er doch nicht so kleine Knallbonbons gezündet, das war doch nichts.«

»Ja, aber in den anderen Brüchen! Da gab es doch Tote«, wandte Weller ein.

»Das mit den Toten in Bad Honnef kann auch Zufall gewesen sein. Vielleicht haben sie die Flutwelle unterschätzt. Und in Obernkirchen habe ich das Gefühl, dass die Kollegen noch etwas anderes herausfinden werden.«

»Ich finde das alles überhaupt nicht stichhaltig«, regte sich Weller auf. »Wie soll denn so ein Berg gesprengt werden? Völlig unvorstellbar bei den vielen Leuten, die jeden Tag dort herumlaufen. Die Vorbereitungen wären doch sofort aufgefallen. Nein, der Täter wollte nur einen Showeffekt, und den hat er mit den kleinen Sprengungen ja auch gehabt.«

»Ich weiß es nicht. Ich bin mir aber auch nicht sicher. Jeder übereilte Schritt ist in dieser Situation jedenfalls absoluter Leichtsinn.«

Aus dem Funkgerät kam die Anfrage des Suchtruppführers, was zu tun sei.

Allenstein deutete auf die drei Stellen, an denen die Sprengfallen gezündet worden waren. Dahinter an der Steilwand vermutete er die alten Versuchsbohrungen.

»Zieht euch so weit zurück, dass ihr bei einer größeren Sprengung außer Reichweite seid«, riet die Kommissarin über Funk. »Mehr können wir im Moment nicht tun. Vermutlich wird sowieso das LKA gleich die Leitung übernehmen.«

»Die haben uns gerade noch gefehlt.« Weller deutete auf drei Lieferwagen, die sich auf der gesperrten Bundesstraße von Norden dem Drachenfels näherten. Er erkannte sie sofort als Fahrzeuge des LKA.

»Haltet sie auf!«, brüllte Kronberg ins Mikro.

In diesem Moment gab es einen gewaltigen Donnerschlag.

Der Hang des Drachenfels schien sich auf der Südseite kurz anzuheben, aus dem Hangfuß schoss eine Masse aus Staub und Gesteinsbrocken heraus, die sich in Sekundenschnelle über den Weinberg ausbreitete. Es folgte die steile Felswand. Der unteren Stütze beraubt, sackte sie der Schwerkraft folgend in die Tiefe und zerstob in eine unendliche Zahl großer und kleinster Gesteinsbrocken. Die Masse raste über die Häuser, planierte die Straßen und die Schienen und erreichte noch zu einem Drittel den Rhein. Allerdings verhinderte die kleine Korngröße des vulkanischen Gesteins, dass durch den Felssturz eine größere Flutwelle verursacht wurde.

»Das ist unfassbar …«, konnte Allenstein gerade noch loswerden, als der Pilot auch schon reflexartig den Hubschrauber nach hinten zog. Danach kämpfte er nur noch damit, seinen Mageninhalt wieder an Ort und Stelle zu schlucken. Nach der halben Rolle rückwärts flogen sie in einem Bogen erneut in die alte Position. Der Staub der Sprengung zog nach Osten ab.

Das Bild, das sich ihnen jetzt bot, hatte nichts mehr mit dem zu tun, was vorher gewesen war. Der obere Hang des Drachenfels war so weit abgesprengt, dass das alte Gipfelrestaurant zur Hälfte in der Luft hing.

»Es kippt!«, rief Weller aufgeregt.

Langsam senkte sich das Gebäude zum Tal, bekam mehr und mehr Schräglage und riss nach einem kurzen Ruck ab. Wie ein großes Mobilheim rodelte es den Hang bis auf die Schienen hinunter.

»Na ja, es sollte ja sowieso abgerissen werden«, entfuhr es der Kommissarin.

Die drei Lieferwagen hatten gleichzeitig gebremst und gedreht. Noch bevor die ersten Brocken die Straße überrollten, waren sie auf dem Rückzug und hielten in sicherer Entfernung an.

Gabriele Kronberg erkundigte sich bei dem Hundeführer nach Verletzten. Der Abstand war jedoch groß genug gewesen, und die Hundertschaft hatte zum Glück nur Staub abbekommen. Auch sonst war niemand zu Schaden gekommen, die Häuser in der Umgebung waren alle rechtzeitig evakuiert worden.

Als der Hubschrauber beim LKA-Team auf der Schnellstraße landete, war die Presse bereits da und fiel über sie her, kaum dass sie wieder festen Boden unter den Füßen hatten. Jetzt war die Botschaft des Täters angekommen.

»Ob es das jetzt wohl war?« Die Kommissarin blickte Allenstein nachdenklich an, als sie endlich in ihren Wagen stiegen. »Ich kann mir einfach keinen Reim auf das Ganze machen. So einen seltsamen Fall habe ich noch nie gehabt. Es passt alles nicht zusammen. Ich würde viel darum geben, wenn ich wenigstens ein Motiv erkennen könnte.«

»Ich weiß auch nicht«, stimmte Allenstein ihr zu. »Man müsste noch einmal alle Bausteine auf den Tisch legen, um zu sehen, ob nicht vielleicht doch eine Strategie zu erkennen oder auch nur eine Art …« Er überlegte einen kurzen Moment lang. »Ich werde jedenfalls das Gefühl nicht los, dass uns ein entscheidendes Puzzleteil fehlt. Bisher hat der Täter immer einen Hinweis auf die Sprengungen geliefert, und es will mir einfach nicht in den Kopf, dass er auf diesen raffinierten Akt nicht aufmerksam gemacht hat.«

»Vielleicht ist ihm ja etwas dazwischengekommen. Auch bei solchen Genies klappt nicht immer alles.« Gabriele Kronberg fing herzhaft an zu gähnen.

»Da könntest du natürlich recht haben. Vielleicht liegt es aber auch nur an sekundären Strukturen.« Allenstein wirkte auf einmal sehr nachdenklich.

»Wie meinst du das?«

»Morgen kann ich dir wahrscheinlich mehr sagen. Ich muss erst etwas überprüfen. Aber wir sollten jetzt irgendwo essen gehen, ich habe mörderischen Hunger.«

| 17 |

Allenstein stürmte in das Mitarbeiterzimmer. »Wo ist Anja Gutte?«, rief er etwas außer Atem.

»Vermutlich im Nass-Labor«, antwortete einer der drei Doktoranden, die sich gerade zur Kaffeepause zusammengefunden hatten.

Allenstein rannte den Gang entlang. Er war seit seiner Geburtstagsfeier und dem Gespräch mit seiner Tochter Anjas Annäherungsversuchen bewusst ausgewichen. Das schien sie allerdings zunehmend zu frustrieren, und in den letzten Tagen war er das Gefühl nicht losgeworden, dass sie versuchte, ihm eins auszuwischen. Nur hatte er sich bisher nicht vorstellen können, wie sie das machen wollte. Aber als ihm aufgefallen war, dass er dieses Mal gar keinen steinernen Hinweis bekommen hatte, beschlich ihn eine böse Ahnung.

Er riss die Tür zum Labor auf. Anja stand im weißen Laborkittel an der Bench und füllte Gesteinspulver in ein Reagenzglas. Erschrocken schaute sie auf und verschüttete dabei etwas Probenmaterial auf den Labortisch.

»Anja, ich erwarte eine ehrliche Antwort. Ist in den letzten Tagen ein schweres Paket für mich angekommen?«

Anja wurde knallrot und machte sich an dem verschütteten Gesteinspulver zu schaffen.

»Anja, ich frage Sie noch einmal. Es ist für die polizeilichen Ermittlungen äußerst wichtig. Ist ein Paket für mich angekommen?«

»Ja, da ist ein Paket gekommen. Die Hörnig war wieder mal nicht greifbar, da habe ich es vom Pförtner abholen müssen«, erwiderte sie mürrisch. »Ich habe es mit in mein Zimmer genommen und einfach vergessen. Schließlich bin ich hier nicht der Laufbursche«, fügte sie gereizt hinzu.

Allenstein warf ihr einen ungläubigen Blick zu.

»Das ist doch wohl nicht Ihr Ernst! Jetzt geben Sie mir sofort das Paket! Sie können doch nicht einfach Postsendungen, die an mich gerichtet sind, unterschlagen! Es kann doch wichtig sein!«

Anja schwieg trotzig. Mit versteinerter Miene deutete sie auf eine Ecke im Regal. Unter einem Stapel Manuskriptblätter lag ein ungeöffnetes Paket. Sofort nahm Allenstein es an sich und rief noch aus dem Labor bei der Kommissarin an.

»Ich glaube, ich habe gerade das fehlende Glied in der Kette gefunden«, erklärte er. »Das könnte eine wichtige Spur zum Täter sein. Ich komme so schnell wie möglich zu dir, okay?« Hastig verließ er das Labor, rief seiner Sekretärin noch kurz zu, wo er zu erreichen war, und fuhr direkt ins Labor der Kriminalpolizei, wo Gabriele Kronberg bereits auf ihn wartete.

Als die Spezialisten der Spurensicherung die letzte Umhüllung entfernt hatten, kam der Mittelteil eines Wegekreuzes zum Vorschein, auf dem nur noch der Kopf einer Jesusfigur erhalten war. Die vier Enden des Kreuzes waren offensichtlich grob abgebrochen worden.

»Drachenfels-Trachyt«, entfuhr es Allenstein spontan, als er die Gesteinsoberfläche sah. »Hier, die großen Feldspäte.« Er nahm einen Kugelschreiber und deutete mit sicherem Abstand auf ein mehrere Zentimeter großes weißliches Mineral. »Das ist eindeutig.«

»Wie weit sind die DNA-Analysen von den anderen Stücken?«, fragte die Kommissarin den Chef der Spurensicherung.

»Das ist schwer zu sagen. Wir haben wieder unendlich viele Spuren an jedem Stein gefunden. Damit lässt sich wie in den anderen Fällen erst mal nichts aussagen.«

»Vermutlich ist es hier ähnlich.« Kronberg deutete auf kleine Haarbüschel, die auf dem Rest des Kreuzes hingen. »Aber es zeigt uns jetzt eindeutig, dass es eine Verbindung zwischen den Paketen und den Sprengungen gibt. Wir sind auf der richtigen Spur.«

»Hinzu kommen die Funde von Fremdgesteinen in den Steinbrüchen«, ergänzte Allenstein.

»Ja, aber …« Die Kommissarin runzelte die Stirn. »Wir wissen noch immer nicht, was die Sprengungen eigentlich für einen Sinn hatten. Sollte die letzte eine abschließende Botschaft sein, die wir nur nicht verstanden haben, oder sollte sie etwas ganz anderes bewirken? Und hört das jetzt auf? Oder müssen wir auf weitere Sprengungen gefasst sein?«

»Ja, genau. Und wenn es nicht die letzte war, was passiert als Nächstes?« Henno wanderte hektisch im Raum auf und ab.

»Auf jeden Fall bekommen wir mehr Sicherheit, wenn wir den Bereich um den Drachenfels absuchen. Wenn es weitergeht, hat unser Mister X dort bestimmt ein weiteres Gestein hinterlegt«, meinte die Kommissarin.

»Und wie sollen wir den Stein bei dieser Schneehöhe finden?«, fragte Henno.

»Es wird uns nichts anderes übrig bleiben, als die nächste Warmfront abzuwarten. Erfahrungsgemäß wird jetzt eine Sonderkommission eingerichtet, die ich dann vermutlich leiten darf. Wir haben damit einige Spezialisten mehr im Team. Unter anderem einen Psychologen, den ich schon seit einiger Zeit einbinden wollte. Er kann uns wichtige Aufschlüsse über das Täterprofil geben.«

Gabriele Kronberg saß vor Weidinger, dem Staatsanwalt, und verteidigte ihren Bericht über die Vorfälle der letzten Tage. Neben verhaltenem Lob für die Entscheidung, den Bereich des Drachenfels sperren zu lassen, musste sie sich anhören, dass für die weiteren Untersuchungen ihre Kompetenzen nicht ausreichend seien. Sie sprang aus ihrem Sessel auf, als Weidinger ihr mitteilte, dass er eine Sonderkommission für die weiteren Ermittlungen einsetzen werde, die Baumann, ein gleichaltriger Kollege von Kronberg, leiten sollte.

»Sind meine Kompetenzen deshalb nicht ausreichend, weil ich eine Frau bin?«, fauchte sie ihn an. »Baumann hat sich schon bei den Ermittlungen zum Einsturz des Stadtarchivs keine Lorbeeren verdient. Sie wissen, dass ich ihn vor einer ziemlichen Blamage bewahrt habe.«

»Ich weiß, dass er in einer Sache Pech hatte. Aber er ist ein guter Mann mit dem notwendigen Organisationstalent, und er kann vor allem die Kollegen vom LKA vernünftig einbinden, mit denen Sie immer Ihre Schwierigkeiten haben. Fünf von ihnen werden in der SOKO mitarbeiten.«

Kronberg kochte vor Wut. Im Stillen vermutete sie etwas ganz anderes hinter der Entscheidung. Mit Sicherheit hatte sich ihre Beziehung zu Henno Allenstein bereits herumgesprochen. Ein Staatsanwalt wie Weidinger konstruierte daraus gleich ein Risikopotenzial. Sie an der Spitze einer SOKO und dann frisch mit einer Person liiert, die außerhalb der Polizei stand, aber trotzdem mit in den Fall eingebunden war.

Frustriert fuhr sie zurück ins Büro und ging die letzten Ermittlungsergebnisse durch, die Weller ihr auf den Tisch gelegt hatte. Nach der ersten Akte stellte Elke ihr ein Gespräch durch.

»Ramsauer hier, Kripo Würzburg. Hören Sie Frau Kollegin, ich rufe an wegen einiger seltsamer Vorfälle, die sich in letzter Zeit hier in Unterfranken zugetragen haben.«

»Und Sie meinen, ich kann Ihnen helfen?«

»Ja, es geht um eine Recherche. Wir haben in dieser Sache eine Verbindung nach Köln. Aber lassen Sie mich erklären: Vor einigen Wochen hatten wir einen merkwürdigen Todesfall. Ein Priester ist auf bisher ungeklärte Weise umgekommen.«

»Und was ist daran merkwürdig?«

»Der gute Mann, Herbert Schweiger hat er geheißen, ist an einer Lungenentzündung gestorben. Erst hinterher hat sich die Frage gestellt, ob es sich primär um Legionellen gehandelt haben könnte. Leider hatte das Pfarramt den Krankenhausaufenthalt genutzt, um die längst fällige Renovierung des Bades durchzuführen. Wir wissen also nichts Genaues. Vor zwei Wochen nun gab es in der Nähe von Schweinfurt einen gesicherten Todesfall durch Legionellen, ein junger ausländischer Priester, Ricardo Cavallo, der bei dem hiesigen Pfarrer, Gabriel Hauser, zu Besuch war.«

Kronberg hatte sich ihren Block gegriffen und die wichtigsten Stichworte notiert.

»Vielleicht hat der Verstorbene sich vorher im Ausland die Legionellen geholt. Soweit ich weiß, gibt es eine Inkubationszeit von einigen Tagen.«

»Haben wir auch gedacht. Aber er war schon mindestens vierzehn Tage vor seinem Tod dort im Haus und muss auch geduscht haben, genau wie der Hauser. Es war alles okay, keinem ist etwas passiert. Und dann plötzlich diese vermutlich geballte Ladung an Legionellen. Wenn wir mit unseren Vermutungen richtig liegen, hat jemand den Schlauch kontaminiert.«

»Haben Sie denn überhaupt Legionellen gefunden?«

»In diesem Fall ja. Damit hatten wir zuerst gar nicht gerechnet, weil normalerweise das fließende Wasser alles wegspült.«

»Ja, man soll ja ab und zu das Brauchwasser über 70 °C hochheizen.«

»Richtig. Aber wir haben festgestellt, dass der Schlauch manipuliert war. Zumindest ist er vorher einmal abgeschraubt worden. Und dann gibt es etwas, was ich mir noch nicht ganz erklären kann.«

»Jetzt machen Sie es aber spannend.«

»Schauen Sie, das Badezimmer liegt, weil das Haus halb in den Hang gebaut wurde, zum Teil unterhalb der Oberfläche des Gartens. Das Fenster hat deshalb einen vorgebauten Lichtschacht und ist vergittert und mit dicken Blumenkübeln bestanden.«

»War es aufgebrochen?«

»Nein! Aber in dem Falz, wo die Gummidichtung eingreift, haben wir etwas Merkwürdiges gefunden.«

»Ja?«

»Reste einer schleimigen Substanz, von der unser Spezialist sagt, sie müsse vom zerquetschten Kopf einer Kröte stammen.«

»Da fällt mir erst mal nichts zu ein. Wie frisch war der Schleim?«

»So frisch, dass er in die Zeit des möglichen Tatgeschehens passt.«

»Ist etwa beim Schließen des Fensters eine Kröte eingeklemmt worden?«

»Genauso muss es gewesen sein. Überreste sind bis auf den Toilettendeckel gespritzt. Allerdings hat uns der Hauser versichert, dass das Fenster immer offen steht, weil es da unten so muffig riecht. Und der Cavallo soll vor seinem Ableben auch nichts von einer Kröte erwähnt haben. Es könnte also sein, dass jemand, um zu vermeiden, dass beim Abschrauben Lärm nach draußen dringt, das Fenster geschlossen hat.«

»Und dabei hat er das arme Vieh zerquetscht.«

»Genau. Anschließend hat er das Fenster wieder geöffnet, das Malheur bemerkt und versucht, alles zu beseitigen. Das ist jedenfalls meine Erklärung.«

Kronberg schüttelte sich unwillkürlich. Allein die Vorstellung verursachte ihr Übelkeit.

»Was ist mit dem Rest der Kröte?«

»Den gibt es zum Glück. Sonst hätten wir auch nicht so schnell gewusst, welchem Tierchen der Schleim zuzuordnen ist. Unsere findige Spurensicherung hat ihn aus den Tiefen des Lichtschachts gezogen. Von ganz unten aus dem Ablaufrohr.«

Kronberg musste sich zum zweiten Mal schütteln.

»Gab es sonst Spuren?«

»Nein, keine Fingerabdrücke, keine DNA. Wenn es wirklich Mord war, dann hat der Täter sauber gearbeitet.«

Kronberg schrieb mit großen Buchstaben DNA auf ihren Block und strich sie kräftig durch.

»Ich könnte Ihnen von unserem Fall erzählen. Das ist für uns auch etwas Neues. Es werden Spuren bewusst mit Hunderten von DNA-Proben verdünnt. Unsere Spurensicherung verzweifelt beinahe.«

»Oh je. Vermutlich hat es mit euren Sprengungen zu tun. Schlimme Sache. Ich hoffe trotzdem, dass Sie für meine Anfrage etwas Zeit erübrigen können.«

»Wenn es um Kröten geht, sind Sie an der falschen Adresse.« Kronberg lachte.

»Nein, es geht ja noch weiter. Ich bin ja noch nicht fertig. Der Tote, ein Argentinier, lebt eigentlich in Nigeria und lehrt dort im Priesterseminar. Und er war schon länger bei seinem Freund, dem Priester, in Deutschland. Ich sage Freund, weil es sich hier, wie wohl in diesen Kreisen nicht ganz unüblich, um eine homosexuelle Beziehung handelt.«

»Merkwürdig, in unserem Fall gibt es auch eine Verbindung nach Nigeria. Rufen Sie deswegen an?«

»Eigentlich nicht. Wir haben herausgefunden, dass in Nigeria dieser Cavallo bezichtigt wird, einen Hang zur Pädophilie zu haben. Genau wie sein Freund Hauser, den er besucht hat.«

»Sie meinen …« Ramsauer ließ sie nicht ausreden.

»Es kommt noch besser. Der zuerst verstorbene Priester aus der Nähe von Würzburg wurde auch einmal wegen gleicher Umstände angezeigt, die Sache ist damals aber vertuscht worden und im Sande verlaufen. Und jetzt kommen wir zu Ihnen. Beide Priester waren nämlich vor ihrer Priesterweihe zur gleichen Zeit in Köln Diakon im Dom.«

Kronberg zog auf ihrem Block um Schweiger, Hauser und Cavallo jeweils einen Kreis und zeichnete Verbindungsstriche zu einem großen Kreis, in den sie Köln schrieb. Dahinter setzte sie ein Fragezeichen.

»Sie meinen, es könnte jemanden geben, der sich an den beiden rächen wollte?«

»Das ist eine Richtung, in die wir denken. Vielleicht steckt aber auch noch mehr dahinter. Es müsste dringend in Köln nachgeforscht werden, wer noch in dieser Zeit Diakon war und ob es damals schon Auffälligkeiten gab. Den Hauser haben wir zu keiner Aussage bewegen können.«

»Haben Sie ihm klargemacht, dass, wenn Sie recht haben, er weiterhin in Gefahr ist?«

»Haben wir. Und wenn er noch andere deckt, dann ist nicht nur er in Gefahr.«

»Ich werde mich einmal der Sache annehmen.«

»Es gibt da übrigens noch etwas. Ich weiß nicht, ob Sie es in der Presse verfolgt haben. Wir hatten in München vor kurzem einen Großbrand. Die Fabrikation Leineweber ist vollständig niedergebrannt. Es war eindeutig Brandstiftung. Wissen Sie, was die produziert haben? Sie haben für die halbe Welt die Kirchenstoffe und Kleidungsstücke für die Kirche hergestellt.«

»Oh, da muss aber jemand einen ziemlichen Hass auf den Verein haben. Gibt es irgendwelche Spuren?«

»Nichts Konkretes. Es wurde ein heller Lieferwagen öfter in der Straße gesehen. Kennzeichen ist nicht bekannt. Und dann wurde etwas entfernt vom Gebäude ein Kaugummipapier gefunden, da wo wohl der Wagen auch mal stand.«

»Etwas Besonderes?«

»Schon. Solche Kaugummis werden in ganz Zentralafrika verkauft, also auch in Nigeria.«

Kronberg zischte durch die Zähne. »Herr Ramsauer, ich habe mir alles notiert und werde mich melden. Ihre Geschichte hat bei mir etwas ausgelöst. Ich kann es noch nicht ganz greifen, aber vielleicht gibt es ja eine Verbindung zu unserem Fall. Nur noch eine Frage. Haben Sie den Krötenrest auch auf DNA untersucht?«

Am anderen Ende der Leitung wurde es kurz still. »Warum?«

»Nur so eine Idee. Unvorhergesehene Dinge erfordern manchmal ungeplante Verhaltensweisen. Alte Kriminalistenregel.«

»Was haben wir?« Diese Frage stellte Erik Baumann, Leiter der Sonderkommission, die vom Staatsanwalt eingerichtet worden war. Ihr gehörten 60 Ermittler mit einem Psychologen und einem Sprengstoffexperten an. Zusätzlich war Allenstein für spezielle Fragen zur Geologie mit eingebunden.

»Nach den bisherigen Ermittlungen gehen wir von mindestens einem, eher jedoch zwei Tätern aus, von denen einer, vermutlich der Kopf, sehr gute Kenntnisse in Sprengmaterialien und dazugehöriger Technik inklusive Steinbruchsprengungen hat. Darüber hinaus kennt er die geologischen Verhältnisse im weiteren Umfeld des Rheinischen Schiefergebirges. Wahrscheinlich handelt es sich um eine männliche Person, überdurchschnittlich intelligent und körperlich ausreichend fit. Das Alter könnte zwischen 35 und 45 Jahren liegen. Jüngeren fehlt die Erfahrung, ältere Personen sind körperlich nicht mehr so leistungsfähig. Er muss etwas von Elektronik, technischer Chemie und Schlüsselsystemen verstehen. Seine Taten sind durch den Wunsch nach Anerkennung und Aufmerksamkeit gekennzeichnet. Nicht ohne Grund hat er eine Reihe von Sprengungen initiiert, die letztendlich in den medienwirksamen Akt der Sprengung am Drachenfels mündeten. Interessant auch die Tatsache, dass er an jedem Tatort Hinweise auf die nächste Tat hinterlässt. In diesem Zusammenhang ist auch zu erwähnen, dass er offensichtlich Kontakt zu Professor Allenstein sucht, dem er Reste von zerstörten Steinkreuzen geschickt hat. Wir wissen allerdings nicht, ob sie von ihm selbst zerstört wurden. Möglicherweise lässt die Verbindung zum christlichen Symbol des Kreuzes auf negative Erfahrungen mit Religion oder Kirche schließen, wie unser Psychologe angemerkt hat. Aber das ist lediglich eine Vermutung. Auch hinsichtlich des Kontakts zu Allenstein tappen wir im Dunkeln. Möglicherweise kennt der Täter ihn persönlich, oder er ist durch einen Artikel in der Lokalzeitung auf ihn aufmerksam geworden.«

Baumann trat an die Karte, die an der Wand hing, und nahm einen Zeigestock zur Hand.

»Beim ersten Fall hier im Steinbruch bei Bad Honnef hat der Täter mit einer Vorlaufzeit von mehreren Jahren gearbeitet. Das heißt, der eigentliche Auslöser, die Ursache für die Vorbereitungen, liegt weit zurück. Die Sprengung konnte erst jetzt erfolgen, ohne dass gebohrt werden musste. Und eine Bohrung wäre selbstverständlich aufgefallen. Deshalb kann der getötete Nigerianer nicht der Grund des Anschlags gewesen sein. Es war vermutlich nicht vorherzusehen, dass er ausgerechnet zu diesem Zeitpunkt dort übernachten würde. Merkwürdig ist allerdings, dass die Kollegen von der Sonderkommission des BKA für Menschenhandel bereits auf ihn aufmerksam geworden waren. Er stand im Verdacht, einer Organisation für Kinderhandel anzugehören.«

»Welche Rolle spielte der getötete Hausmeister?«, fragte der Psychologe.

»Über ihn wissen wir nur, dass er seit mindestens dreißig Jahren dort als Hausmeister arbeitete. Er ist nicht aktenkundlich erfasst. Die Befragung der Anwohner ergab nicht viel. Die Abstände zur nächstgelegenen Bebauung sind für einen Kontakt zu groß. Einige Anwohner wunderten sich allerdings, dass häufig Kleintransporter auf das Grundstück fuhren, obwohl doch das Heim schon seit geraumer Zeit nicht mehr genutzt wurde.«

Der Psychologe meldete sich noch einmal zu Wort. »Wenn es aber kein Zufall war, dass der Nigerianer dort wohnte, und das Heim möglicherweise sogar ein logistischer Stützpunkt für den Kinderhandel war, dann könnte das Motiv doch durchaus Vergeltung sein.«

»Das war unser erster Ansatz«, erklärte Gabriele Kronberg. »Aber dann erfolgten die anderen Sprengungen, die eindeutig auf den oder die gleichen Täter schließen lassen. Allerdings können wir hinsichtlich der Motive für Obernkirchen und den Drachenfels im Moment noch nicht allzu viel sagen.«

»Ich darf an diesem Punkt fortfahren«, übernahm Baumann wieder seinen Part. »In Obernkirchen hat es einen Todesfall gegeben, der vor der eigentlichen Sprengung lag. Es war ein Unfall, wie die Ermittlungen unserer Kollegen aus Hannover ergaben. Die Sprengung selbst ist eigentlich ohne Bedeutung, sie wäre in Kürze ohnehin von der Firma durchgeführt worden. Vielleicht diente sie nur zur Demonstration der Möglichkeiten des Täters. Es ist durchaus möglich, dass in nächster Zeit eine Forderung kommt und der Täter es mit Erpressung versucht. Ja, und jetzt der Drachenfels.« Baumann machte eine rhetorische Pause, als wolle er die Verbundenheit mit seinem Lieblingsberg im Siebengebirge betonen. Den Beamten hatte sich nach der Sprengung ein Bild der Verwüstung dargeboten, und allen saß noch der Schreck in den Gliedern bei dem Gedanken daran, was passiert wäre, wenn der beliebte Ausflugsort vorher nicht geräumt und großräumig abgesperrt worden wäre. Solche Katastrophen gab es schließlich nicht alle Tage, und es war schwer, sie aus dem Kopf zu bekommen. Baumann holte tief Luft und fuhr fort:

»Die Vorgehensweise am Drachenfels unterscheidet sich von den bisherigen Sprengungen. Hier gab es mehr Publikumsverkehr, sodass die Vorbereitung riskanter und die Gefahr, entdeckt zu werden, größer war. Außerdem war anscheinend nicht gewollt, dass alles in einer gewaltigen Katastrophe mündet. Wir müssen davon ausgehen, dass zumindest einer der Täter in der Nähe war und sowohl die Warnsprengungen als auch die Hauptsprengungen mit Sichtkontakt scharfgestellt hat.«

Eine jüngere Mitarbeiterin der Sonderkommission meldete sich mit einer Frage: »Besteht die Möglichkeit, dass einer der Täter eine Sprengausbildung bei den Pionieren der Bundeswehr erhalten hat?«

»Auszuschließen ist das nicht. Die Kenntnisse in der regionalen Geologie sprechen aber eher für einen anderen Ausbildungsweg. Allerdings kann es sich ja hierbei um einen zweiten Täter handeln.«

Im Versammlungsraum setzte lautes Getuschel ein.

»Ich fahre mit meinen Ausführungen fort«, sagte Baumann mit scharfem Unterton.

»Wir gehen davon aus, dass es dem Täter im Gegensatz zu terroristischen Tätern nicht um möglichst viele Opfer geht. Im Gegenteil. Die Sprengfallen an den Bäumen vor dem Drachenfels waren vermutlich als Warnung gedacht. Die Opfer im Steinbruch bei Bad Honnef waren möglicherweise gar nicht einkalkuliert.«

»Wurde denn am Drachenfels ein weiterer Hinweis gefunden auf die nächste Tat?«, fragte ein Ermittlungsbeamter.

»Da haben wir im Moment schlechte Karten. Der Schnee verhindert eine vernünftige Spurensuche, vielleicht auch ein Beweis für die Intelligenz des Täters, die Rahmenbedingungen optimal für sich zu nutzen. Wir müssen leider auf die nächste Warmfront warten, und es wird wohl noch eine ganze Weile dauern, bis wir hier weiterarbeiten können. Aber lassen Sie mich erst einmal die weiteren Fakten vortragen.

Wir haben verschiedene Meldungen aus ganz Deutschland über Diebstähle sensibler Materialien zusammengetragen. Hierzu gehören Entwendungen von Chemikalien, die möglicherweise für Sprengungen genutzt werden können, Feuerwerkskörper, Munition und Sprengstoffe aus Steinbruchbetrieben. Besonders auffällig sind in diesem Zusammenhang die Diebstähle von Sprengstoffen aus dem Sauerland, dem Westerwald und Tauberbischofsheim, die von der Vorgehensweise alle ein ähnliches Muster aufweisen.«

Baumann berichtete weiter über die Ergebnisse der DNA-Analysen und die bewusst gelegten Spuren.

»Zu den DNA-Spuren kann ich noch sagen, dass die, die wir zuordnen konnten, und das sind nicht sehr viele, aus ganz Deutschland stammen. In dieser Beziehung stecken wir in einer Sackgasse. Die bisher verwendeten Sprengstoffe stimmen übrigens mit den Chargen, wie sie im Westerwald und Sauerland entwendet wurden, überein.«

»Was ist mit dem Material aus Tauberbischofsheim?«, fragte einer der Kollegen.

»Hierfür liegt uns nichts vor. Möglicherweise hat es gar nichts mit diesem Fall zu tun.«

»Ich lese in den Unterlagen, dass es sich hierbei um Eurodyn-2000 handelt. Das wird doch für Gebäude oder Brücken eingesetzt. Wenn es sich hier um den oder die gleichen Täter handelt, kann es sein, dass uns noch eine viel größere Sache bevorsteht«, mutmaßte derselbe Kollege.

»Inzwischen haben sich noch einige weitere mögliche Verbindungen ergeben.«

Baumann berichtete kurz von den Vorfällen in Bayern.

»Wenn es nicht Zufall ist, dass das Kaugummipapier dort gefunden wurde, könnte es einen Zusammenhang mit unserem Fall geben.«

»Gab es denn DNA-Spuren am Kaugummipapier?«

»Nichts Verwertbares. Es hatte Löschwasser abbekommen.«

Gabriele Kronberg meldete sich mit einer Überlegung zu Wort.

»Mir ist klar, dass es noch zu früh für eine Spekulation ist, aber wir sollten uns doch näher mit den beiden Priestern, Hauser und Schweiger, befassen. Wenn sich nun herausstellt, dass nicht Cavallo das eigentliche Opfer sein sollte, sondern Hauser?«

»Dann müsste erst einmal Klarheit über die Todesursache von Schweiger herrschen, ob nun Lungenentzündung oder Legionellen. Wir sollten uns nicht in etwas verrennen«, würgte Baumann Kronbergs Überlegungen ab.

»Aber die beiden kannten sich und waren zusammen Diakone hier in Köln. Deshalb hat der Kollege aus Bayern mich ja auch angerufen.«

»Da gab es doch noch einige mehr. Wir werden es überprüfen. Im Moment konzentrieren wir uns besser auf Wichtigeres.« Baumann wirkte leicht gereizt.

»Wir haben bereits beim Dompropst vorgesprochen. Das Gespräch war allerdings nicht sehr ergiebig. Sein Büro wird allerdings eine Liste der Ministranten, Diakone und Weihbischöfe in den letzten fünfundzwanzig Jahren erstellen.«

»Gut. Dann haben wir noch den Anschlag auf die Fabrikation Leineweber, der eigentlich nur durch das Kaugummipapier aus Nigeria in die Diskussion gekommen ist«, führte Baumann weiter aus. »Wenn man die Sprengung des Drachenfels und des Steinbruchs bei Bückeburg betrachtet, passt nichts zusammen. Ich gehe daher eher von zwei unabhängig agierenden Tätern oder Tätergruppen aus, die nur zufällige Überschneidungen aufweisen.«

»Oder sich unbewusst ergänzen, ohne voneinander zu wissen«, warf der Psychologe ein.

»Was haben denn die Aufrufe an die Bevölkerung ergeben?«, wollte ein Kollege in der ersten Reihe wissen. »Die zeitaufwendigen Erkundungen und Vorbereitungen müssen doch irgendjemandem aufgefallen sein. Gibt es keine brauchbaren Beschreibungen?«

Weller meldete sich zu Wort. Er hatte die Befragungen der Bürger und Hinweise aus der Bevölkerung ausgewertet. Hieraus ergab sich jedoch kein einheitliches Bild.

Zuletzt wurde Allenstein über die Wegkreuzbruchstücke und die Fremdgesteinsstücke in den Brüchen befragt. Er erklärte die Verbindung der Gesteinsstücke zu den Gesteinstypen der gesprengten Brüche.

»Hierbei ist allerdings das erste Wegkreuzstück nicht direkt dem Basaltbruch zuzuordnen. Es stammt von einem viel jüngeren Basalt, vermutlich aus der Nachbarschaft des Laacher Sees. Das erkennt man an der porösen Struktur, die die älteren Basalte nicht haben.«

»Haben Sie denn die Verpackung nicht mehr?«

»Nein, zu diesem Zeitpunkt bestand ja noch kein Verdacht auf einen Zusammenhang mit einem Straftatbestand. Die Kartons und das Papier sind …«

Allenstein dachte kurz nach. »Entsorgt. Aber da fällt mir gerade ein, der Basalt war zusätzlich noch in einen Fetzen aus einem weichen Tuch eingehüllt. Katholisch Lila, wie mein Kollege sagen würde.«

»Und warum erfahren wir das jetzt erst?«, herrschte Baumann ihn an.

»Ich bitte Sie, mein Augenmerk lag damals wirklich auf anderen Dingen.«

»Aber das wäre doch eine Verbindung zur Tuchfabrik, die in Brand gesteckt wurde«, schaltete sich Gabriele Kronberg schnell ein. »Mit den Morden an den Geistlichen ergibt sich ein Bild, das immer mehr auf einen Racheakt hindeutet.«

»Ja, bis jetzt ist das tatsächlich der größte gemeinsame Nenner. Aber wozu zum Teufel wird deswegen der schöne Drachenfels in die Luft gejagt?«, regte sich Baumann auf.

In diesem Moment eilte ein weiterer Kollege mit einem Zettel in der Hand herein und legte ihn Baumann auf den Tisch. Der überflog ihn mit gerunzelter Stirn.

»Ich lese gerade die neueste Information über die durch die Flutwelle zerstörte Hausanlage.« Baumann machte eine kurze Pause und schaute bedeutsam in die Runde. »Dieser Gebäudekomplex war zwar im Besitz der Kommune von Bad Honnef, sie hat ihn aber erst vor fünf Jahren von der katholischen Kirchengemeinde gekauft, weil die Gemeinde die Gebäude nicht mehr unterhalten konnte. Diese Gebäude wurden lange Zeit für Ministranten-Freizeiten und katholische Jugendgruppen genutzt.«

Im Raum wurde es plötzlich laut. Baumann bat erneut um Ruhe und kam zur Verteilung der Aufgaben. Mit Hilfe eines

Beamers warf er eine Liste an die Wand, in die er einzelne Gruppen für die Bearbeitung der nächsten Schritte eintrug. Am dringlichsten war die Liste des Dompropstes mit Namen und Beschäftigungszeiten der Ministranten sowie der betreuenden Priester. Weiter die Recherche über Studienabbrecher, Vorfälle der letzten Jahre bei Sprengstoffdiebstählen, Auswertung verwandter Fälle und spezielle kriminologische Untersuchungen sowie eine Anfrage im Priesterseminar von Makurdi in Nigeria. Im Anschluss an die Sitzung hatte sich Baumann zu einer Pressekonferenz verpflichten lassen, die er aus zeitlichen Gründen allerdings auf ein Minimum beschränkte.

Die Besprechung der Sonderkommission war noch nicht lange zu Ende, da klingelte in Kronbergs Büro das Telefon. Kommissar Ramsauer aus Würzburg begrüßte sie überschwänglich, bevor er zur Sache kam.

»Frau Kollegin, ich muss Ihnen ein Lob aussprechen.«

Kronberg setzte die Tasse mit dem heißen Kaffee ab, aus der sie beim letzten Klingelton noch hastig einen Schluck getrunken hatte. »Was ist passiert?«

»Ihr Krötenhinterteil, äh, Entschuldigung, der intakte Teil der Kröte, Sie entsinnen sich, auf den Sie aufmerksam gemacht haben, also, in diesem Krötenteil haben wir tatsächlich DNA-Spuren von einem unbekannten Dritten nachgewiesen. Unglaublich.«

»Oh, dann habe ich richtig gelegen? Und, gibt es weitere Hinweise?«

»Freilich, wir haben die DNA zuordnen können. Wegen einer länger zurückliegenden Straftat in einem Pädophilen-Fall.«

»Jetzt machen Sie es doch nicht so spannend. Wer war der Täter?«

»Er heißt Carlos Albertos Luengo, ein glühender Verehrer von unserem Legionellen-Cavallo. Wir haben ihn heute in München einkassiert. Er wollte sich gerade nach Nigeria absetzen.«

Die Kommissarin sprang aus ihrem Sessel auf.

»Das heißt, das Motiv war Eifersucht?«

»Sie sind schnell, Frau Kollegin. Der gute Luengo ist am Boden zerstört. Er hat bereits alles gestanden. Statt seinen eigenen Freund ins Jenseits zu befördern, wollte er allerdings den Priester Hauser treffen. Er wusste nicht, dass Cavallo dort zu Besuch war. Mit Schweiger hat er vermutlich nichts zu tun. Der ist wohl doch an einer normalen Lungenentzündung gestorben.«

»Eine Bitte, wir benötigen so schnell wie möglich Ihren Bericht. Schicken Sie ihn am besten gleich an Baumann, den Leiter der Sonderkommission.« Kronberg gab Ramsauer die E-Mail-Adresse durch.

»Eine Frage noch. Wissen Sie, was dieser Luengo für einen Wagen fuhr?«

»Das kann ich Ihnen noch nicht mit Bestimmtheit sagen. Er ist ein Kollege von Cavallo aus dem Priesterseminar in Nigeria und war nur sporadisch hier in Deutschland. Er hat sich wohl mehrfach ein Auto von Freunden geliehen. Sobald ich etwas Genaueres weiß, informiere ich Sie.«

Kronberg forderte Weller auf, ihr zu folgen. Ohne Erklärung spurtete sie zu Baumann und berichtete von den neuesten Ergebnissen.

Plötzlich war wieder vieles offen. Die Verbindung über die Priester nach Köln war eindeutig Zufall. Trotzdem entschied Baumann, die Erstellung der angeforderten Liste beim Dompropst nicht zu stornieren.

Ob der Brand in der Tuchfabrik etwas mit dem Tod von Cavallo zu tun hatte, war nicht klar. Das einzige Indiz war das Kaugummipapier, ein Motiv war nicht erkennbar. Baumann beauftragte umgehend zwei SOKO-Mitglieder, nach München zu fahren, um mit den Kollegen die finanzielle Situation der Firma zu hinterfragen. Vielleicht gab es Hinweise auf einen vorgetäuschten Anschlag. Zwei weitere Kollegen wurden nach Würzburg beordert, um die Vernehmung Luengos zu verfolgen.

| 18 |

Die Wetterverhältnisse hatten sich in der zweiten Dezemberwoche etwas verbessert. Die Temperaturen lagen über dem Gefrierpunkt, einzelne Regenschauer trugen dazu bei, dass die letzten Schneeflächen auch in den höheren Lagen des Siebengebirges abtauten. Den Piloten der Polizeihubschrauber, die das Gebiet aus der Luft überwachten, bot sich ein bedrückendes Bild. Der bekannteste und beliebteste Berg des Siebengebirges ragte mit seiner Burg wie der klägliche Rest eines geborstenen Backenzahns in den Himmel. Von oben hatte sich ein breiter Schuttfächer aus hellen Gesteinsbruchstücken bis hinunter zum Rhein ergossen. Bagger und schwere LKW hatten eine Schneise hineingeschlagen. Aus der Luft wirkten sie wie Käfer, die eine Spur durch die graue Masse fraßen.

Die Sicherung der Spuren am Drachenfels war inzwischen abgeschlossen. Allenstein hatte mit vierzehn Doktoranden aus allen Abteilungen die Suchmannschaft der Polizei begleitet und in dem von der Sprengung unberührten Teil jeden auffälligen Stein begutachtet. Ein aussagekräftiges Fremdgestein wurde jedoch nicht gefunden. Die Aufräumarbeiten waren in vollem Gange. Als Wichtigstes war bereits die Bahnverbindung freigelegt und die ersten Schienen ausgetauscht worden. Der Fußweg zum Drachenfels, der alte Eselsweg, war gesperrt, aber die Sperrung wurde von der Bevölkerung nicht ernst genommen. In Scharen pilgerten die Bewohner der angrenzenden Ortschaften ins Siebengebirge, um ihren Drachenfels zu betrauern. Die Burg hatte zur Erleichterung aller kaum Schaden genommen, weil der Fels nur bis kurz vor dem Turm abgesprengt worden war. Um das Lokal trauerte keiner. Es lag jetzt als Teil der Schuttdecke neben dem Gleisbett, beinahe auf Rheinniveau.

Ein wenig außerhalb der Absperrung freute sich ein Kind über einen der letzten Schneeflecken am Wegesrand. Es kratzte das verharschte Weiß zu einem Schneeball zusammen.

»Mama, Mama, guck mal, aus dem Schneeball hängt eine Kette.«

Gabi hatte sich mit Henno in einem Café in der Nähe des Geologischen Instituts getroffen. Sie war auf dem Weg zum Dom, musste aber vorab dringend etwas klären. Nachdem sie bestellt hatten, zog sie eine kleine Schachtel aus der Tasche und nahm eine kleine Klarsichttüte mit einem etwa walnussgroßen Gegenstand heraus.

»Diese Kette hier ist bei der Polizei in Königswinter abgegeben worden, und zwar nach unserem Aufruf in der Presse, Auffälliges zu melden. Der Anhänger sieht aus wie ein Stein, aber mittendrin befindet sich ein schwarzes Kreuz. Kannst du mir das erklären?«

Henno nahm seine Lesebrille aus dem Etui und betrachtete das Schmuckstück kurz.

»Das ist ein Chiastolith, zu Deutsch ein Kreuzstein. Ein Mineral, das durch thermische Metamorphose aus anderen Mineralen gebildet wird.«

»Ist das nun eine verlorene Kette oder der nächste Hinweis?«

»Erst einmal ist es eine Schmuckkette. War der Verschluss zu?«

»Zumindest, als wir sie aus Königswinter bekamen.«

»Könnte natürlich ein Hinweis sein. Als Anhänger ist es eher ungewöhnlich. Diese Minerale entstehen in Gesteinen der tieferen Erdkruste unter hohen Drucken und Temperaturen. Man nennt diese Gesteine Metamorphite, weil sie sich während der

Metamorphose, also der Umwandlung, aus vorhandenen Gesteinen neu gebildet haben. Und das nur durch sehr langsame Kristallneubildung, ohne dass sie aufgeschmolzen wurden.«

»Dann ist das also gar kein Stein, sondern ein Mineral. Und das Kreuz?«

»Dort wo das Mineral kristallisiert ist, waren vorher andere Minerale und auch Kohlenstoff. Du musst dir das so vorstellen: Nimm Sande und Tone, die zum Beispiel in der Niederrheinischen Bucht abgelagert wurden und langsam in die Tiefe gelangen, weil sich ein Graben bildet und der Bereich absinkt. In den Sedimenten gibt es immer organische Reste. Das macht den Schlamm so schwarz. Immer neue Sedimente lagern sich über die ersten Sedimente, bis mehrere Kilometer zusammengekommen sind. Dadurch entsteht ein enormer Druck, der auf jedes Mineralkorn einwirkt. Hinzu kommt von unten Wärme, die mehrere hundert Grad betragen kann, manchmal sogar noch mehr, wenn heißes Magma mit im Spiel ist. Im Kontaktbereich zu solchen Magmen heizt sich das Randgestein stark auf, und es können sich diese Chiastholithe bilden.«

»Schön, aber was ist jetzt mit dem Kreuz?«

»Wenn so ein Mineral wächst, hat es viele Nachbarn. Stell dir einen Eiswürfel vor, der aus trübem Wasser kristallisiert. Der Dreck ist fein verteilt, das Eis möchte aber möglichst nur Wasser in seinem Gitter einbauen. Also wird der Dreck an die Seite geschoben, was aber nur geht, wenn das Eis sehr, sehr langsam gebildet wird. Genauso ist das im Chiastolith. Es bildet sich ein großes weißliches Mineral und die überall fein verteilten, kohligen Substanzen werden an den Rand gedrängt. Dort bilden sie diese schwarze Linie, die nur aus Kohlenstoff besteht. Unter bestimmten Bedingungen wachsen die Minerale so, dass sich in der Mitte das Kreuz ergibt.«

»Das ist faszinierend. Wenn der Täter die Kette bewusst dort abgelegt hat, bekommt das Ganze eine völlig andere Qualität. Fällt dir irgendetwas ein, was mit diesen Metamorphiten zu tun haben könnte? Vielleicht ist es ja wieder ein Hinweis auf die nächste Sprengung?«

»Unwahrscheinlich wäre es nicht. Die letzten Male hat es sich um Steine gehandelt, die für Wegekreuze verwendet wurden. Diesmal ist es ein Mineral, das durch natürliche Prozesse in der Tiefe der Erdkruste ein Kreuz erhalten hat. Für gläubige Menschen vielleicht ein besonders bedeutungsvolles Objekt. Das ist ein Fund, zu dem auch euer Psychologe sicher einiges sagen kann.«

Gabi nahm die Tüte mit der Kette wieder an sich und verstaute sie in dem kleinen Kästchen.

Henno fuhr sich nachdenklich durch die Haare. »Es wird schwierig werden, einen Zusammenhang zu einem Steinbruch herzustellen, weil es sehr viele Möglichkeiten gibt. Wir müssen es aber trotzdem probieren.«

»Vielleicht bekommst du ja wieder ein Paket«, meinte Gabriele Kronberg hoffnungsvoll. »Dann hätten wir eine doppelte Chance.«

Allenstein hatte sämtliche Kollegen in den Landesämtern und den geologischen Instituten informiert. Es ging jetzt um die Suche nach dem nächsten Steinbruch oder einer bedeutenden Felswand, die durch eine Sprengung besonders große öffentliche Aufmerksamkeit erregen würde. Voraussetzung war diesmal, dass es sich um metamorphe Gesteine handelte.

Metamorphite sind die dritte große Gruppe der Gesteine. Aus Schmelzen entstehen Vulkanite wie Basalt oder Tiefengesteine wie Granit. Aus Sedimenten können Sedimentgesteine gebildet werden. Aber es gibt eine dritte Gruppe, die aus den beiden ersten Gruppen unter hohem Druck in der Erdkruste und Temperaturen unterhalb der Aufschmelzungstemperatur der Gesteine gebildet wird. Darin entstehen bei günstiger Voraussetzung Minerale wie Granat, der bei besonderer Reinheit ein Schmuckmineral ist, oder eben auch Chiastolith.

Der Ort, an dem das Mineral in nennenswertem Umfang in Deutschland vorkam, war Gefrees im Fichtelgebirge. Andere Orte lagen im Ausland und in Übersee. Allerdings gab es mit Sellrain auch in Österreich eine mögliche Fundstelle. In Gefrees herrschte eine ähnliche Situation wie beim Steinbruch bei Bad Honnef. Wenn dort gesprengt würde, könnte eine Steinbruchwand in ein Wasserloch hineinrutschen und eine Flutwelle auslösen. Allerdings gab es keine Gefährdung für Häuser. Und Sellrain in Österreich, wo auch nicht unmittelbar Häuser betroffen waren, schied vor allem schon deshalb aus, weil es in den Alpen viel spektakulärere Bereiche gab, in denen man mit einer kleinen Sprengung große Wirkung erzielen konnte.

Allenstein war sich nicht sicher, ob er auf der richtigen Fährte war. Die bisherigen Ereignisse hatten sich alle in einem bestimmten Umfeld abgespielt, in der Nähe des Rheinischen Schiefergebirges. Aber Gabriele erinnerte ihn daran, dass es aus kriminologischer Sicht durchaus einen Hinweis auf andere Regionen gab. Die Tatsache ließ ihn nicht mehr los. Er gönnte sich kaum noch Schlaf und studierte wie besessen Karten und Literatur aller erdenklicher Regionen, ohne jedoch auf einen schlüssigen Hinweis zu stoßen.

»Chef, es ist schon wieder ein Paket ohne Absender angekommen, allerdings kleiner und leichter als das letzte.« Frau Hörnig stand in der Tür und hielt ein kleines Päckchen in der Hand.

»Soll ich es öffnen?«, fragte sie.

»Nein, nein, legen Sie es dort auf den Tisch, ich rufe sofort die Kommissarin an.«

Allenstein wartete, bis seine Sekretärin die Tür geschlossen hatte.

»Gabi, es ist da, nicht sehr groß und relativ leicht.«

»Ich komme sofort vorbei und bringe die Spurensicherung mit. Du stehst jetzt mitten in der Ermittlung und könntest auch Zielobjekt sein. Also fass das Paket nicht an.«

Kronberg kam wenig später mit zwei Spezialisten von der Spurensicherung. Einer hatte eine komplette Schutzausrüstung für die Öffnung von Sprengpäckchen angelegt und verwies alle anderen auf den Flur. Nach einigen Tests begann er, das Papier um den kleinen Karton zu entfernen. Kurze Zeit später gab er Entwarnung.

Die Art der Verpackung ähnelte den anderen Paketen. Die Kommissarin rechnete sich bereits eine erste Chance aus, endlich an aussagekräftige Spuren des Täters zu kommen. In einem kleinen Karton aus Hartpappe lag in weichem Seidenpapier ein bunt metallisch schimmerndes Stück Gestein.

»Was ist das denn?«, fragte Gabriele Kronberg überrascht.

»Sieht aus wie ein Kupfer-Schwefel-Erz«, analysierte Allenstein mit einem Blick. »Aber das bekommen wir schnell heraus. Wir benötigen nur ein kleines Bruchstück und geben es in unser Röntgenanalysegerät.«

Der Mann von der Spurensicherung hatte erst Bedenken, brach aber schließlich ein Stück ab und gab es Allensteins Laborleiter zur Analyse. Gemeinsam standen sie um das moderne Gerät und warteten auf das Röntgendiagramm. Allenstein musterte die Vorschläge, die das Auswertungsprogramm für das Mineral anbot. Die Sache war eindeutig.

»Es ist Stannit oder auch Zinnkies. Ein Verbindung aus Kupfer, Eisen und Zinn.«

In der Gruppe herrschte einen Augenblick lang fragendes Schweigen.

»Was hat es damit auf sich?«, fragte Kronberg sichtlich irritiert.

»Das ist ein Stück Erz. Diese Rohstoffe bauen wir in Deutschland schon lange nicht mehr ab. Zu unrentabel. Aber es gibt jede Menge Standorte, im Harz, Schiefergebirge, Schwarzwald, Erzgebirge oder auch im Bayerischen Wald, wo noch alte Stollen und Bergwerke existieren. Da kann man viel sprengen.«

»Und wie finden wir das jetzt raus?« Kronberg sah ein wenig übernächtigt aus.

Allenstein ging durch die Büros und rief seine Arbeitsgruppe zusammen

»Leute, ihr müsst mit recherchieren. Wir müssen alles über die Abbaustellen von Kupfer- und Zinnerzen herausfinden, jede historische Mine, jede Möglichkeit, ob alte Gruben oder Stollen gesprengt werden könnten, alles, was auch nur irgendwie mit Buntmetallerzen zusammenhängt. Und holt euch Verstärkung aus den anderen Abteilungen.«

»Moment mal. Immer mit der Ruhe. Lass uns noch einmal richtig nachdenken«, stoppte die Kommissarin den Aktionismus ihres Partners. »Wir haben für die Sprengung in Obernkirchen und den Drachenfels jeweils einen Stein in dem bereits gesprengten Bruch gefunden, als Vorwarnung für das nächste Ereignis. Gleichzeitig gab es die Pakete mit den zerstörten Wegekreuzen an den Professor, die mehr oder weniger eine Verbindung zu den Steinbrüchen hatten. Jetzt ist es umgekehrt. Der Professor hat einen Stein erhalten und am Drachenfels wurde ein Kreuzstein gefunden. Was in aller Welt kann das bedeuten?«

»In der Nähe des Drachenfels gibt es Gangerze, die so aussehen können wie der Zinnstein. Vielleicht hat der Täter gedacht, dass das Stück Erz nicht als Besonderheit erkannt wird. Der Chiastolith hingegen war natürlich sehr auffällig«, überlegte Henno laut.

»Oder es ändert sich in seinem Ablauf insgesamt etwas. Wir müssen zusehen, dass wir noch vor Weihnachten ein Ergebnis haben. Sonst wird es unruhig.«

Gabriele kramte in ihrer Tasche und zog einen Zettel hervor. »Ich habe im Internet etwas gefunden, das ich mir notiert habe. Das wollte ich dir gerade noch vorlesen, Henno.« Sie begann mit ihrer warmen Stimme zu lesen: »Bei der Meditation ist der Chiastholith oder Kreuzstein besonders gut für Milzchakra und den Solarplexus zu verwenden. Seine zarten Schwingungen dringen tief ein und aktivieren das geistige Streben nach Selbstverwirklichung. Der Chiastholith ist ein Stein, der aufdeckt und uns nicht nur Probleme und Blockaden erkennen lässt, sondern uns zugleich auch zu Lösungen inspiriert.«

Henno verdrehte die Augen. »Ach, du lieber Himmel, was ist das denn für ein esoterischer Quatsch?«, sagte er ungeduldig. »Entschuldige, aber das ist doch Blödsinn hoch drei.«

»Das mag ja sein«, entgegnete Gabriele Kronberg. »Ich glaube ja auch nicht an so etwas. Aber es könnte immerhin sein, dass der Täter damit etwas verbindet, und dann wäre es zumindest ein Hinweis auf seine Persönlichkeitsstruktur.« Nachdenklich betrachtete sie den Zettel, den sie in der Hand hielt. »Ja, genau«, murmelte sie. »Ein unsicherer Mensch, der danach strebt, sich selbst zu verwirklichen. Nur die Wahl der Ausdrucksmittel ist ein bisschen fragwürdig.«

| 19 |

Apolda war wie die meisten Städte im Schneematsch des Dezember unwirtlich und wenig einladend. Nur die Innenstadt war ansprechend weihnachtlich dekoriert und bot mit einem hübschen Weihnachtsmarkt ein besonderes Flair. Süßere Düfte vermischten sich mit dem allgegenwärtigen Thüringer Bratwurstdunst, der in jedem Winkel der kleinen mittelthüringischen Stadt hing.

Er hatte in Jena übernachtet, bei einem Freund, den er schon seit langer Zeit aus dem Ausland kannte. Es war das dritte Mal, dass er durch das Zentrum von Apolda schlenderte. Apolda, die Glockenstadt mit einer 250-jährigen Glockengießer-Tradition, zugleich aber auch die Geburtsstadt des Dobermanns, einer Rasse, die er auf den Tod nicht ausstehen konnte. Seine Geschichtskenntnisse über den Ort übertrafen sicher die der meisten Einwohner.

Sein Weg führte ihn zum Glockenmuseum. Bronze, ein Werkstoff aus 78 Prozent Kupfer und 22 Prozent Zinn, Metalle, die auch im Harz und im Erzgebirge gefunden wurden. Fast automatisch fielen ihm die wichtigsten Fakten zu diesem Themenkomplex ein. Aus ihnen ließ sich die Legierung herstellen, die einer ganzen Epoche aus der Frühzeit der Menschheitsgeschichte ihren Namen gegeben hatte, die Bronzezeit. Aus Bronze ließen sich erstmals Waffen und Werkzeuge von ausreichender Qualität und Menge herstellen. Und Bronze war auch die Metallmischung, aus der Kunstgegenstände und vor allem Glocken und Kanonen gegossen wurden.

Einige Straßen weiter lag die alte Gießerei. 1722 gegründet, produzierte sie jahrhundertelang Geläute, die in die ganze Welt geliefert wurden. Trotzdem musste 1902 Konkurs angemeldet werden, aber schon 1910 hatte Heinrich Ulrich sie wieder aufgebaut. 1949 jedoch wurde sie von der ehemaligen DDR enteignet und endgültig geschlossen, und seitdem verfielen die Gebäude mehr und mehr. Eigentlich schade, dachte er, schließlich wurde 1923 hier die größte freischwingend läutbare Glocke der Welt gegossen, mit 24 Tonnen Eigengewicht. Allein der Originalklöppel wog fast eine Tonne.

Unauffällig musterte er das Gebäude im Vorbeigehen. Es hatte sich nichts verändert. Es war alles wie beim letzten Mal, als er es sich von innen angesehen hatte.

| 20 |

Katy war ihrem Vater ein paar Tage lang aus dem Weg gegangen. Die Diskussion über seine Assistentin war ihr auf den Magen geschlagen. Ihr gefiel der Gedanke gar nicht, dass ihr Vater sich mit einem Mädchen einlassen könnte, das in ihrem Alter war. Seitdem Henno allein lebte, kam sie regelmäßig vorbei, um nach dem Rechten zu sehen, und sie hatte immer schon das Gefühl gehabt, ein bisschen auf ihn aufpassen zu müssen. Ihre Beziehung, die trotz der Probleme zwischen ihren Eltern immer sehr eng gewesen war, hatte sich nach dem Tod von Helga noch vertieft. Wenn ihr Vater Schwierigkeiten im Haushalt hatte, griff er zum Telefon und rief sie an. Aber meistens brauchte er einfach nur etwas Abwechslung und jemanden zum Reden, der nichts mit Geologie zu tun hatte.

Katy war gesellig, immer für eine Überraschung gut, und sie brachte häufig Freunde mit, damit wieder ein wenig Leben in den Junggesellenhaushalt kam. Ab und zu hatte sie auch schon mal einen Jungen aus dem Heim dabei, der an hohen Feiertagen in keiner Familie untergebracht werden konnte.

Diesmal hatte ihr Vater sie zum Essen eingeladen. Das konnte nur bedeuten, dass er etwas mit ihr besprechen wollte. Da Katy sich sicher war, dass es noch einmal um die Sache mit Anja ging, legte sie sich bereits auf der Fahrt zu ihm eine Reihe von Argumenten zurecht.

Henno hatte Hähnchenschenkel gebraten. Katy roch es bereits, als sie die Tür aufschloss, nachdem sie einmal kurz geklingelt hatte, um sich anzukündigen. Während des Essens plätscherte das Gespräch so dahin, und Katy fragte sich schon, ob sie vielleicht das Thema von sich aus anschneiden sollte. Beim Nachtisch jedoch begann Henno ausführlich über seinen Kriminalfall, den Katy bisher nur aus der Presse kannte, zu erzählen. Er bat sie allerdings, die Informationen streng vertraulich zu behandeln.

»Katy, ich muss zwei Dinge mit dir besprechen. Zunächst einmal geht es um eine Sache, die mit dem Fall zusammenhängt. Ich habe dir jetzt so ziemlich alles, was ich darüber weiß, erzählt. Zwar darf ich keine kriminalistischen Untersuchungen durchführen, aber durch die Pakete mit den Steinkreuzen bin ich ja schon direkt betroffen, und ich möchte gerne wissen, was dahintersteckt.«

»Und die andere Sache?«

»Das machen wir anschließend. Ich hätte gerne eine Einschätzung von dir. Du hast durch deinen Beruf viel Erfahrung mit Menschen, die aus unterschiedlichsten Gründen schwierig sind. Ich habe den Verdacht, dass ein ehemaliger Student von uns als Täter für diese verrückten Sprengungen in Frage kommt, einer, der das Studium nicht geschafft hat.«

Katy rührte nachdenklich in ihrem Pudding herum.

»Aber du hast doch gesagt, der Täter ist sehr intelligent vorgegangen«, wandte sie ein. »Warum sollte er denn dann das Studium nicht geschafft haben?«

»Das kann ich dir nicht sagen. Es ist ja auch nur so ein Gefühl. Es gab in den letzten, sagen wir mal, fünfzehn Jahren mehrere Studenten, vor und während meiner Zeit, die zwangsexmatrikuliert wurden. Sie hatten entweder nicht rechtzeitig ihre Scheine erreicht oder aber ihre Gebühren nicht bezahlt.«

»Das heißt, es mussten also auch sehr gute Studenten gehen, nur weil sie kein Geld für die Gebühren hatten?«

»Ob sie das Geld nicht hatten oder nicht bezahlen wollten, weiß ich nicht. Aber so ist es nun mal.«

»Und du vermutest, dass sich jetzt einer von denen rächen will und lauter Steinbrüche in die Luft jagt?«

»Das ist das, was ich von dir wissen will. Es scheint einen deutlichen Bezug zur Geologie und durch diese zerbrochenen Steinkreuze auch zu mir zu geben. Hältst du es für möglich, dass jemand durch einen Rausschmiss so sehr in seiner Eitelkeit gekränkt wird, dass er dafür morden würde, und dann in dieser Form?«

»Schwer zu sagen. Die Psyche ist bei jedem Extremtäter anders und eben auch extrem. Sieh dir die Amokläufer in den Schulen an. Damit hat vor einiger Zeit keiner gerechnet. Aber das waren Reaktionen, die relativ kurz nach negativen Erlebnissen der Täter in den Schulen stattfanden. Aber bei euch liegt der Fall doch ganz anders. So komplexe Taten erfordern eine lange Planungsphase. Was sagtest du? Wie lange sind die Zwangsexmatrikulationen her?«

»Der älteste Fall liegt etwa fünfzehn Jahre zurück, der jüngste vielleicht acht Jahre.«

»Ich glaube nicht, dass es hier in Deutschland schon einmal einen ähnlichen Fall gab. Ich kann mir nur schwer vorstellen, dass sich jemand nach so langer Zeit wegen eines verpassten Studienabschlusses rächen will.«

Katy überlegte einen Augenblick. »Andererseits …«

»Was meinst du?«

»Andererseits können natürlich verschiedene Faktoren zusammenkommen und dann zu einem derartigen Verhalten führen.«

»Du meinst allgemeine psychische Labilität, schwierige Kindheit, Hänseleien in der Schule wegen eines körperlichen Gebrechens und so?«

»Oder sogar noch schlimmer.«

Allensteins Ohr fing wieder an, sich zu melden. Ärgerlich bohrte er mit dem Zeigefinger darin herum.

»Hast du Ohrenschmerzen?«

»Nein. Vor einiger Zeit bekam ich plötzlich einen Tinnitus. Zwei Töne, ein ›C‹ und ein ›Es‹.« Henno überlegte. »Moment mal, das war genau, als die Sprengungen losgingen.«

»Hoffentlich keine Nachwirkungen von deinem Unfall.«

»Das glaube ich nicht. Aber zurück zum Fall. Meintest du Misshandlungen?«

»Zum Beispiel. In der Kindheit, in der Jugend. Dann, wenn die stärkste Persönlichkeitsprägung stattfindet. Der Täter versucht dies durch Leistung zu kompensieren, schafft das Abi und …«

»Und fliegt aus irgendeinem Grund von der Uni«, ergänzte Henno.

»Nein, das wollte ich nicht sagen. In so einem Fall würde ich eher schätzen, dass die Entscheidung für ein Ende des Studiums bei ihm lag, weil er Angst hatte, in den entscheidenden Prüfungen zu versagen. Solche Menschen setzen sich selbst so unter Leistungsdruck, dass sich ihre Ängste bis zu Panikattacken steigern, wenn sie nur in eine Vorlesung gehen müssen. Eine Abschlussprüfung ist ein Ereignis, das auf der anderen Seite eines reißenden Flusses liegt, unerreichbar. Ohne psychologische Hilfe, die ihnen eine Brücke baut, haben sie absolut keine Chance.«

»Wenn du recht hast, müssen wir die Suche nach dem Täter neu überdenken.«

»Du sagst ›wir‹. Kannst du als Außenstehender da überhaupt mitreden? Du bist schließlich nicht bei der Polizei.«

»Das ist die zweite Sache, über die ich mit dir reden wollte. Der Fall wurde bisher von Kommissarin Kronberg untersucht und sie hat mich bei Fachfragen zurate gezogen.«

»Ich weiß. Sie hat mich kürzlich angesprochen, als ich wieder mal einen unserer Problemfälle von der Polizei abholen durfte.«

Allenstein überlegte kurz.

»Ach ja, stimmt, sie hat erwähnt, dass sie dich kennt. Es ist jetzt so, also, Gabriele Kronberg und ich, na ja, wir sind uns etwas nähergekommen.«

Katy sah ihn ungläubig an, aber dann strahlte sie übers ganze Gesicht. Sie sprang auf und gab ihrem Vater einen Kuss auf die Wange.

»Toll, Paps, das finde ich richtig toll.«

Jetzt, kurz vor Weihnachten, waren die Straßen voll. Die Menschen drängten sich mit Tüten und Taschen in der Einkaufszone, schlenderten über die Weihnachtsmärkte oder hetzten durch die Geschäfte.

Katy war mit Achim, einem Jungen aus ihrer Heimgruppe in Köln, unterwegs. Achim hatte Geburtstag, und er hatte sich ein besonderes Paar Sportschuhe gewünscht. Selbstredend mussten die Schuhe noch am selben Tag gekauft werden, und Katy hatte sich bereit erklärt, den vorweihnachtlichen Rummel in der Kölner Innenstadt auf sich zu nehmen. Als sie das dritte Schuhgeschäft ansteuerten, stutzte Katy. In der Menge fiel ihr ein Mann auf, der ihr bekannt vorkam. War das etwa Malte, der in der Schule so für sie geschwärmt hatte? Der Mann allerdings, der seitlich versetzt mit einer Gehhilfe neben ihnen herlief, wirkte ein wenig heruntergekommen. Ein alter, zu langer Dufflecoat verbarg den größten Teil einer verwaschenen, braunen Cordhose. Seine abgewetzten Sportschuhe waren durchnässt und würden den Winter nicht mehr überstehen. Aber es musste Malte sein. Die Nase mit dem braunen Muttermal auf dem linken Nasenflügel war unverkennbar. Zu genau konnte sie sich noch daran erinnern, wie sie ihn deswegen immer gehänselt hatten.

»Hey, Malte!«, rief sie zu ihm herüber. »Das ist ja eine Überraschung.«

Erschrocken drehte sich der Mann um und starrte Katy an. Von vorne wirkte er jünger und kräftiger, als sie es auf den ersten Blick erwartet hätte. Er sah blass und ungepflegt aus, und hatte sich bestimmt schon seit Tagen nicht mehr rasiert. Seine Haare waren erstaunlich schütter und wurden an den Seiten schon grau. Er blieb abrupt stehen, und die Leute fluteten fluchend um ihn herum. Als eine Lücke in dem Menschenstrom entstand, kam er auf Katy und Achim zugehumpelt.

»Ach, du bist es. Ich hätte dich beinahe nicht erkannt.«

Na, ich eher dich nicht, dachte Katy. Es war schon ein paar Jahre her, seit sie ihn zuletzt gesehen hatte, aber sie fand, dass er sich erschreckend verändert hatte. Hatte er schon immer so gehetzt und fahrig gewirkt? Und wie er aussah!

Damals in der Schule hatte sie ihn eigentlich richtig gerne gemocht. Er war immer ein wenig der Außenseiter gewesen, ein schüchterner, pickeliger Jugendlicher, dem ständig der Schweiß ausbrach. Katy hatte ihn genau wie alle anderen wegen seiner linkischen Art und wegen seines Aussehens gehänselt, aber sie war ja auch erst dreizehn gewesen. Trotzdem hatte es sie irgendwie stolz gemacht, dass er sich für sie interessierte, schließlich war er zwei Jahre älter als sie, und eine Zeit lang waren sie richtig gut befreundet. Nur zu nahe durfte er ihr nicht kommen, dazu fand sie sich zu jung. Außerdem legte er manchmal ein Verhalten an den Tag, das sie sich nicht erklären konnte und das sie wahnsinnig störte. Er wirkte dann irgendwie fanatisch und jagte ihr ein bisschen Angst ein. Vielleicht der eigentliche Grund. Irgendwann war es dann mit der Freundschaft vorbei gewesen. Seine Eltern ließen sich scheiden, und er zog mit seiner Mutter in einen anderen Stadtteil. Danach trafen sie sich nur noch selten und eher zufällig. Und jedes Mal war die Distanz größer, bis sie sich schließlich ganz aus den Augen verloren.

»Wo hast du denn die ganze Zeit gesteckt, wir haben uns ja ewig nicht gesehen.«

Die Augen von Malte wanderten unsicher zwischen Achim und Katy hin und her.

»War im Ausland, ein paar Jahre.«

»Ich habe jetzt leider keine Zeit, aber lass uns doch irgendwann mal einen Kaffee trinken gehen. Es gibt viel zu erzählen.«

Offensichtlich war auch Malte, wie die meisten Leute um sie herum, in Eile, und ihr Vorschlag kam ihm wohl entgegen. Rasch tauschten sie ihre Handynummern aus, dann verschwand er in der Menge.

Achim marschierte stolz mit seinen neuen Sportschuhen durch die Fußgängerzone. Im vierten Geschäft waren sie endlich fündig geworden.

»Komm, ich gebe dir einen Kakao aus«, schlug Katy vor. »Erzähl es aber im Heim nicht weiter. So viel Geld habe ich nicht, dass ich mit allen zum Geburtstag ins Café gehen kann.«

Achim triumphierte und entlockte Katy noch ein Stück Sahnetorte. Das war für ihn beinahe so viel wert wie die neuen Schuhe. Es dauerte keine dreißig Sekunden, bis der letzte Bissen in seinem Mund verschwunden war.

»Langsam, Achim, hier nimmt dir keiner etwas weg.«

Ohne Kommentar zog er den Kakao zu sich heran und nuckelte am Trinkhalm herum.

»Woher kennste den Typ von eben denn?«, fragte er.

»Malte? Das ist ein alter Schulfreund.«

»So einer?«

»Was heißt hier so einer? Wir sind eben alle ein bisschen älter geworden.«

»Das meine ich nicht.«

»Was meinst du denn?«

»Das ist bestimmt ’n Stricher, dafür hab ich ’n Blick.«

Katy prustete los. »Wie kommst du denn auf so einen Quatsch? Da irrst du dich aber gewaltig. Komm, trink aus, wir müssen langsam mal nach Hause fahren.«

An Heiligabend gingen immer wieder heftige Schneeschauer nieder. Die Temperaturen lagen um null Grad, sodass die Flocken schwer und groß vom Himmel fielen. Katy stand am Fenster ihres Büros und beobachtete das Treiben. Sie brauchte noch ein letztes Geschenk für ihre Freundin Anna und überlegte, wo sie es am besten besorgen sollte. Es sollte auf jeden Fall etwas für den Nachwuchs sein. Phillip, ein richtig süßer Wonneproppen, war jetzt sieben Monate alt, und sosehr Katy die Freundin um ihren kleinen Sohn beneidete, ihre Situation fand sie alles andere als beneidenswert. Mit Phillips Vater war Anna nur zwei Wochen zusammen gewesen, und als Anna gemerkt hatte, dass sie schwanger war, war er längst über alle Berge gewesen, und sie hatte keine Ahnung, wohin er verschwunden war. Das Kind abzutreiben war für sie nicht in Frage gekommen, und jetzt schlug sie sich so gut es ging als alleinerziehende Mutter durch. Dabei hatte sie noch Glück, dass ihre Eltern ganz in der Nähe wohnten und ihre Mutter sich um den Kleinen kümmerte, während sie arbeitete.

Das käme für mich nicht in Frage, dachte Katy jetzt. Sie wollte erst ein Kind haben, wenn sie in einer stabilen Beziehung lebte und das Kind mit Vater und Mutter aufwachsen konnte. Sie hatte täglich so viele negative Beispiele vor Augen, dass sie in dieser Hinsicht lieber kein Risiko eingehen würde.

Sie blickte auf die Uhr. Die Geschäfte hatten ja noch eine Weile auf, und heute war zum Glück früher Dienstschluss. Einige ihrer Jungs waren von den Eltern zu Weihnachten abgeholt worden, und zwei aus der Gruppe hatte sie in Familien unterbringen können, die sich privat für das Heim engagierten. Katy dachte an die Zeit danach. Jedes Mal nach Weihnachten fingen sie wieder von vorne an. Die Regeln mussten neu eintrainiert, der Stress von zu Hause abgebaut werden. Katy seufzte.

In diesem Moment klingelte ihr Handy. Zu ihrer Überraschung war Malte am Apparat. Er erinnerte sie an die Verabredung von vor zwei Tagen zum Kaffee und schien es plötzlich sehr eilig damit zu haben. Am liebsten wollte er sich sofort mit ihr treffen. Katy überlegte kurz. Anna würde sie auf jeden Fall erst nach Weihnachten sehen, und das Geschenk für Phillip konnte sie zur Not auch noch nach den Feiertagen kaufen. Kurz entschlossen sagte sie zu.

Sie verabredeten sich in einem der größeren Cafés in der Fußgängerzone. Dieses Mal wirkte Malte trotz Gehhilfe viel munterer und frischer als bei der letzten Begegnung, zumal er wesentlich besser angezogen war und nicht mehr so ungepflegt aussah.

Zunächst unterhielten sie sich über die Schulzeit, tauschten aus, was sie über die Klassenkameraden und Lehrer noch wussten. Im Gegensatz zu Malte hatte Katy noch viel Kontakt zu Freunden aus dieser Zeit. Er erzählte ihr, er habe lange in Brasilien und Afrika gelebt, habe sich dort bei einem Unfall eine Knieverletzung zugezogen und sei jetzt wieder nach Deutschland gekommen, um sich operieren zu lassen. Hier schiene ihm die Behandlung doch sicherer zu sein als im Ausland. Katy erzählte ein bisschen von sich, von ihrem Beruf und dem Kinderheim, und nach einer Weile kam es ihr so vor, als ob sich wieder die alte Vertrautheit entwickeln würde.

»Lebst du eigentlich allein?«, fragte sie.

»Leider ja. Aber ich komme zurecht, und eigentlich bin ich mir auch gar nicht sicher, ob ich für eine Zweierbeziehung überhaupt tauge«, erwiderte Malte freimütig.

»Und wo wohnst du, hast du überhaupt noch Kontakt zu jemandem von früher?«

»Nicht wirklich. Meine Mutter lebt nicht mehr, vom Vater weiß ich nichts. Meine Tante ist vor drei Jahren gestorben. Ich habe sie sehr gemocht. Von ihr habe ich sogar etwas geerbt.«

»Wohnst du denn noch in der gleichen Gegend wie damals?«

»Nein, nein. Ich habe eine einfache Souterrainwohnung in einem nicht so noblen Viertel.«

»Jetzt erzähl doch mal genau, wo du dich überall rumgetrieben hast. Bei mir war ja nicht viel. Abi, Studium und jetzt der Job im Heim. Da hast du bestimmt einiges mehr erlebt.«

Malte warf Katy einen nachdenklichen Blick zu, als müsse er abschätzen, was er ihr alles berichten könnte. Zögernd erwiderte er:

»Ich habe ja damals die Prüfungen nicht bestanden und deshalb mein Glück im Ausland versucht.«

»Lehre oder Studium?«

»Diplomprüfungen.«

»Oh, das ist hart. Das war bestimmt nicht leicht für dich. Was hast du überhaupt studiert?«

Malte zögerte. »Maschinenbau«, sagte er schließlich.

»Oh.« Katy schüttelte mitfühlend den Kopf und äußerte ihr Missfallen über technische Studiengänge.

»Hier in Köln?«, fragte sie.

»Nein.« Malte schien kurz zu überlegen. »In Aachen.«

»Schade, wenn du in Köln studiert hättest, wärst du vielleicht irgendwann auf meinen Vater gestoßen.«

»Der ist doch Geologie-Prof ...«

»Ach, du kennst ihn?«, fragte Katy überrascht.

»Nur aus der Zeitung«, erwiderte Malte.

»Ach so. Ja, das war eine üble Geschichte. Ich kann dir gar nicht sagen, wie froh ich bin, dass er es einigermaßen heil überstanden hat. Aber diesem Unfall hat er es ja zu verdanken, dass er jetzt mit diesen komischen Sprengungen zu tun hat«, erwiderte Katy.

»Was für Sprengungen?«, fragte Malte interessiert.

Katy erzählte ihm, was sie wusste. »Ja, und mein Vater ist sozusagen fachlicher Berater der Polizei«, fügte sie hinzu.

»Hat man denn schon eine Vorstellung, wer oder was dahintersteckt?«

»Soweit ich weiß, gibt es verschiedene Theorien. Es könnten Erpresser sein oder Terroristen oder auch psychisch Kranke, die nur Aufmerksamkeit wollen«, antwortete Katy, die eigentlich gar nicht so lange bei dem Thema verweilen wollte.

»Könnten das nicht neue Ableger der RAF sein?«, überlegte Malte laut. »Solche Aktionen müssen von langer Hand vorbereitet werden, und man braucht jede Menge Logistik.«

»Ja, das wird alles diskutiert. Auf jeden Fall verstehen die Täter einiges von Geologie.«

»Und sie müssen sicher viele Details kennen, wie mit den Bohrungen am Drachenfels«, sagte Malte eifrig.

Auf einmal fand Katy, dass ihn das Thema über Gebühr beschäftigte. Leises Unbehagen stieg in ihr auf. Warum hatte sie überhaupt davon angefangen? Hatte ihr Vater ihr nicht gesagt, sie sollte möglichst mit niemandem darüber sprechen? »Hat die Zeitung auch darüber berichtet?«, fragte sie misstrauisch.

Malte bejahte schnell. Sie saßen in der hinteren Ecke des Cafés, und es war viel zu warm für die dicke Winterkleidung, deshalb wunderte Katy sich nicht über die Schweißperlen auf Maltes Stirn. Bevor er das Thema weiter vertiefen konnte, schlug sie einen Spaziergang vor. »Mir ist es auch warm«, erklärte sie. »Lass uns ein bisschen an die frische Luft gehen. Du hast mir noch gar nichts von Brasilien und Afrika erzählt.«

Daran schien Malte jedoch wenig Interesse zu haben. Kaum

waren sie draußen, berichtete er nur kurz über Maschinen, die er repariert hatte. Dann meinte er, das Leben im Ausland sei nicht so gesund wie in Deutschland. Demonstrativ hob er seine Gehhilfe in die Höhe.

»Und die Frauen?«

»Ist im Ausland auch nicht so ganz gesund. Und du, hast du einen Freund?«

»Ab und zu schon.« Katy lächelte ihn an. »Ein guter Freund von mir hat eine Band hier in Köln. Er will mich immer dazu überreden, dass ich bei ihnen mitsinge und Gitarre spiele, aber ich finde, dazu reicht es nicht. Lieber spiele ich den Jungs im Heim was vor.«

»Stimmt, du hattest damals angefangen, Gitarre zu lernen.«

»Das ist lange her. Unser Nachbar ist ein Kollege von meinem Vater. Er spielt unheimlich gut und hat mir einiges beigebracht. Aber ich glaube, wirklich begabt bin ich nicht.«

Malte blickte demonstrativ auf die Armbanduhr. Plötzlich hatte er es eilig.

»Wenn ich mich beeile, erwische ich noch den Zug um 17.00 Uhr nach Bonn. Ich bin dort über Weihnachten bei einem ehemaligen Kollegen eingeladen und muss vorher noch ein paar Sachen packen.«

Verwundert blickte Katy ihm nach, als er nach einer hastigen Verabschiedung durch das Gedränge davonhumpelte. Als zwei Jugendliche mit Nikolausmütze ihn anrempelten, hob er drohend seinen Stock, und Katys Verwunderung wuchs, als sie sah, dass er mit gleichmäßigen Schritten, ohne auch nur ein einziges Mal zu humpeln, an ihnen vorbeiging.

Ihr Unbehagen verstärkte sich, und sie hatte plötzlich das Gefühl, irgendetwas übersehen zu haben. Sie überlegte. Was hatte er noch mal gesagt? Irgendetwas, das sie stutzig gemacht hatte. Aus einem Reflex heraus nahm sie die Verfolgung auf. Malte ging zur U-Bahn-Station am Neumarkt.

Während Katy ihm in sicherer Entfernung folgte, fiel ihr etwas ein. Hastig wählte sie die Nummer ihres Vaters.

»Paps, nur ganz schnell. Ich habe Malte, einen Uraltfreund aus der Schule getroffen. Weißt du noch, ob in der Zeitung etwas von den Bohrlöchern am Drachenfels stand? Du weißt schon, die, die wahrscheinlich für die Sprengung genutzt wurden?«

»Nein, auf gar keinen Fall. Das sollte aus taktischen Gründen geheim bleiben. Warum fragst du?«

»Nur so. Ich erkläre es dir später. Wir sehen uns ja sowieso heute Abend.«

Katy rannte los. Malte war schon beinahe unten an der Treppe im Gedränge verschwunden. Mit den Ellbogen drängte Katy sich durch die Menge, was ihr unfreundliche Bemerkungen einbrachte, aber das war ihr jetzt egal. Als sie endlich am Bahnsteig angekommen war, fuhr gerade der Zug der Linie 18 ein. Malte war nirgendwo zu sehen. Kurz entschlossen stieg sie in den zweiten Waggon ein, ohne Fahrkarte, ohne genau zu wissen, was sie eigentlich machen wollte. Vorsichtig ging sie suchend durch den Zug. Malte war nirgendwo zu sehen. Die Bahn bremste bereits wieder für den nächsten Stopp – Poststraße, las sie durch die Fenster. Sie stieg aus und blickte sich suchend auf dem Bahnsteig um, aber Malte war nicht unter den Fahrgästen, die zum Ausgang strömten. Kurz bevor die Bahn wieder anfing, sprang sie in den nächsten Waggon.

Oh nein, ausgerechnet jetzt, dachte sie und suchte nach ihrem Portemonnaie. Zum Glück hatte sie wenigstens genug Geld fürs Schwarzfahren dabei. Von hinten näherten sich zwei Kontrolleure Reihe um Reihe, und Katy kam es so vor, als ob der Zug diesmal länger bis zum nächsten Halt brauchte. Katy drängte sich durch den überfüllten Gang und hatte gerade die vorderste Tür erreicht, als die Bahn aus dem U-Bahn-Schacht ans Tageslicht fuhr. Barbarossaplatz. Ihr würde wohl nichts anderes übrig bleiben, als die Verfolgung aufzugeben. Rasch stieg sie aus, drehte sich aber noch einmal um, bevor sie um die Ecke bog. Und da sah sie Malte. Er stieg gerade aus der Bahn. Sie hatte ihn wiedergefunden.

Mittlerweile hatte Schneeregen eingesetzt, und von weihnachtlichem Zauber war nicht viel zu spüren. Die feuchte Kälte ließ Katy frösteln. Hastig holte sie ihren Schirm aus der Tasche und suchte darunter Deckung. Eng an die Scheibe der Bäckerei gedrückt, beobachtete sie, wie Malte die Straße überquerte. Ob sie es wohl wagen konnte, ihm zu folgen? Wenn sie Pech hatte, würde er sie bemerken. Aber sie konnte ihn jetzt nicht einfach aus den Augen verlieren. Sie wollte wenigstens wissen, wo er wohnte.

Malte zog sich die Kapuze seines Dufflecoat über und steckte eine Zeitung oben in den halb geöffneten Mantel. Kurz entschlossen lief Katy hinter ihm her und folgte ihm in sicherem Abstand. Aber Malte drehte sich nicht einmal um. Er bog in eine schmale Seitenstraße ein, in der wenig ansehnliche Altbauten sich mit heruntergekommenen Mietshäusern aus den sechziger Jahren des letzten Jahrhunderts mischten. Katy blieb stehen und lugte vorsichtig an der Einmündung um die Hausecke.

Sieht ja nicht gerade einladend aus, dachte sie und hielt Ausschau nach Malte. Wo war er? Keine der Gestalten, die sie im Dämmerlicht erkennen konnte, hatte eine Gehhilfe. Etwas hilflos ging Katy einige Schritte die Straße entlang.

»Suchst du mich?«, fragte es plötzlich hinter ihr.

»Oh, Mann, hast du mich jetzt erschreckt«, schimpfte Katy, als sie Malte erkannte.

»Was machst du denn hier in diesem Viertel? Heute ist doch Heiligabend! Solltest du nicht längst bei deiner Familie sein?«

Katy zögerte nur kurz.

»Warte mal. Ich muss mich erst einmal von dem Schreck eben erholen.« Etwas theatralisch atmete sie mehrmals hörbar durch. Aber dann hatte sie ihre Geistesgegenwart wiedergewonnen.

»Ja, eben, weil heute Heiligabend ist, wollte ich dich fragen, ob du nicht mit zu uns kommen willst, statt zu deinem Kollegen zu fahren«, log sie. »Ich feiere mit meinem Vater.«

»Und warum hast du nichts gesagt?«, fragte Malte misstrauisch.

»Es ist mir ja erst eingefallen, als du schon gegangen warst. Und dann bin ich dir halt hinterhergelaufen«, entgegnete Katy.

»Du hättest mich doch anrufen können.«

»Ja, das wollte ich ja auch«, antwortete sie schnell. »Aber der Akku ist leer.«

»Hast du deinen Vater denn schon gefragt, ob er überhaupt einverstanden ist?«

»Nein, aber er kennt das. Es ist nicht das erste Mal, dass ich einen Überraschungsgast mitbringe. Eigentlich findet er das ganz gut, weil es ein bisschen Leben ins Haus bringt.«

»Ja, okay. Dann komm erst einmal mit zu mir. Aber ich warne dich, typische Junggesellenbude.«

Malte führte sie wieder zurück, an zwei Hauseingängen vorbei. Das vorletzte Haus vor der Straßenecke hatte eine Souterrainwohnung, die über einen schmalen Treppenzugang zu erreichen war. Als Malte aufschloss, strömte Katy ein etwas muffiger Geruch nach feuchten Wänden entgegen.

Sie musste unwillkürlich an die Wohnung von Achims Mutter denken. Dort hatte es genauso gerochen, als sie vor Jahren den vollkommen verschüchterten, verwahrlosten kleinen Jungen dort abgeholt hatten. Neugierig trat sie in den Flur. Von hier führte ein größeres Zimmer nach links, das Malte anscheinend als Wohnzimmer nutzte. Mit einer halben Wand abgetrennt war in einer

Nische eine kleine Küchenzeile eingebaut. Das Zimmer war spärlich möbliert. Die Sachen hatte er von seiner Tante geerbt, erklärte er, als er Katys neugierige Blicke bemerkte. Sie stammten überwiegend aus den fünfziger und sechziger Jahren des letzten Jahrhunderts. Im hinteren Teil der Wohnung lagen vermutlich Schlafzimmer und Bad. Der leichte Schimmelgeruch schien in dieser Richtung intensiver zu werden.

»Du trägst eine Baskenmütze?«, fragte Katy, als ihr Blick auf die Garderobe fiel.

»Selten. Ist ein Erbstück von einem entfernten Verwandten.«

Katy hängte ihren Mantel auf und kramte in ihrer Handtasche.

»Darf ich mal deine Toilette benutzen?«

»Oh, Moment, ich sehe rasch nach, ob alles in Ordnung ist.«

Malte verschwand am Ende des kleinen Flurs hinter einer Tür. Katy blieb im Wohnzimmer stehen und studierte die wenigen Dinge, die im Schrank lagen. Ein paar Mitbringsel aus Afrika, jede Menge Kaugummis, eine Sorte, die sie nicht kannte, wenige Bücher, teilweise auf Englisch oder Portugiesisch. Gerade als sie eine Fachzeitschrift für Steinbruchbetriebe in die Hand nehmen wollte, stand Malte wieder im Flur. Mit beiden Händen hielt er eine Kiste vor dem Bauch, die nach seiner Körperhaltung zu schließen wohl ziemlich schwer war.

»So, du kannst hinein.«

»Kannst du denn die Sachen überhaupt tragen, so ganz ohne Gehhilfe?«

»Das geht schon.«

Katy stellte keine großen Ansprüche an die Toilette. Sie war aus dem Heim einiges gewohnt, und mittlerweile musste sie so dringend, dass ihr die mangelnde Sauberkeit ziemlich egal war. Nur setzen wollte sie sich nicht. Sie hatte sich gerade über die Brille gehockt, da klingelte ihr Handy.

»Verflucht!« Mühsam versuchte sie, das immer lauter klingelnde Gerät aus der über den Knien gestauchten Hosentasche zu fummeln. Erschreckt starrte sie darauf, als sie es endlich in der Hand hielt. Auf dem Display stand der Name des Anrufers. Es war Malte.

| 21 |

Gabriele Kronberg hielt sich bereits den halben Tag in Wiesbaden im Bundeskriminalamt auf. Sie war vom Landesstaatsanwalt als Vertreterin der Sonderkommission ins BKA geschickt worden, um die vorliegenden Untersuchungsergebnisse vorzustellen. Der Status der bisherigen Sprengungen musste geklärt werden, weil schon der geringste Verdacht auf Terrorismus die Übernahme des Falls durch den Generalbundesanwalt und somit des BKA nach sich ziehen würde. Die Kommissarin erläuterte den Kollegen, dass aus ihrer Sicht die bewusst verschickten Hinweise wie zum Beispiel die Steinkreuze eher nicht auf terroristische Aktivitäten hindeuteten. Ihrer Ansicht nach handelte es sich vielmehr um einen Einzeltäter, der möglicherweise psychisch gestört war. Sie einigten sich schließlich darauf, dass nach Weihnachten ein Vertreter des BKA in der Sonderkommission mitarbeiten sollte.

Als Gabi in Frankfurt in den ICE nach Köln stieg, vibrierte ihr Handy, das sie nach der Besprechung noch nicht wieder laut gestellt hatte.

Sie hatte kaum abgenommen, da brüllte Allenstein am anderen Ende der Leitung in ihr Ohr: »Gabi! Sie haben Katy entführt!« Er war völlig außer sich.

»Wer? Wie und wann?«, fragte die Kommissarin erschreckt.

»Mich hat gerade ein Mann angerufen, wahrscheinlich derselbe, der schon mal bei mir im Büro angerufen hat, nach dem ersten Paket mit dem Wegekreuz …« Hennos Stimme überschlug sich. »Du weißt schon, ›Wenn der Stein des Drachen fällt …‹«

»Beruhige dich doch! Was hat er gesagt?«

Allenstein holte tief Luft. »Er hat behauptet, er hätte Katy in seiner Gewalt, aber er würde ihr nichts tun, bis seine Aufgabe erfüllt sei. Sie muss wohl etwas herausgefunden haben, was mit den Sprengungen zu tun hat. Ich weiß ja auch nicht. Vielleicht kannte sie den Täter.«

»Unternimm bitte nichts. Wir brauchen dein Handy, vielleicht bekommen wir ja darüber einen Hinweis. Fahr sofort ins Präsidium. Weller ist da, ich informiere ihn.«

Als Henno in der Zentrale eintraf, herrschte hektisches Treiben. Obwohl Heiligabend war, arbeitete die Sonderkommission im Schichtdienst. Es wurden Notfallpläne entwickelt, die alle Eventualitäten mit einbezogen. Dass jetzt Allensteins Tochter entführt worden war, brachte den direkten Zugang zum Täter, und Henno wurde eingehend über das Telefonat befragt. Verzweifelt versuchte er sich an alle Einzelheiten in Katys Äußerungen zu erinnern.

In die Besprechung platzte Staatsanwalt Weidinger. »Meine Damen und Herren, wenn sich noch etwas ereignet, was auch nur im Mindesten nach Sprengstoff riecht, muss ich sofort das BKA einschalten!«

In diesem Moment stürmte ein Beamter in den Raum und rannte zu Baumann.

»Wir hatten gerade einen Anruf von einem Erpresser. Er will nur mit dem Chef sprechen. Er ruft gleich wieder an.«

Weidinger wurde sichtlich nervös. »Stellen Sie sofort durch und versuchen Sie, den Standort zu ermitteln.«

In diesem Augenblick klingelte auch schon das Telefon. Eine verzerrte Stimme meldete sich.

»Hören Sie jetzt genau zu. Unterbrechen Sie mich nicht, ich werde mich nicht wiederholen. Sie werden in den nächsten Stunden ein riesiges Feuerwerk erleben. Ich sage nur Bahnhöfe, Züge, Brücken, vielleicht auch Hochhäuser. Sie haben nur eine Chance, die Katastrophe zu verhindern. Eine Million Euro in gebrauchten Scheinen. Besorgen Sie das Geld sofort. In einer Stunde rufe ich wieder an, und dann wird es eng.«

Bevor Baumann etwas entgegnen konnte, war die Verbindung unterbrochen.

»Das hat für eine Nachverfolgung nicht gereicht. Was wollten Sie sagen, Herr Staatsanwalt?«

»Ich werde den Innenminister verständigen. Bereiten Sie eine präparierte Geldtasche vor. Vielleicht haben wir das Schwein ja schneller als gedacht.«

»Ich weiß nicht recht, ob der Anruf etwas mit den bisherigen Sprengungen zu tun hat. Das Ganze riecht nach einem Trittbrettfahrer«, wandte Baumann ein.

»Wie können Sie da so sicher sein?«

»Überlegen Sie doch mal. In der Presse wurde ausführlich über die Sprengungen berichtet, sodass jetzt jeder, der über genügend Grips und kriminelle Energie verfügt, die allgemeine Hysterie nutzen und versuchen könnte, daraus Kapital zu schlagen. Dazu braucht man doch nur eine neue SIM-Karte und einen Plan, wie die Geldübergabe vonstatten gehen soll. Mit einer Sprengung drohen kann doch jeder. Nein, ich finde, er verlangt viel zu wenig. Die Summe ist so klein, weil es schnell gehen soll.«

»Na ja, gut«, gestand der Staatsanwalt ihm zu, »vielleicht haben Sie recht. Umso wichtiger ist es, die Geldscheine zu präparieren. Wen wollen Sie losschicken?«

Baumann überlegte kurz.

»Ich werde Weller schicken.«

Weller war bereits verkabelt und der Koffer mit dem Geld vorbereitet, als sich der Erpresser wie angekündigt eine Stunde später meldete. Er verlangte, es solle sofort jemand mit dem Geld zur U-Bahn-Station am Bahnhof gehen. Dort lagere am Kiosk ein Päckchen für ihn, in dem sich ein Handy befände, Stichwort Drachenfels. Falls er nicht allein komme, würde die erste Bombe gezündet.

»Ist bei Ihnen alles vorbereitet? Das Geld präpariert?«, fragte Weidinger ungeduldig.

»Ja, soweit das auf die Schnelle ging, mit Sender und Farbe«, erwiderte Weller.

»Gut. Dann los. Sie werden von drei Wagen begleitet, halten ständig Kontakt über Funk und melden sich, falls alle Stricke reißen, über Handy. Viel Glück!«

Im Bahnhof herrschte kaum Betrieb. Die Geschäfte hatten längst geschlossen, und die meisten Leute waren nach Hause gefahren und bereiteten sich auf die Bescherung vor. Der Kiosk hatte allerdings noch auf, und der Mann hinter dem Tresen überreichte Weller brummend ein Päckchen. »Macht zehn Euro.«

Weller starrte ihn entgeistert an und wollte gerade seinen Ausweis hervorholen, als der Mann gutmütig einlenkte: »Vergessen Sie es, war nur ein Scherz. Ist schon bezahlt.«

»Sie werden noch eine Aussage machen müssen«, raunzte Weller ihn an. Er riss das Papier auf, nahm das Handy heraus und reichte dem Kioskbesitzer die Verpackung.

»Hier, verwahren Sie das. Später kommt einer meiner Kollegen von der Kripo vorbei.«

Der Mann blickte ihn verständnislos an, aber Weller hatte sich schon weggedreht, weil in diesem Moment das Handy klingelte.

»Sie sollen keine Dauergespräche führen«, wurde er angeschnauzt. »Fahren Sie zum Neumarkt. Oben am Kiosk fragen Sie nach Robert.«

Weller tat, was ihm gesagt wurde. Am Neumarkt hetzte er die Treppe hinauf, blickte sich dann aber entgeistert um. Hier war alles schon dicht. An einem der Geschäftseingänge gegenüber hockte eine vermummte Gestalt, in mehrere Decken gehüllt und mit einer fast leeren Flasche in der Hand.

Weller trat auf ihn zu. »Robert?«, fragte er scharf.

»Richtig geraten. Ich habe hier was für dich«, lallte der Obdachlose. Er kramte unter seinen Decken ein schmutziges Päckchen hervor und warf es ihm zu.

Weller wandte sich ab und blickte sich um, während er das Päckchen auswickelte. Seine Kollegen waren noch in Reichweite. In diesem Moment kam auch schon die nächste Anweisung. Wo mochte der Kerl stecken? Offensichtlich sah er ihn doch.

»Zurück über den Dom zum Breslauer Platz. Die U-Bahn hält dort nicht, ziehen Sie die Notbremse und gehen Sie die Treppe in Fahrtrichtung bis in halbe Höhe. Warten Sie dort.«

»Soll ich der Anweisung folgen?«, fragte Weller über Funk im Präsidium an, nachdem er aufgelegt hatte.

»Seien Sie vorsichtig«, riet Baumann. »Da ist eine Baustelle, wegen der neuen Nord-Süd-Verbindung. Wenn unsere Leute da aussteigen, fallen sie sofort auf. Wir werden versuchen, von oben an Sie heranzukommen.«

Es waren kaum Fahrgäste in der Bahn, als Weller am Neumarkt einstieg. Er postierte sich an der Tür, in Reichweite der Notbremse, und blickte sich suchend nach seinen Kollegen um, die ihm in sicherem Abstand gefolgt waren.

An der Haltestelle Dom / Hbf. füllte sich der Zug deutlich, und einige Fahrgäste stellten sich direkt neben Weller. Er musterte sie unauffällig. Eigentlich hielt er keinen von ihnen für den Erpresser, aber man konnte ja nie wissen.

Vor dem gesperrten Breslauer Platz bremste die Bahn leicht

ab. Als das Dunkel der Notbeleuchtung im Bahnhof wich, nahm er seinen Ausweis aus der Tasche und zog gleichzeitig die Notbremse.

»Polizei! Das ist ein Notfall! Bleiben Sie ruhig, Sie fahren gleich weiter!«, rief er den anderen Fahrgästen zu und sprang auf den Bahnsteig, als sich die Türen öffneten. Schnell rannte er zum Treppenaufgang. Hinter sich hörte er den Zugführer toben.

Die Treppe war lange nicht benutzt worden. Überall lagen Müll und Reste von Bauschutt herum. Etwa auf halber Höhe blieb er stehen und wartete. Ein Kollege hatte sich unten hinter einem Stapel Baumaterial verschanzt. Am oberen Zugang war niemand zu sehen.

Weller zog das Handy aus der Tasche und wartete. In der anderen Hand hielt er die Aktentasche mit dem Geld. Kurz zweifelte er, ob er hier überhaupt Empfang haben würde, aber in diesem Moment klingelte das Handy. Die Anweisung war knapp und deutlich.

»Nehmen Sie das Gitter aus der Wand und werfen Sie die Aktentasche hinein. Wenn nicht, geht in vier Minuten die erste Ladung hoch.« Sofort war die Verbindung wieder unterbrochen.

Auf der Außenseite der Treppe befand sich ein etwa koffergroßes vergittertes Loch in der gekachelten Wand. Das Gitter ließ sich problemlos herausnehmen, die Sicherungsschrauben waren bereits entfernt worden.

»Was soll ich machen?«, flüsterte er in das Mikro am Kragen seiner Winterjacke.

»Werfen Sie es in zwei Minuten ein«, sagte Baumann. »Das wird eine Verbindung zur Baustelle der neuen U-Bahn sein. Wir sind sofort da.«

Weller steckte vorsichtig seinen Kopf in das Loch. Weit entfernt hörte er ein Brummen, das wohl von einer der zahlreichen

Grundwasserpumpen stammte. Der Versuch, die Dunkelheit mit dem beleuchteten Display des Handys zu durchdringen, war aussichtslos. Bevor er die Aktentasche in die Öffnung hielt, drehte er sich noch einmal nach beiden Seiten um. Die zwei Minuten waren jetzt sicher vorbei. Er ließ los und wartete auf den Aufschlag, aber es war kaum etwas zu hören. Offensichtlich lag das Niveau der Sohle wesentlich tiefer als das bestehende Gleisbett.

Weller unterrichtete Baumann, der ihn umgehend in die Zentrale zurückbeorderte. Die Kollegen sollten die weitere Fahndung übernehmen. Obwohl die gesamte Umgebung sofort weiträumig abgesperrt wurde, gab es, als Weller wieder bei Baumann eintraf, noch keine Hinweise auf den Täter und den Verbleib des Geldes. Der Erpresser kannte sich anscheinend in dem weit verzweigten Wegenetz der Baustelle so gut aus, dass er seinen Vorsprung nutzte und schon weg war, als die Polizei an der Abwurfstelle eintraf.

Baumann stand unter Hochspannung. Sie hatten eine Großfahndung nach dem Erpresser ausgelöst, und er wartete ungeduldig darauf, dass sich etwas tat. Der Sender war zunächst für kurze Zeit verstummt, vermutlich, weil der Aktenkoffer so tief unter der Erde lag, aber vier Minuten später kamen die ersten Signale. Als das Telefon klingelte, nahm Baumann hastig ab. Aber es war nur einer der Kollegen, die er nach Würzburg geschickt hatte. Er war bei der Vernehmung von Luengo dabei und meldete sich mit wichtigen Neuigkeiten.

»Dieser Luengo hat heute im Verhör ein interessantes Detail berichtet, Chef. Er hat in Nigeria einen Mann kennengelernt, der ihm überhaupt erst von dem Verhältnis zwischen Hauser und Cavallo berichtet hat. Davon wusste er bis dahin gar nichts. Es hat ihn offensichtlich so tief verletzt, dass er nur noch an Rache denken konnte und zum Äußersten entschlossen war. Der Mann hat ihn auch mit sämtlichen Informationen über den Einsatz von Legionellen, die Beschaffung und Hausers Wohnsituation versorgt.«

»Hat dieser mysteriöse Mann auch einen Namen?«, fragte Baumann gereizt. Mit halbem Ohr lauschte er auf den Sprechfunk der Fahnder.

»Ja, das Interessante daran ist, dass er aus Köln kommt. Der Name ist Malte Hendricksen.«

»Moment mal!«, rief Baumann. »Den Namen habe ich irgendwo gelesen. Ah, warten Sie, bleiben Sie dran.« Baumann sprintete in sein Büro und kam kurz darauf mit einer Liste zurück.

»Wir hatten uns doch vom Dompropst eine Liste der Ministranten erstellen lassen. Ich habe sie bisher nur überflogen, aber zufällig ist dieser Name hängen geblieben«, erklärte er seinem Mitarbeiter. »Hier.« Er schlug die zweite Seite auf. »Wusste ich es doch. Malte Hendricksen, Ministrant im Dom von 1989 bis 1994.«

Am anderen Ende der Leitung ertönte ein Laut des Erstaunens.

»Versuchen Sie doch, aus diesem Luengo herauszukriegen, ob Hendricksen einen weiteren Priester in Deutschland erwähnt hat.«

Sofort nach dem Telefonat informierte Baumann Weidinger und beauftragte zwei Mitarbeiter, sämtliche verfügbaren Daten über Hendricksen zusammenzustellen. Noch während er sie instruierte, platzte ein Beamter ins Zimmer.

»Wir haben einen Jungen festgenommen, der an Händen und Kopf Farbspuren aus dem Geldkoffer aufweist.«

»Ein Junge?«, rief Weidinger, der Baumann gerade wegen einer Rückfrage aufgesucht hatte.

»Ja, er hat zugegeben, dass er den Koffer geöffnet hat. Ein Mann mit einem Verband um die Hand hat ihn darum gebeten.«

»Verdammt«, fluchte Weidinger, »dann ist er also entwischt. Na, ich kann nur hoffen, dass es tatsächlich ein Trittbrettfahrer war.«

»Vielleicht kriegen wir ihn ja. Wir haben eine gute Beschreibung. Die Fahndung ist jedenfalls raus.«

»Das ist nicht unser Mann. Der benimmt sich viel zu auffällig und unprofessionell«, beruhigte Baumann den Staatsanwalt.

»Und wenn nicht? Sie wissen hoffentlich, was uns dann blüht!« Weidinger war völlig außer sich. Hektisch marschierte er auf und ab. »Hat mal jemand eine Zigarette für mich?« Flehend blickte er sich um.

»Nein, das kommt ja überhaupt nicht in Frage!«, rief Baumann empört. »Hier wird nicht auch noch die Luft verpestet!«

Allenstein hielt sich in dem Großraumbüro auf, in dem alle Informationen zusammenliefen. Er saß an einem Rechner und recherchierte über die Gesteine, die bisher eine Rolle in den Aktivitäten des Täters gespielt hatten. So langsam keimte in ihm ein Verdacht, wie die einzelnen Puzzleteile zusammengefügt werden könnten.

Er blickte auf, als Baumann auf einmal in der Tür stand und rief: »Wir haben einen Malte Hendricksen aus Köln in der Kartei gefunden, der in unser Raster passt. Geboren in Köln am 24. Juli 1978, Eltern geschieden, Mutter verstorben, Vater im Seniorenheim. Abitur, ausgemustert wegen psychischer Erkrankung, angstbedingte Panikattacken, Studium in Köln, Fach Geologie, kein Abschluss.« Baumann schaute triumphierend in die Runde. »Das sind doch unsere Kriterien. Das muss er sein. Kennen Sie ihn, Herr Allenstein?«

Henno überlegte. Nein, das war zu lange her. Er schüttelte den Kopf.

Ein zweiter Beamter kam mit weiteren Daten, die der Zentralrechner ausgeworfen hatte.

»Hier, hören Sie: Er hat mehrere Jahre im Ausland gelebt, Brasilien und Nigeria. Achtung, jetzt wird es interessant. Von 2002 bis 2004 hat er bei einer Gerüstbaufirma gearbeitet, die Gerüste für den Dom …«

Er konnte den Satz nicht mehr zu Ende sprechen, weil ein Polizist den Gang entlanggestürmt kam und schon aus einiger Entfernung rief: »Es hat gerade eine Explosion auf der Inneren Kanalstraße, Höhe Niehler Straße gegeben.«

Vor dem vollständigen Aufwachen lag der Schmerz in ihrem Kopf. Katy hatte ein Gefühl, als ob ihr der Schädel platzen würde. Irgendetwas hämmerte ununterbrochen hinter ihren Augen. Nur langsam setzte die Erinnerung ein. Sie hatte sich die Hände gewaschen und war auf den Flur getreten. Dann riss der Faden. Sie schlug die Augen auf, wollte den Kopf heben, mit den Fingern die schmerzenden Stellen massieren. Aber es ging nicht. An den Händen spürte sie etwas Kaltes, Metallisches, das ihr an die Gelenke schlug, als sie die Arme hochnehmen wollte. Das waren Handschellen! Erst jetzt erkannte sie, dass sie in einem trüb beleuchteten Raum lag, gefesselt an einen Holzpfahl, der vom Fußboden bis zur Decke reichte. Unter ihrem Rücken spürte sie eine wellige Matratze. Malte kam ins Zimmer, in der Hand eine Flasche Wasser, einen Eimer und etwas Obst.

»Hier, falls du noch einmal aufs Klo musst.«

»Bist du verrückt? Was soll der Scheiß?«, brüllte sie ihn an. »Mach mich sofort los! Ich habe keine Lust auf solche Spielchen.«

»Beruhige dich. Und schrei nicht so. Hier kann dich sowieso keiner hören.«

»Das wollen wir doch mal sehen.« Katy holte tief Luft und fing an zu kreischen, bis sie nicht mehr konnte. Das hatte sie als Kind schon perfekt beherrscht. Das Ganze kam ihr vor wie ein Schuljungenstreich. Wirkliche Angst hatte sie jedenfalls nicht.

Malte blieb völlig ungerührt. »Keine Chance. Du wirst schon sehen. Das ist ein alter Keller in der Mitte zwischen zwei Wohnungen in einem Altbau. Mächtige, solide Steinmauern.«

Katy blickte sich verunsichert um. Neben einem alten Schreibtisch, einer Kommode und einigen verrosteten Gartengeräten stand nichts in diesem Kellerraum. An den Wänden aus Naturbruchstein waren an einigen Stellen gelblich-weiße Reste eines Kalkanstrichs zu erkennen. Kurz über dem Boden verlief ein Metallrohr, vermutlich die Wasserleitung, die an der einen Wand T-förmig nach oben abzweigte und durch die Decke ging. An ihr war mit Kabelbindern eine Stromleitung befestigt, die an der Decke zur Lampe führte. Katy wurde es ein wenig übel, als ihr auf einmal klar wurde, dass sie tatsächlich in Maltes Gewalt war.

»Wie hast du mich betäubt?«

»Das war nur ein kleiner K.O.-Sprüher, mehr nicht. Du warst zehn Minuten weggetreten.«

»Du machst doch nicht wirklich ernst?«

»Doch, ich meine es völlig ernst.«

»Willst du mich vergewaltigen?«

»Nein.« Er warf ihr einen verwunderten Blick zu. »Wie kommst du denn darauf? So was mache ich nicht.«

»Verflucht noch mal, was willst du denn dann?« Langsam wurde Katy wütend. »Heute ist Heiligabend, mein Vater wartet auf mich. Nimm mir endlich die verdammten Dinger ab. Du hast deinen Spaß gehabt, und jetzt ist es gut.«

»Nein.« Wieder sah Malte sie mit diesem leicht verwunderten Gesichtsausdruck an. »Ich will doch nur, dass du eine Weile aus dem Verkehr gezogen bist. Am Ende würdest du mich noch verraten.«

Er hockte sich vor sie und umfasste ihre Handgelenke.

»Du darfst nicht so an den Fesseln zerren. Das gibt wunde Stellen«, sagte er fürsorglich.

Plötzlich schoss Katy ein schrecklicher Gedanke durch den schmerzenden Kopf.

»Hat es etwa was mit den Sprengungen zu tun?«

Malte blinzelte nervös, stand auf und ging einige Schritte in dem kleinen Raum auf und ab.

»Siehst du, ich habe mir schon gedacht, dass du es herausfinden wirst.«

»Was denn herausfinden?«, fragte Katy aufgebracht. »Verflucht noch mal, jetzt hör endlich mit dieser verdammten Scheiße auf.«

Malte drehte sich ruckartig um und baute sich drohend vor ihr auf. Unbeherrscht brüllte er so laut, dass Katy zusammenzuckte: »Jetzt hör mir mal gut zu. Alles hat eine Ursache, und diese Ursache habe ich nicht zu verantworten. Du mit deiner heilen Welt hast ja keine Ahnung, was in mir vorgeht. Es gibt Dinge, die machen einen kaputt. Kaputt«, wiederholte er mit Nachdruck. »Du denkst, da steht einer vor dir, der hat Kopf und Beine wie die anderen auch, ist ein völlig normaler Mensch, aber das ist ein ganz großer Irrtum. Das ist nur eine Hülle. Sie sieht von außen normal aus, aber innerlich ist sie zerfressen, zerfressen von Widersprüchen, Hass und Scham.«

Malte regte sich während des Redens so auf, dass er anfing zu zittern. Erst kaum merklich, dann immer stärker, bis er schließlich einen Hustenanfall bekam und sich abwenden musste. Als er sich wieder ein wenig erholt hatte, hockte er sich sichtlich erschöpft vor Katy auf den Boden. Die beiden starrten sich lange Zeit an, ohne ein Wort zu wechseln. Schließlich fragte Katy mit leiser Stimme: »Malte, was ist mit dir los? Was hat man dir getan? So kenne ich dich gar nicht, was ist denn passiert? Das bist doch nicht du.«

»Nein«, erwiderte er mit erstickter Stimme. »Ich bin nicht mehr ich.« Unvermittelt schrie er los: »Mein richtiges Ich wurde zerstört, zerrissen, befleckt, auf den Müll geschmissen!«

»Malte, bist du missbraucht worden?«

Malte schlug die Augen nieder. Er traute sich nicht, Katy anzuschauen.

»Missbraucht«, wiederholte er gepresst. »Ja, so nennt man das wohl.« Er sprang abrupt auf und verließ den Kellerraum.

Es dauerte einige Minuten, bis sich die Tür wieder öffnete und Malte zurückkam. Er versuchte, selbstsicher zu wirken.

»Hast du nie mit jemandem darüber gesprochen?«, fragte Katy, die so tat, als sei er nicht weggegangen.

»Du bist die Erste, der ich es erzähle – und du wirst auch die Letzte sein.«

»Aber wie konntest du das für dich behalten? Darüber kann man doch den Verstand verlieren!«

»Vielleicht hast du recht. Ein bisschen wahnsinnig muss ich wohl sein. Aber wem sollte ich es denn erzählen? Meiner Mutter? Du weißt selbst, dass sie andere Sorgen gehabt hat. Und sie ist ja auch schon lange tot.«

Katy musterte ihn aufmerksam. Sie hatten im Heim auch solche Fälle. Die Hilfe, die sie den Jungen geben konnte, war immer nur sehr begrenzt, und manchmal war es, trotz der Unterstützung durch Psychologenkollegen, schlicht unmöglich zu helfen. Aber dort konnte sie die Gespräche zumindest selbst steuern oder vielleicht auch abbrechen, wenn die Diskussion eskalierte. Jetzt jedoch war sie gefesselt. Wenn es stimmte, was sie ahnte, dann …

»Wann hat sich das alles abgespielt?«, fragte sie zögernd.

Malte blinzelte und verzog das Gesicht. Es dauerte eine Weile, bis er antworten konnte.

»Die gesamte Ministrantenzeit über. Es ging ganz früh los. Zehn Jahre war ich damals. Das erste Mal, es ist wie eingebrannt in meinem Hirn, ich kriege es einfach nicht raus. Ich hatte doch keine Ahnung, von nichts. Ich war ein Kind, verstehst du? Ein Kind! Das waren Männer, zu denen alle aufsahen, halbe Heilige waren das für uns, und außerdem doch Respektspersonen. Am Anfang haben sie mich umschmeichelt. Ja, stolz war ich, dass sie gerade mich den anderen vorzogen. Ich bin blind in die Falle getappt. Ich war doch noch ein Kind.«

Malte schossen die Tränen in die Augen. Er gab sich keine Mühe mehr, sie zu verbergen.

»Danach brach alles zusammen. Ich hatte das Gefühl, mein Leben wäre vorbei. Und ich habe mich geschämt, unendlich geschämt. Das war das Schlimmste überhaupt.«

»Wie viele waren es?«

»Drei, und während der Ministrantenfreizeit auch noch der Hausmeister.«

»Haben sie dich erpresst?«

»Erpresst?« Malte sprang auf. »Gedroht haben sie mir, dass ich ja keinem was sagen soll. Mir würde sowieso niemand glauben, alle würden mich verachten, die Schulkameraden, die Familie, alle.«

»Und zu Hause haben sie nichts gemerkt?«

»Meine Eltern waren viel zu sehr mit sich beschäftigt. Mein Vater ist ständig fremdgegangen. Meine Mutter war ja berufstätig, und wenn sie mal zu Hause war, dann haben sie sich nur gestritten. Und später, als mein Vater dann endgültig abgehauen war, konnte ich sie damit nicht auch noch belasten. Nein, zu Hause hat keiner was erfahren.«

Malte stand auf und öffnete eine Kommodenschublade. Katy

hörte, dass er etwas in eine Tasche sortierte, aber sie lag so, dass sie nichts erkennen konnte.

»War das der Grund, warum du mir gegenüber so scheu warst, manchmal so richtig komisch und abweisend, wenn wir uns getroffen haben?«

Er drehte sich um und stellte die sichtbar schwere Tasche auf den Boden.

»Was glaubst du denn? Hättest du einen ausgeglichenen, coolen Malte erwartet, der damit angibt, gleich mit drei Priestern ein Verhältnis zu haben?«

»Wie konntest du denn damit bloß leben? Das muss dich doch die ganze Zeit verfolgt haben.«

»Verfolgt? Es hat mich zerfressen, jeden Tag ein Stückchen mehr. Die Schule war die reine Katastrophe. Wie ich überhaupt das Abi geschafft habe, ist mir schleierhaft. Der eigentliche Zusammenbruch aber kam im Studium. Ich konnte keine größere Prüfung aushalten, hatte plötzlich schwerste Depressionen, kein richtiger Schlaf, Heulkrämpfe, Schweißausbrüche, das ganze Klavier. Und dann diese panische Angst zu versagen. Auch dein Vater hat mich nicht verstanden.«

»Wie bitte? Was hat mein Vater denn damit zu tun?«

»Ich habe gar nicht in Aachen studiert, das war gelogen. Alles Tarnung, genau wie meine Behinderung«, erklärte Malte trotzig. »Geologie habe ich studiert, hier in Köln.«

Katy wurde blass. Sie richtete sich halb auf und hielt sich am Pfahl fest.

»Du hast Geologie studiert, hier in Köln?«

»Ja. Ich kenne deinen Vater und war mit ihm sogar auf Exkursion, da war er noch nicht lange wieder in Köln.«

»Ich fasse es nicht. Warum hast du ihm denn nicht gesagt, dass du mich kennst?«

Malte schwieg.

Jetzt nur keine Pause entstehen lassen, dachte Katy. »Du hast doch gesagt, dass du längere Zeit im Ausland warst. Was hast du da eigentlich gemacht?«

»Studieren wollte ich nicht mehr, aber weil mich Geologie interessiert hat, habe ich einen Sprengschein gemacht, um wenigstens in den Steinbrüchen arbeiten zu können. Hier in Deutschland wurde aber dann fast alles dichtgemacht. Deshalb bin ich erst nach Brasilien und später nach Nigeria gegangen.«

»Nigeria, um Himmels willen, wie bist du denn gerade auf Nigeria gekommen?«

»Da gibt es noch gute Jobs, und mit den Frauen ist es nicht so schwierig. Ich hatte ein tolles Angebot, und für mich war es wie eine andere Welt, weit weg von dieser Scheiße hier, die mir das Hirn zerfressen hat. Außerdem war ich mindestens einmal im Jahr wieder in Deutschland.«

»Und jetzt?«

»Und jetzt bin ich wieder hier, und ich gehe nicht mehr zurück. Ich habe noch was zu klären.«

Er sprang auf und marschierte erregt hin und her. Katy stockte der Atem, als er schließlich vor ihr stehen blieb. Sein Gesicht war zu einer Fratze verzerrt, und seine Halsschlagadern schwollen an, als er plötzlich losbrüllte: »Und jetzt, jetzt habe ich Aids. Aids von einer dieser Nutten da unten.«

Katy verlor die Nerven. »Ist das ein Grund, das halbe Rheinland in die Luft zu jagen? Was soll der Blödsinn mit den Steinbrüchen überhaupt?«, brüllte Katy zurück.

Schnaufend baute Malte sich vor Katy auf. Er schob den Unterkiefer vor und presste die Backenzähne aufeinander. Sein Gesicht verzerrte sich vor Anspannung.

»Weißt du, wo das alles passiert ist? Kannst du es dir nicht denken?«, stieß er gepresst hervor. »Doch, du ahnst es inzwischen sicher. Es war im Kölner Dom, in den Aufgängen zum Turm, auf der Seite, wo die Touristen nicht hochgehen. Und weißt du auch, woraus der Turm besteht?«

Katy riss die Augen auf. Natürlich wusste sie das. Schließlich war sie die Tochter ihres Vaters. Flüsternd zählte sie auf: »Aus Basalt, aus Drachenfels-Trachyt und aus Obernkirchener Sandstein.« Ungläubig blickte sie ihn an. »Du denkst, so kannst du die Wurzeln herausreißen.«

»Das Heim bei Bad Honnef war das Schlimmste. Wir Ministranten durften immer zur ›Belohnung‹ dorthin. Der Hausmeister war von der übelsten Sorte. Er durfte mit mir machen, was er wollte, damit er die Klappe hielt. Ich hatte nicht damit gerechnet, dass es ihn erwischt. Aber er hat es mehr als verdient.«

Katy sah Malte entsetzt an. Langsam rutschte sie am Pfahl wieder nach unten.

»Das war nicht alles. Aber du hast recht. Die Wurzeln will ich, die Wurzeln, die mich krank machen. Und dazu gehört eben alles, was ich damit verbinde. Wenn du es genau wissen willst, der Dicke Pitter, das Wahrzeichen des Doms. Deshalb musste auch die Glockenfabrik dran glauben, wo er gegossen wurde, ebenso wie die Tuchfabrik, von der die Wäsche stammte, die ich immer vor Augen hatte, wenn sie über mich herfielen und …«

Malte schwieg.

»Malte«, flüsterte Katy. »Malte, verstehst du denn nicht, dass das keine Lösung ist? Deine Probleme gehen doch davon nicht weg. Im Gegenteil, du machst doch alles nur noch schlimmer. Du hast den Tod Unschuldiger in Kauf genommen.«

Er blickte sie nicht an, als er antwortete: »Das ist ein Krieg. Und wie in jedem Krieg müssen auch Menschen sterben, die nichts dafür können. Das liegt in der Natur der Sache. Damit hatte ich zunächst auch Probleme, aber irgendwann hat mir das nichts mehr ausgemacht. Dazu war es viel zu weit weg. Wie ein Erdrutsch in Afrika oder ein Erdbeben in Indonesien mit vielen Toten.«

»Aber das berührt uns doch auch!« Katy hatte das Gefühl, nicht an ihn heranzukommen.

»Ja, wie lange denn? Doch höchstens eine Minute. Und wenn dann in den Nachrichten irgendwas Tolles berichtet wird, hat man das Unglück sofort wieder vergessen.«

»Das kannst du doch überhaupt nicht mit deinen Sprengungen vergleichen«, rief Katy verzweifelt. Die Situation war absurd. Hier saß sie, gefesselt, und diskutierte mit einem Straftäter, der Selbstjustiz als legitim empfand. »Solche Unglücke sind doch Naturkatastrophen! Die sind doch nicht von einer Einzelperson ausgelöst worden!«

Malte starrte verstockt zu Boden.

»In gewisser Weise sind das die Sprengungen auch. Sie wurden ausgelöst durch Fehlverhalten und Handlungen wider die Natur. Und im Grunde genommen haben Täter zu allen Zeiten in Kauf genommen, dass auch Unbeteiligte ums Leben kamen. Sieh mich nicht so an!«, fuhr er sie plötzlich an. »Ich bin nur das Opfer! Verstehst du, das Opfer!«

Er blickte auf seine Armbanduhr und erschrak. »Ich muss weg«, stieß er hervor. Er rannte in die vorderen Räume und kam mit Katys Handy zurück. Den Akku hatte er ausgebaut und es ersatzweise an ein Netzteil angeschlossen, das er mit einer Zeitschaltuhr verband. Beides steckte er in eine Steckdose, die Katy nicht erreichen konnte.

»Ich weiß nicht, ob ich wiederkomme. Um Punkt ein Uhr wird es an den Domtürmen heiß hergehen. Ich stelle die Uhr auf Eins, dann kannst du wieder telefonieren.« Er legte ihr das Handy neben die Matratze.

»Du willst doch nicht etwa den Dom sprengen«, schrie Katy entsetzt.

Malte wirkte auf einmal sehr überlegt und sicher. »Habe ich Dom gesagt? Ich habe von den Domtürmen gesprochen, und ich weiß, was ich tue. Anders begreifen die es doch nie.«

»Und was ist mit mir? Wenn ich jetzt dort wäre? Würdest du mich auch opfern, einfach so, als Kollateralschaden?«

Er warf ihr einen flüchtigen Blick zu und murmelte: »Du bist ja hier.«

Er ergriff die schwere Tasche und ging zur Tür.

»Schrei nicht zu laut, es hört dich sowieso keiner. Und um ein Uhr bist du sowieso frei.«

»Nein!«, brüllte sie hinter ihm her. »Malte, nein, das darfst du nicht tun!«

Der ICE Lahnstein legte sich leicht in die Kurve und schien ganz langsam zu werden. Mit Erreichen der Gerade zog er kräftig an und beschleunigte auf die hier erlaubte Höchstgeschwindigkeit. Gabi Kronbergs Magen drückte leicht auf einen undefinierbaren Teil ihres mittleren Körperabschnitts. Endlich war sie auf der Rückfahrt nach Köln. Die stundenlange Sitzung im Bundeskriminalamt in Wiesbaden steckte ihr noch in den Knochen. Sie hatte Kopfschmerzen und überlegte, wie sie jetzt an Heiligabend überhaupt in Feierstimmung kommen sollte. Ihren Vater hatte sie vorsichtshalber schon auf die nächsten Tage vertröstet. Viel Ruhe hatte sie ja sowieso nicht zu erwarten. Der Wunsch, sich mit Henno ins Private zurückzuziehen, war durch seinen Anruf wie eine Seifenblase zerplatzt. Die Kollegen vom BKA standen kurz davor, den Fall an sich zu ziehen. Dass sie nach Weihnachten einen Vertreter in die Sonderkommission entsenden wollten, war ein deutliches Zeichen dafür. Eigentlich keine schlechte Lösung, dann könnte sie sich endlich etwas zurücknehmen. Sie dachte an Henno. Vielleicht war er ja der Ausweg aus diesem Stress, diesem chaotischen Leben zwischen Tür und Angel, zwischen Mördern und nervigen Vorgesetzten. Aber jetzt mussten sie sich zuerst einmal darum kümmern, dass er seine Tochter heil zurückbekam. Eine wirklich unschöne Entwicklung der Dinge.

Sie saß in der Mitte des Großraumwagens, in einer der Sitzgruppen mit Tisch. Unauffällig musterte sie den Mann, der ihr schräg gegenüber saß. Nach zwanzig Sekunden zählte sie die Vorurteile, die sich ihr automatisch aufgedrängt hatten. Immerhin waren es nur vier. Die Tätowierung am Unterarm, der Ohrring, der Pferdeschwanz und der Gesichtsausdruck. Zu jedem Punkt fiel ihr ein negatives Beispiel ein.

Der Job prägt dich, dachte sie leicht verärgert und schaute auf die wenigen vorbeirasenden Lichter. Sie fuhren gerade durch den Taunus, und gleich würden sie den Westerwald erreichen, die schnellste Verbindung von Frankfurt nach Köln. Wieder gab es einen leichten Schlag, einer der zahlreichen Tunnel auf dieser Strecke erhöhte leicht den Druck aufs Ohr, der sich auf dem Trommelfell bemerkbar machte.

Das Handy klingelte. Hastig nahm Gabi ab, da sie auf einen Anruf von Henno oder Weller wartete. Es meldete sich jedoch ein Kollege aus Jena, der sich ihre Nummer beim Präsidium in Köln besorgt hatte. Er fiel gleich mit der Tür ins Haus.

»Frohe Weihnachten, Kollegin, ich habe von Ihren ungewöhnlichen Sprengungen gehört. Das hat sich sogar bis zu uns nach Thüringen herumgesprochen. Jentzsch ist mein Name.«

Das hatte ihr gerade noch gefehlt. Nicht heute Abend, dachte Gabriele Kronberg.

»Vielleicht ist ja für Sie ein Ereignis von Interesse, das hier kürzlich stattgefunden hat.«

Er berichtete von einer Detonation in der Nacht zum vierten Advent, die die Häuser in der Glockengießerstraße von Apolda erschüttert hatte. Die alte Glockengießerfabrik, eingeklemmt zwischen zwei angebauten Häusern, wurde vollständig zerstört. Gabriele Kronberg kramte rasch ihren Notizblock aus der Tasche und versuchte, sich zu konzentrieren.

»Was gibt es für Erklärungen? Gas?«

»Wir wissen noch gar nichts. Es kann natürlich an einer defekten Gasleitung vom Nachbarhaus liegen, vielleicht hat aber auch jemand eine alte Granate aus dem Krieg dort versteckt, was ich aber nicht glaube, oder es war tatsächlich eine beabsichtigte Sprengung. Und das könnte Sie doch dann auf jeden Fall interessieren, oder?«

»Wann wissen Sie mehr?«

»Schwer zu sagen, wir mussten erst einmal vorsichtig den Schutt beseitigen, das hat gedauert. Verletzt wurde zum Glück niemand, aber wir konnten ja nicht ausschließen, dass doch noch jemand unter dem Schutt liegt. Deshalb bin ich auch erst jetzt dazu gekommen, mich zu melden.«

»Halten Sie mich auf jeden Fall auf dem Laufenden, wir gehen dem kleinsten Hinweis nach.«

Kronberg wollte gerade auflegen, als ihr noch ein Gedanke kam: »Ach übrigens, mal ganz naiv gefragt: Könnte jemand Interesse am schnellen Abriss der Fabrik haben? Erben, Streithähne oder so etwas in der Art? Dann hätten wir natürlich gar nichts damit zu tun.«

»Das haben wir als Erstes recherchiert, aber da ist bisher nichts in Sicht.«

»Können Sie sich denn irgendeine Verbindung hier in unsere Region …« Die Kommissarin stockte. Dann fragte sie: »Sagen Sie mal, Glocken sind doch aus Bronze?«

»Ja, die meisten schon. Aber es gibt wohl auch welche aus Stahl.«

»Und Bronze ist eine Metallmischung aus Kupfer und Zinn?«

»So haben wir das in der Polytechnischen Oberschule noch gelernt.«

»Wurden in dem Gebäude Glocken gegossen, die nach Köln oder in die Umgebung geliefert wurden?«

»Aber sicher! Sagt Ihnen der Dicke Pitter was?«

»Ja, klar! Dumme Frage. Das ist die größte Glocke im Kölner Dom.«

»Sehen Sie, die wurde 1923 hier gegossen. Sie ist 24 Tonnen schwer.«

Die Kommissarin musste unvermittelt aufstoßen. Der viele Kaffee im BKA auf halbnüchternen Magen rächte sich jetzt. Außerdem hatte sie Kopfschmerzen. Mit gespreizten Fingern fuhr sie sich über die Stirn und durch die Haare, als könne sie die Schmerzen dadurch wegdrücken.

»Entschuldigung. Aber das ist jetzt sehr wichtig. Sobald Sie wissen, was die Sprengung verursacht hat, sagen Sie mir bitte Bescheid. Ich glaube tatsächlich, dass es mit unserem Fall zu tun haben könnte. Wir werden Ihnen eine Personenbeschreibung schicken, die Sie für Ihre Ermittlungen einsetzen sollten. Vielleicht kommen wir so schnell zu einem Ergebnis. Ich danke Ihnen auf jeden Fall für Ihren Anruf.«

Als sie aufgelegt hatte, zog ihr Gegenüber eine kleine Schachtel aus der Tasche. Es waren Kopfschmerztabletten.

»Hier, es sind noch genug drin.«

Verdammte Vorurteile, dachte Gabriele Kronberg und nahm dankbar eine heraus.

»Entschuldigung, ich muss leider noch einmal telefonieren.«

Schnell suchte sie im Speicher die Nummer von Weller. Während sie auf die Verbindung wartete, schaute sie angestrengt nach draußen. Gleich musste der Tunnel Eichheide kommen, vor Montabaur. Dann konnte sie das Telefonieren vergessen. Den Tunnel kannte sie nur zu gut von einem ihrer ersten Fälle, in dem es um den Mord an einer Kölner Prostituierten gegangen war, damals im Containerdorf, das es vor jeder großen Tunnelbaustelle gab. Das war schon ewig her. Die Zeit verging so schnell.

Plötzlich bremste der ICE heftig ab. Die Papiere auf dem Tisch schossen ihrem Gegenüber auf den Schoß. Gleichzeitig fuhren sie in den Tunnel ein, und als der Zug schließlich vollständig zum Halten gekommen war, standen sie mitten im Tunnel.

Sofort kam eine Durchsage des Zugführers.

»Verehrte Fahrgäste, wegen eines technischen Defektes hat es eine automatische Notbremsung gegeben. Bitte bleiben Sie auf Ihren Plätzen, wir informieren Sie, sobald die Ursache geklärt ist.«

Gabi und ihr Gegenüber sahen sich an.

»Frohe Weihnachten!«, meinte sie nur lakonisch.

In diesem Moment ging die gesamte Beleuchtung aus. Einige der wenigen Fahrgäste gaben verängstigte Laute von sich, und in einigen Sitzreihen leuchteten die Displays von Handys auf. Allerdings waren alle Versuche hoffnungslos, hier mitten im Tunnel hatte niemand Empfang. Nach kurzer Zeit kam ein Zugbegleiter mit einer Handlampe durch die Waggons und beruhigte die Fahrgäste. Der Zugführer hatte noch rechtzeitig vor dem Stromausfall einen Notruf absetzen können. In Kürze würde Hilfe kommen.

Gabriele Kronberg sprang auf.

»Ich brauche dringend einen Telefonkontakt nach Köln. Ist das vorne möglich?«

»Bleiben Sie ruhig. Wir haben keine Verbindung, der gesamte Stromkreis ist unterbrochen.«

»Kripo Köln, es handelt sich um einen Notfall. Dann muss ich hier heraus und vor dem Tunnel telefonieren.«

»Das geht auf gar keinen Fall, der Tunnel ist mehrere Kilometer lang, und wir stehen mittendrin. Da draußen im Dunkeln können Sie nichts ausrichten. Außerdem dürfen wir das nicht zulassen. Das ist viel zu gefährlich.«

Gabi stand kurz davor, ihm an die Gurgel zu gehen. Aber der arme Mann konnte ja nichts dafür, und er hatte wahrscheinlich recht.

»Warten Sie besser ab«, riet der Zugbegleiter ihr. Für solche Fälle gibt es Rettungszüge, die sofort eingesetzt werden.«

Die Kommissarin ließ sich frustriert auf ihren Sitz fallen. Zumindest waren ihre Kopfschmerzen besser geworden, die Tablette zeigte Wirkung. Ihre Gedanken überschlugen sich. Endlich hatte sie eine Ahnung, wie alles zusammenhing.

Katy hatte im Geiste alle Versuche, sich zu befreien, durchgespielt. Aber es blieb nur eine Möglichkeit, die zudem noch die riskanteste war, weil sie dadurch ihre einzige Verbindung nach draußen aufs Spiel setzte. Nachdem sie alles mehrfach bis ins kleinste Detail durchdacht hatte, presste sie die Lippen aufeinander und hielt die Luft an. Vorsichtig zog sie an dem Handykabel. Ein kurzer Ruck, und der Stecker schnellte in ihre Richtung. Die Handschellen ließen ihr gerade so viel Spielraum, dass sie das Kabelende fest mit dem Gerät verknoten konnte. Sie nahm das Ende mit dem Stecker fest in die linke Hand und schleuderte mit der Rechten das Handy in Richtung der Gartengeräte. Krachend landete es genau vor der Harke.

»Ich hoffe, du hältst durch!«, murmelte sie und zog das Handy wieder zu sich heran. Erst beim dritten Versuch blieb das Mobiltelefon so hinter dem Stiel der Harke hängen, dass sie das Gartengerät durch leichtes Ziehen kippen konnte. Jetzt lag es in Reichweite ihrer Füße.

Die Entfernung zum Wasserrohr war zu groß, als dass sie mit den Händen die Harke dagegen hätte schlagen können. Aber mit den Füßen ging es. Allerdings hätte sie beim ersten Versuch beinahe einen Wadenkrampf bekommen. Sie lag mit dem Rücken auf der Matratze, die Arme so gestreckt wie möglich. Über den linken Fuß hatte sie das letzte Viertel des Harkenstiels bugsiert, das sie mit dem rechten Fuß festhielt. Jetzt galt es, die Bauchmuskeln einzusetzen.

»Besser als jedes Workout«, murmelte sie grimmig.

Mit dem Einsatz beider Beine schaffte sie es tatsächlich, die Harke vorne anzuheben, sodass sie damit gegen das Rohr schlagen konnte. Ein metallischer Ton erklang.

Schon im ersten Schuljahr hatte sie SOS morsen können. Ihr Vater hatte es ihr beigebracht, und als Kind hatte sie sich immer Abenteuer ausgemalt, in denen durch die Morsezeichen Rettung in letzter Minute kam. Fantasie hatte sie genug, auch wenn sie anscheinend nicht ausgereicht hatte, um sich diese Situation vorzustellen. So etwas hatte sie sich in ihren kühnsten Träumen nicht ausgedacht.

Dombrowskis kamen spät von den Eltern der Frau nach Hause. Satt und leicht angeheitert, wie es sich nach einem guten Weihnachtsessen gehörte. Erichs erster Gang führte ihn zur Toilette. Das Badezimmer versprühte den Charme der frühen sechziger Jahre, mit Gardinenabtrennung unter dem Waschbecken, weißer Emaillebadewanne und Druckspüler an der Toilette. Der Druckspüler war zu manchen Zeiten ein wichtiger Halt für Erich, vor allem nachts, und wenn er nicht mehr ganz so nüchtern war. Das war allerdings auch der einzige Vorteil. In diesem Haus wusste jeder von jedem, wann er zur Toilette ging, der Druckstrahlterror war fester Bestandteil des alten Gebäudes.

Jetzt stand Erich Dombrowski vorgebeugt vor der Schüssel und stützte sich am Druckspüler ab, während er mit kritischen Blicken seinen stotternden Sprühstrahl verfolgte. Das Klopfen übertrug sich mehr durch seine Hand, als dass es zu hören war. Dreimal lang und jetzt tatsächlich schon das dritte Mal kurz. Dombrowski war lange Jahre beim THW gewesen und hatte dort das Funken gelernt. Vor der Zeit des Privatfernsehens hatte er nächtelang in seinem kleinen Spezialzimmer, wie er es nannte, gesessen und versucht, weltweit mit Gleichgesinnten in Kontakt zu kommen.

Welcher Spinner im Haus klopft denn jetzt mitten in der Nacht Morsezeichen an die Leitung?, dachte Dombrowski irritiert. Aber die vertrauten Laute hatten ihn wach gemacht. Und als erneut dreimal lang geklopft wurde, war ihm klar, dass da tatsächlich jemand SOS funkte.

| 22 |

Es war unangenehm kalt im Treppenaufgang, der hinter der hölzernen Bauwand auf der Nordseite nach oben führte. Außer einem voll beladenen Rucksack auf dem Rücken trug er auch noch einen Karton vor dem Bauch, der mit Drähten und Elektronik vollgestopft war. Es war das vierte und letzte Mal, dass er die Sachen aus seinem Versteck unter dem zwischengelagerten Baumaterial holte. Das Versteck war gut gewählt. Als ehemaliger Arbeiter der Gerüstbaufirma kannte er alle Möglichkeiten, Material in den Dombereich zu schaffen. Ihm war leicht schwindelig von den engen Stufen der Wendeltreppe, als er das Triforium in zwanzig Meter Höhe erreichte. Gebückt schlich er wieder den schmalen Gang entlang, der direkt nach Westen in den Nordturm führte, eines seiner Ziele. Nach zwanzig Metern hielt er an, genau in Höhe einer Säule zwischen zwei der Vierfachbögen, und streckte sich ein wenig. Sein Rücken schmerzte, und bis er sich entspannt hatte, beobachtete er vorsichtig die Vorbereitungen zur Christmesse unten im Langhaus, die in vollem Gange waren.

Der Transport weiter nach oben in die Türme brauchte Zeit und Kraft. Als er aus dem Nordturm auf den Rand des Daches trat, war er am ganzen Körper schweißgebadet und fröstelte im leichten, kalten Nachtwind. Es schneite in dicken Flocken. Trotzdem konnte er die Lichter auf der Domplatte sehen und schemenhaft sogar die Menschen erkennen, die auf den Einlass in den Dom warteten. Der erste Turm war präpariert. Die Türen des Daches vom Langhaus waren nicht verschlossen. Er blickte auf die Uhr, es war jetzt 22.30 Uhr. Noch neunzig Minuten. Ein leichtes Zittern befiel ihn wieder, als er durch das Dach auf die andere

Seite zum Südturm heraustrat. Es lag nicht nur an der Kälte. »Nicht jetzt!« Er biss die Zähne zusammen und ruderte mit den Armen, so wie früher. Nach einer Weile löste sich die Verspannung.

Vierzig Minuten später war es so weit. Es war Zeit, die Zünder zu setzen. Anschließend schlich er zurück, über das Triforium, diesmal war der Rucksack fast leer. Er musste besonders aufpassen, da sich im Kirchenschiff bereits eine große Menschenmenge versammelt hatte. Mit dem Inhalt des Rucksacks sicherte er in wenigen Minuten die letzte der kleinen Treppen, dann ging er zurück zum Nordturm.

Es war 23.50 Uhr, er war fertig. Langsam stieg er die Stufen hinauf, trat in die Galerie in Dachhöhe genau über dem Hauptportal ein und beobachtete das Treiben im dichten Schneefall vor dem Dom. Hier sollte es passieren. Der leichte Wind trug ihm die Düfte der letzten Stände vom Weihnachtmarkt zu. Es herrschte eine Stimmung, wie es sie nur zu Weihnachten gab. Aber wie lange hatte er schon an Weihnachten keinen Frieden mehr empfunden. Und nicht nur an Weihnachten …

Durch das Dach des Doms hörte er die große Orgel brausen, als das erste Weihnachtslied angestimmt wurde.

Erneut blickte er auf die Uhr. Es wurde Zeit.

| 23 |

Baumann stürmte mit Weller und drei weiteren Kollegen eine Treppe tiefer in die Leitstelle, von der aus die Stadt überwacht wurde. Allenstein folgte mit wenigen Schritten Abstand.

»Wir wissen noch nicht, was die Ursache ist. Durch die Explosion hat es auf der Inneren Kanalstraße zahlreiche Auffahrunfälle gegeben. Der ganze Bereich ist dicht«, berichtete der Chef der Leitstelle sachlich.

»Kann das etwas mit unserem Fall zu tun haben?«, fragte Weller an Baumann gewandt. »Vielleicht sollte ich hinfahren und die Situation vor Ort selbst beurteilen«, schlug er vor. »Wir kennen uns am besten mit der Art und Weise aus, wie der Täter arbeitet. Wenn er es war.«

»Ja, wenn er es war«, warf Allenstein mit erstickter Stimme ein. Er musste plötzlich husten. »Aber dann müssten Sie sehr genau aufpassen, dass es nicht wie am Drachenfels weitergeht, sodass nach einer kleinen Vorwarnung erst die eigentliche große Sprengung kommt.«

»Aber was sollte der Täter damit bezwecken?«, fragte Weller. »Mitten in der Stadt, das ist doch gar nicht sein Stil. Er wird doch keine Autobahn sprengen wollen. Das Risiko, bei den Vorbereitungen einer großen Sprengung entdeckt zu werden, ist viel zu hoch.«

Der Leiter der Zentrale begann plötzlich, nervös mit seinem Stift auf die Tischplatte zu tippen. Er starrte auf den mittleren der drei Bildschirme an seinem Arbeitsplatz. Dann drehte er sich abrupt zu der diskutierenden Gruppe um und brüllte: »Es hat eine zweite Explosion gegeben, diesmal auf der Autobahn. Vor dem Kreuz Ost, Brücke über Buchheimer Ring – Höhenberger Ring.«

»Das ist nicht wahr«, entfuhr es Baumann. Er machte drei schnelle Schritte auf den Schreibtisch zu und blickte auf den Bildschirm. »Gab es Tote oder Verletzte?«

»Drei Verletzte, durch Autounfälle.«

»Das lässt nichts Gutes ahnen. Lassen Sie sofort die Sprengstoffexperten mobilisieren, gleich zwei Teams oder besser noch drei.«

»Wo soll ich die denn jetzt so schnell herkriegen, Chef? Es ist Heiligabend! Die sind doch alle im Urlaub oder in der Kirche.«

»Versuchen Sie es. Das ist ein absoluter Notfall.«

»Glauben Sie, da kommt noch mehr?«, fragte Allenstein erschreckt.

»Ich habe das dumme Gefühl, wir stehen hier erst am Anfang. Irgendjemand scheint gerade heute abrechnen zu wollen. Das war noch nicht die letzte Explosion, das habe ich im Urin.«

Baumann überlegte kurz. »Wie viel Zeit lag zwischen den beiden Explosionen?«, fragte er dann den Einsatzleiter.

»Etwa fünf bis zehn Minuten.«

Die Telefone an den Bildschirmplätzen liefen heiß. Die Situation war noch völlig unübersichtlich. Krankenwagen, Polizeieinheiten und Feuerwehren wurden zu den Einsatzpunkten geleitet.

Mitten in das allgemeine Tohuwabohu polterte der Staatsanwalt.

»Was geht hier vor, Baumann? Handelt es sich um terroristische Akte? Ist das jetzt die Rache des Erpressers? Wo bleibt überhaupt die Kronberg?«

»Die 559, am Ende, Deutzer Ring, Explosion!«, brüllte der Polizist erneut in die Runde.

»Das muss eine ganze Gruppe von Terroristen sein.« Der Staatsanwalt ruderte mit den Armen in der Luft herum. »Am besten geben wir Großalarm und weisen die Bevölkerung an, in den Häusern zu bleiben.«

»Moment«, verschaffte sich Weller energisch Gehör. »Rein theoretisch kann das auch durchaus unser Täter vom Drachenfels sein. Dann müssen wir ganz anders vorgehen. Und vor allem müssen wir damit rechnen, dass er systematisch vorgeht. Und wenn es so ist, müssen wir sein System unbedingt entschlüsseln, um ihm zuvorkommen zu können. Sie sollten sich wenigstens vorher mit der Kronberg verständigen. Sie war doch in Wiesbaden beim BKA und sitzt meines Wissens gerade im ICE nach Köln. Sie hat auf jeden Fall noch neue Informationen aus Süddeutschland erhalten. Mich hat nämlich heute Nachmittag ein Kollege aus Würzburg angerufen, dem ich ihre Handynummer gegeben habe.«

»Das ist doch blanker Unsinn. Hier, sehen Sie sich das an.«

Weidinger griff zu einem Laserpointer und zeichnete mit dem roten Leuchtpunkt wilde Kreise auf die Wandkarte. »Zwei Autobahnabschnitte und eine mehrspurige Straße, die zum Zentrum führen, sind innerhalb von einer Viertelstunde blockiert worden. Wir haben das System doch längst erkannt, es heißt Lahmlegung der Stadt. Das kann nur von einer größeren Terroristengruppe organisiert sein, oder unser entwischter Erpresser hat die Finger im Spiel. Dann ist es auf jeden Fall Sache des Generalbundesanwalts, und das BKA ist zuständig.«

»Wir sollten auch an ein Ablenkungsmanöver für einen großen Einbruch denken. Schließlich wäre jetzt der beste Zeitpunkt«, gab Baumann zu bedenken.

»Für eine Lahmlegung der Stadtautobahnen wäre aber eine Explosion am Kreuz Köln Ost wesentlich sinnvoller gewesen als mitten auf der Autobahn, einen Kilometer vom Kreuz entfernt«, wagte Allenstein zu bemerken. Konzentriert betrachtete er die Stellen, die auf der Karte inzwischen markiert waren.

»Verflucht!«, brüllte plötzlich einer der leitenden Polizeibeamten am Telefon. »Wir haben die nächste.«

Entgeistert starrten sich Baumann und Weidinger an.

»Wo?«, riefen sie fast gleichzeitig.

»Auf der A3 fast in der Mitte zwischen Kreuz Köln Ost und Heumarer Dreieck.«

»Sehen Sie, es geht doch um die Lahmlegung der Autobahnen. Wir werden sämtliche Autobahnen im Umkreis von Köln sperren. Geben Sie mir den Hörer.« Der Staatsanwalt wählte die Nummer des Regierungspräsidenten und sicherte sein Vorgehen ab, während Baumann, Weller und Allenstein versuchten, die Informationen zu sortieren und Zusammenhänge zu erkennen.

Baumann ließ sich mit den Beamten verbinden, die den Ort der ersten Sprengung abgesperrt hatten. Die Spurensicherung und die Sprengstoffexperten waren gerade angekommen.

»Geben Sie mir den Leiter der Spurensicherung.«

Baumann musste sich erst einmal einige Flüche anhören, dann war der Leiter der Spurensicherung bereit, eine Vermutung zu äußern.

»Wenn ich es richtig beurteile, handelt es sich um relativ kleine Mengen Sprengstoff, die mit einem Zeitzünder zur Explosion gebracht wurden. Genaueres kann ich allerdings erst später sagen.«

»Wir müssen unbedingt herausfinden, ob es nach den ersten kleinen Sprengungen größere geben wird. Ich hoffe allerdings nicht, dass das passiert. Seien Sie vorsichtig.« Baumann legte auf und informierte die Runde.

Weller hatte sich zur gleichen Zeit mit den Kollegen am zweiten Explosionsort verbinden lassen. Auch hier schien es nur geringfügige Auswirkungen gegeben zu haben. Zerstört worden war so gut wie nichts, es gab nur einige Unfälle mit Blechschäden. Weitere Hinweise gab es auch hier noch nicht.

»Achtung!«, rief einer der Beamten am Telefon schon wieder. »Die nächste Explosion, am Ende der A57, an der Inneren Kanalstraße.«

»Jetzt kommen sie von Nordwesten. Wir hätten es uns denken können!«, ereiferte sich Weidinger. »Ich lasse die GSG9 mobilisieren.«

»Vielleicht erkennen wir ein System, wenn wir uns die Stellen auf dem Stadtplan anschauen«, schlug Allenstein vor. Er hatte sich vor der großen Wandkarte des Kölner Stadtgebiets aufgebaut und betrachtete die blinkenden Punkte der letzten Explosionen.

»Es sind in der Tat alles mehrspurige Straßen«, überlegte er. »Aber so richtig Sinn macht das noch nicht. Für ein Verkehrschaos gäbe es strategisch günstigere Stellen.«

»Aber wir müssen in alle Richtungen denken«, wandte Weller ein. »Es geht bloß alles viel zu schnell. Vielleicht hatte der Täter ja an den günstigeren Stellen keine Möglichkeit, den Sprengstoff anzubringen.«

Allenstein nahm sich ein Blatt Papier von einem der Schreibtische und zog einen Stift aus der Tasche. »Vielleicht ergibt die Verbindung der Punkte irgendeinen Sinn oder einen Hinweis.«

»Quatsch!«, blaffte Weidinger ihn an. »Wir spielen hier doch nicht Schnitzeljagd, das ist bitterer Ernst.«

Allenstein ließ sich jedoch nicht beirren und skizzierte die Abstände der Sprengpunkte auf das Blatt.

»Daraus kann man doch alles machen. Das ist wie bei den Sternzeichen.« Weller warf einen kurzen Blick auf die Linien, die Henno zwischen den Punkten gezogen hatte.

»Vielleicht kommen ja die entscheidenden Stellen noch dazu«, meinte er leicht ironisch.

Während die Besatzung der Leitstelle versuchte, die Einsatzkräfte und Experten so gut wie möglich zu den Einsatzorten zu steuern, trafen nacheinander zwei weitere Horrormeldungen ein. Wieder war es die rechtsrheinische Autobahn, die kurz vor der Zoobrücke blockiert wurde, und außerdem eine innerstädtische Straße direkt am Rhein, der Ubierring, Ecke Bayenstraße.

»Ich habe es geahnt! Das kann nur ein Hinweis werden, ein Symbol oder irgendetwas in der Richtung«, rief Allenstein nach der letzten Meldung dem Staatsanwalt zu.

»Wie können Sie sich da so sicher sein, Herr Professor?«, fragte Weidinger.

Allenstein warf ihm einen verächtlichen Blick zu.

»Erstens: Die Autobahn zum Zentrum an drei Stellen zu sprengen macht keinen Sinn, wenn es nur um Blockade geht. Da hätte ein einziger Punkt an der Zoobrücke genügt. Und zweitens, die Auswirkungen am letzten Explosionsort sind nicht so drastisch, weil man ihn leicht umfahren kann. Ich glaube, wir müssen die Punkte nur sinnvoll miteinander verbinden.«

Das schien die Zweifler zu überzeugen. Auf einmal starrten alle gebannt auf das Blatt Papier, auf dem Allenstein sämtliche Punkte neu eingetragen hatte. Jeder überlegte, wie man sie am besten miteinander verbinden könnte.

»Ich hab's. Jedenfalls zum Teil«, rief Weller, nahm einen Stift und verband die fünf westlichen Punkte zu einem Halbkreis. Dann führte er die Enden zu einem vollständigen Kreis zusammen.

»Ja, das könnte sein.« Allenstein nickte. »Das heißt aber auch, dass noch eine Explosion fehlt, etwa in Höhe Stadtgarten.«

Hektisch ergriff Weller einen Zeigestock und fuchtelte an der Wandkarte herum, um die Beamten zu instruieren. »Der gesamte

Bereich soll abgesperrt werden. Höchste Vorsicht ist geboten«, rief er in die Runde.

»Seht mal hier!«, rief Allenstein plötzlich nervös. »Wenn der Kreis stimmt …«

Er konnte den Satz nicht mehr zu Ende bringen. Einer der Beamten ließ an der elektronischen Tafel einen neuen Punkt aufleuchten. »Der nächste. Die L284 in Vingst.«

»Nein!«, rief Allenstein entsetzt. Mit zitternder Hand zog er zwei senkrecht aufeinander stehende Linien auf das Blatt. Eine Linie, die von Norden nach Süden verlief, endete jeweils an einem Explosionspunkt. Die Ost-West-Linie begann im östlichsten Punkt und endete auf dem Kreis.

»Das Symbol einer Kirche, nur auf die Seite gedreht«, stammelte Weidinger fassungslos.

»Und im Zentrum des Kreises …« Weller schluckte.

»Der Kölner Dom. Die Ost-West-Achse läuft genau darauf zu«, schrie Allenstein mit überkippender Stimme. »Wir müssen sofort zum Dom, da beginnt gerade die Mitternachtsmesse, meine Tochter, vielleicht hält er sie ja dort fest.«

Allenstein wurde vom Ruf einer Polizistin unterbrochen. »Wir waren zu spät. Gerade gab es am Stadtgarten eine kleine Explosion.«

Bis zur Domplatte waren es unter normalen Bedingungen zwölf Minuten. Aber die Einsatzfahrzeuge kamen trotz Blaulicht kaum voran. Die Sprengungen zeigten Wirkung, und die Innenstadt war total verstopft.

Allenstein fuhr mit Weller, der rücksichtslos freie Bahn beanspruchte. Es waren noch zehn Minuten bis Mitternacht. Als Wellers Handy klingelte, nahm Allenstein für ihn ab. Gabriele Kronberg war am Telefon.

»Ich weiß jetzt, was der Täter vorhat, er will ...«

»Den Kölner Dom sprengen«, antwortete Henno, um die Sache abzukürzen. »Wo steckst du? Wir sind auf dem Weg zum Dom. Katy ist vielleicht bei ihm. Ich befürchte das Schlimmste.«

»Wir hatten einen Stromausfall im Tunnel. Ich bin in zwanzig Minuten in Köln am Bahnhof«, antwortete die Kommissarin hastig. »Der Hinweis mit dem Erz zielte auf die Glockengießerei in Apolda, dort wo der Dicke Pitter gegossen wurde. Sie ist gesprengt worden. Und der Kreuzstein ist kein Hinweis auf einen Steinbruch, sondern der direkte Link zum Dom.«

»Verflucht, darauf hätten wir auch schon früher kommen können.«

»Der Bahnhof wird gesperrt«, schaltete sich Weidinger ein. »Der Zug hält in Deutz. Sagen Sie ihr, wir schicken ihr einen Wagen.«

Punkt 24.00 Uhr schlossen die Küster die großen Tore des Doms und ließen die Nachzügler nur noch über die kleinen Seiteneingänge in das Gotteshaus.

Ohne Martinshorn und Blaulicht rasten die Fahrzeuge der Kripo auf die Westseite des Doms. Die Zentrale hatte mehrere Hundertschaften und das Sondereinsatzkommando angefordert, aber von ihnen war noch nichts zu sehen. Plötzlich schoss ein Fahrzeug des SEK aus der Komödienstraße auf den Domplatz, machte einen Schlenker um verspätete Besucher der Christmette und steuerte direkt auf den Wagen der Kripo zu. Weller und Allenstein waren bereits ausgestiegen, als das Auto mit vollem ABS-Anschlag vor ihnen zum Stehen kam.

Weller trat drohend auf den Fahrer zu: »He, bist du wahnsinnig, Mann! Wolltest du uns über den Haufen fahren?«

In diesem Moment öffnete sich die hintere Tür und Katy sprang heraus. Sie fiel ihrem Vater in die Arme.

»Es war so schrecklich, Paps, ich erzähle dir alles später«, sprudelte sie hervor. »Aber ich habe jetzt keine Zeit, ich muss unbedingt zu Malte aufs Dach. Ich glaube, ich bin die Einzige, die jetzt noch was retten kann.«

»Bist du verrückt? Katy! Das lasse ich nicht zu.« Er packte seine Tochter am Arm. »Und was hast du überhaupt mit diesem Malte zu tun?«

»Wir waren auf der gleichen Schule. Du kennst ihn auch, er hat bei dir Geologie studiert.«

»Das hat die Polizei auch schon herausgefunden. Ich kann mich aber nicht mehr an ihn erinnern.« Henno musste plötzlich husten und suchte in seiner Manteltasche nach einem Taschentuch. Katy nutzte die Gelegenheit. Sie riss sich los und rannte zu Weller, der auf der Domplatte stand und hektisch Anweisungen in sein Sprechfunkgerät gab. Katy fasste seinen Arm und unterbrach ihn.

»Ich habe die Handynummer von Malte Hendricksen. Er ist völlig durch den Wind. Lassen Sie mich zu ihm gehen und mit ihm sprechen. Mir tut er nichts.« In diesem Moment kam ein weiterer Dienstwagen angebraust. Weidinger sprang heraus und kam keuchend die Stufen hinaufgelaufen. Er baute sich vor Weller auf.

»Was ist hier los? Weller, informieren Sie mich.«

»Dort oben auf einem der Türme befindet sich dieser Malte Hendricksen.«

»Was hat er vor?«

»Er will die Türme sprengen«, fuhr Katy dazwischen, »und zwar so, dass sie zur Seite wegklappen. Er kann das, das hat ja die Sprengung am Drachenfels bereits bewiesen.«

»Ist er ansprechbar?«

»Wenn er überhaupt auf jemanden hört, dann auf mich. Er wurde als Ministrant hier im Dom jahrelang missbraucht und will jetzt alle Welt darauf aufmerksam machen. Deshalb will er sich auch gerade zu Heiligabend rächen. Ich rufe ihn jetzt an, und dann gehe ich da hoch.«

»Moment, Sie tun gar nichts. Geben Sie mir das Handy und die Nummer«, verlangte Weller.

Inzwischen war der Leiter der SEK mit seiner Mannschaft eingetroffen. Rampen wurden angelegt, und Mannschaftsbusse der Hundertschaften fuhren an den Rand des Platzes.

»Weg mit den Fahrzeugen«, brüllte Weidinger, »hier wird es gleich eng.«

»Geben Sie her.« Katy nahm Weidinger das Handy blitzschnell wieder aus der Hand. Sie wählte die Nummer von Malte und wartete ungeduldig darauf, dass er sich meldete.

»Katy? Wie hast du dich befreit?«

»Das ist jetzt nicht wichtig. Hör zu, ich komme jetzt zu dir. Mach bitte nichts.«

»Ich werde die Türme sofort sprengen, wenn ich jemanden auf dem Dach sehe.«

»Malte, aber doch nicht, wenn ich es bin. Das wirst du nicht tun.«

»Du kannst nicht heraufkommen, die Treppen sind mit Sprengfallen gesichert, die Fahrstühle lahmgelegt.«

Malte hatte aufgelegt.

»Geben Sie mir das Handy«, forderte Weidinger.

»Er nimmt sowieso nicht mehr ab! Wenn ich dort oben bin, sprengt er nicht.«

Allenstein war inzwischen bei den dreien angekommen und wollte gerade seine Tochter wegzerren, um sie in Sicherheit zu bringen, als Gabriele Kronberg mit einem Einsatzfahrzeug vorfuhr.

Weller unterrichtete sie knapp über den Stand der Dinge, unterstützt von Henno, der dabei immer Katy im Auge behielt.

»Wir müssen handeln«, brüllte sie Weidinger an. »Evakuieren, den Platz räumen, los, los.«

»Katy, was hat er eigentlich genau gesagt?«, fragte ihr Vater. »Will er den ganzen Dom sprengen oder nur die Türme?«

»Er sprach nur von den Türmen. Schon als er mich bei sich zu Hause gefangen gehalten hat. Er will die Türme um Punkt ein Uhr, am Ende der Christmette, sprengen.«

Reflexartig sahen alle auf die Uhr. Es blieb nicht mehr viel Zeit.

Die Kommissarin rannte auf den nächsten Polizeiwagen zu und suchte den Leiter der Hundertschaft. Der stand diskutierend mit Baumann vor einer Gruppe der Bereitschaftspolizei.

»Wir müssen eine Entscheidung treffen«, rief sie schon von Weitem. »Wir haben nicht mehr viel Zeit, er will um ein Uhr die Türme sprengen. Wenn wir den Dom evakuieren, gibt es eine Massenpanik. Alle Leute würden genau in die herumfliegenden Trümmer hineinlaufen. Wenn er tatsächlich so ein Spezialist ist, wie er bisher bewiesen hat, dann bleibt das Hauptschiff wahrscheinlich unbeschädigt.«

»Und wenn nicht?«, fragte Baumann ungläubig. »Wie soll das einer genau berechnen können?«

»Das müssen wir abwarten. Wir haben keine andere Chance.« Sie gab Henno ein Zeichen, zu ihr zu kommen. »Sperren Sie in einem Umkreis von ...« Allenstein kam auf sie zugerannt und war nur noch wenige Meter entfernt. »Henno, wie weit können die Teile vom Turm fallen?«

»Die Türme sind 157 Meter hoch, und nur so weit fallen die Steinmassen auch maximal nach außen, allerdings nur, wenn er direkt an der Basis sprengt.« Henno atmete hörbar aus. »Wahrscheinlicher ist jedoch, dass er in Höhe des Triforiums ansetzt, und dann sind es etwa 20 Meter weniger.«

»Dann sperren Sie einen Radius von mindestens 200 Metern ab und evakuieren vor allem die Gebäude in dieser Zone«, wies Gabriele Kronberg ihre Leute an.

Sofort gab der Einsatzleiter die Befehle.

»Wir warten noch auf unsere Sprengstoffspezialisten, die sind natürlich alle nicht so schnell auffindbar.«

»Ich glaube sowieso nicht, dass die noch etwas ausrichten können. Wir müssen uns um die Leute im Dom kümmern. Geben Sie mir Ihr Megafon.«

»Henno, gesetzt den Fall, die Türme fallen genau auf das Hauptschiff, bricht dann der gesamte Dom ein?«

»Ich vermute, dass nur der vordere Teil betroffen sein wird. Das Langschiff hat schon eine Höhe von 50 Metern. Erst was darüber kommt, könnte auch nach Osten fallen. Also der sicherste Bereich ist wahrscheinlich der Chorraum.«

»Dann müssen wir sehen, dass wir die Leute da hineinkriegen. Hier draußen wird es gleich viel zu gefährlich.«

In diesem Moment gab es eine Detonation im Südturm. Alle standen für einen kurzen Augenblick wie versteinert da. Im Dom übertönten die Orgel und der Gesang die Explosion. Nur ein leichtes Zittern war auf dem Fußboden zu spüren, als ob die U-Bahn direkt unter dem Dom durchfahren würde.

»Was war da los?«, brüllte Weidinger den Einsatzleiter des SEK an.

»Ich konnte Ihnen noch gar nicht mitteilen, dass zwei Leute von der Entschärfung inzwischen eingetroffen sind und den Südturm auf einen möglichen Einsatz hin untersucht haben«, rief dieser ihm zu und rannte auf den Explosionsort zu. »Wir müssen sie jetzt erst einmal da herausholen.«

»Kann hier mal festgelegt werden, wer eigentlich das Kommando hat?«, brüllte der Staatsanwalt hinter ihm her.

Mit drei Kollegen des SEK drang der Einsatzleiter in den Turm ein. Dicke Rauch- und Staubwolken schlugen ihnen entgegen.

»Hallo, ist euch was passiert?«, brüllte ein Beamter in den Treppenturm hinauf. Zuerst kam keine Antwort, dann ein Stöhnen und Husten.

»Hilfe«, rief jemand mit erstickter Stimme, »hier oben, holt uns runter!«

Mit wenigen Sätzen spurteten die vier Polizisten nach oben. Auf der letzten Windung vor dem Sprengpunkt türmte sich der Schutt der Treppe, die über ihren Köpfen jetzt fehlte. Die beiden Sprengstoffexperten lagen wenige Stufen weiter aufwärts zwischen dem Schutt und dem Loch in der Treppe, halb unter kleinen Gesteinsbruchstücken begraben, und hielten sich die Ohren zu. Vermutlich waren ihre Trommelfelle geplatzt.

»Sprengfalle, mittendrin, nicht sichtbar«, stammelte der ältere der beiden.

Zwei Minuten später stolperten sie ins Freie. Ihre Kollegen brachten sie im Dauerlauf zum nächsten Krankenwagen. »Wir müssen hier weg. Der scheint ernst zu machen!«

Nach der Sprengung der Treppe war klar, dass Katy kaum Chancen hatte, zu Fuß zu Malte hinaufzukommen. Die Spezialisten des SEK hatten inzwischen den Lastenfahrstuhl aufgebrochen, mit dem das Baumaterial für die ständigen Sanierungen auf das Dach des Langhauses geschafft wurde. Die zerstörte Elektrik hatten sie provisorisch überbrückt. Allerdings war der Betrieb des Fahrstuhls nicht lautlos, und der Täter würde sofort merken, wenn jemand nach oben käme.

Jetzt musste nur noch der Staatsanwalt sein Einverständnis geben. Nach einer kurzen, aber heftigen Diskussion zwischen der Kommissarin, Katy, Allenstein und Weidinger stiegen zwei Männer vom SEK und Katy in den Transportkorb. Kurz darauf fuhren sie im dichten Schneetreiben in die Höhe. Auf halber Strecke legten sich die beiden Polizisten auf den Boden des Fahrstuhlkorbs, bis sie den Rand des Daches erreicht hatten. Katy hatte bereits eiskalte Finger, als sie den Korb öffnete. Fast unerträglich war der Griff an die mit gefrorenem Schnee behangenen Stahlrohre, die als Geländer die glatten Holzbohlen begrenzten.

Die Polizisten suchten den Rand des Daches mit Nachtsichtgeräten ab, so gut es bei den Wetterverhältnissen ging. Als sie niemanden entdecken konnten, folgten sie Katy, die vor Kälte bereits am ganzen Körper zitterte, in sicherem Abstand.

Kurzzeitig umgab sie der Schneefall wie ein Schleier, was die Sichtverhältnisse erheblich erschwerte. Die Polizisten konnten ungesehen den Rand des Hauptschiffes überqueren und huschten hinter Katy her bis zum Eingang des Nordturms in das dritte Geschoss.

Während Baumann im Technikwagen die Einsätze der Hundertschaften zu koordinieren versuchte, war Gabriele Kronberg auf dem Weg in den Dom. Ihr folgten zwanzig Einsatzkräfte. Jeweils zehn weitere bewegten sich zu den Nebeneingängen. Sie hatten noch elf Minuten Zeit. Zu wenig, um das gesamte Kirchenschiff räumen zu lassen. Die drei Tore des Westportals lagen direkt unter den beiden Türmen und fielen allein deshalb schon für eine Evakuierung aus. Die Nord- und Südportale lagen genau im gefährlichen Bereich, wenn die Türme nach Osten stürzen würden. Der einzige einigermaßen sichere Ort war im Chorpolygon auf der äußersten Ostseite. Gabriele Kronberg hoffte, dass aufgrund der schlechten Wetterverhältnisse in diesem Jahr weniger Besucher im Dom sein würden. Viertausend Menschen passten in den Chor nicht hinein.

Bewaffnet mit einem Megafon betrat sie den Dom in Begleitung der Uniformierten durch die Seitentüren. Es war tatsächlich nicht so voll wie in früheren Jahren. Offensichtlich hatte das Wetter viele davon abgehalten, so spät noch einmal aus dem Haus zu gehen. Aber zweitausend Menschen waren mit Sicherheit in der Kirche versammelt. Die Kommissarin wartete, bis die dritte Strophe von »Stille Nacht, Heilige Nacht« verklungen war. Bei der Zeile »Da uns schlägt die rettende Stund« dachte sie: Wie passend. Dann trat sie entschlossen an den Altar, gab dem Kardinal ein Zeichen und versuchte, über das Mikrofon zu sprechen. Plötzlich jedoch wurde es so laut in der Menschenmenge, dass sie fürchtete, nicht durchzukommen. Kurzerhand schaltete sie das Megafon ein, um sich Gehör zu verschaffen, und wiederholte ihre Begrüßung.

»Guten Abend«, sagte sie. »Es tut mir leid, Ihre Weihnachtsmesse unterbrechen zu müssen, aber das ist ein Einsatz der Polizei. Es besteht keine Gefahr, aber folgen Sie bitte unmittelbar meinen Anweisungen. Ich muss Sie bitten, sich ruhig und diszipliniert vor zum Hochaltar in den Chorraum zu begeben. Meine Kollegen werden Ihnen den Weg weisen. Bitte verlassen Sie den Dom in der nächsten halben Stunde nicht und verhalten Sie sich ruhig. Ich wiederhole: Wenn Sie meinen Anweisungen Folge leisten, besteht keine Gefahr.«

Hilfesuchend blickte sie zum Kardinal, der blass geworden war, ihren Appell aber geistesgegenwärtig unterstützte. Es mochte an seiner Autorität oder aber am Wunder der Weihnacht liegen, auf jeden Fall machte sich lediglich gedämpftes Raunen breit, und die Menge ließ sich bereitwillig in den Chorraum führen. Die Polizisten wurden mit Fragen bestürmt, aber Kronberg hatte dies bereits einkalkuliert und sie angewiesen, sich möglichst vage auszudrücken. Als alle im Chorraum untergebracht waren, waren noch genau zwei Minuten Zeit.

Während die Kommissarin drinnen die Menschen beruhigte, stand Allenstein am Absperrgürtel in Höhe des Andreasklosters mit direktem Blick auf die beiden Türme. So elend, wie er sich jetzt fühlte, hatte er sich nur bei Helgas Tod gefühlt. Warum hatte er Katy nicht zurückgehalten?

Katy hatte die letzten Stufen zum dritten Geschoss des Nordturmes erreicht. Es lag der Glockenstube des Südturms genau gegenüber. Irgendwo auf dieser Höhe vermutete sie Malte. Vorsichtig näherte sie sich der schweren Eichenholztür, die nach draußen auf die Galerie über dem Hauptportal führte. Der Lichtkegel der Taschenlampe, die ihr einer der Polizisten geliehen hatte, fiel auf Schneereste am Boden, die Malte wohl unter den Schuhen gehabt haben musste. Also war er hier entlanggegangen. Vorsichtig öffnete sie die Tür.

»Malte? Malte, bist du da?«

Sie hatte richtig vermutet. Er hatte die Stelle über dem Hauptportal gewählt, weil er von hier den besten Überblick über das Geschehen vor dem Eingang hatte. Langsam löste sich eine Gestalt aus dem Schatten des Türstocks vom Südturm gegenüber. Es war Malte. Auf Haaren und Schultern lagen Schneeflocken.

»Malte, ich bin es, Katy.«

Ihr Erscheinen brachte ihn sichtlich aus der Fassung. »Wie kommst du denn hierher?«, brüllte er sie an. »Verschwinde, aber sofort. Es wird gleich ungemütlich.«

Der letzte der Galeriebögen, der unmittelbar an den Südturm angrenzte, war im oberen Bereich von der durchsichtigen Trennwand befreit. Malte kletterte über die Brüstung und balancierte auf dem verschneiten Vorsprung um die Ecke des Turmes auf das Ende der mächtigen Turmsäule, die im Erdgeschoss das Hauptportal des Doms auf der rechten Seite begrenzt. Er stand jetzt auf der Obergrenze des mittelalterlichen Baus, an dem erst ab 1842 weitergebaut worden war.

Katy war, während Malte auf dem Vorsprung entlangkletterte, bis an den letzten Galeriebogen herangekommen und stand nur noch drei Schritte von ihm entfernt, getrennt durch die Brüstung, in die die Säulen der Bögen mündeten. Ihr wurde fast schwindelig, als sie seinen Balanceakt im dichten Schneetreiben beobachtete. Auf der Abdeckplatte der Säule, die genug Platz für einen sicheren Stand zu bieten schien, blieb er stehen. Mit Entsetzen sah sie, wie er ein Handy aus der Jacke hervorholte, das mit einer Schnur um seinen Hals hing, und nervös mit dem Daumen auf der Tastatur hin und her fuhr.

»Malte«, sagte sie flehend. Sie war völlig außer Atem und musste tief Luft holen, um das Zittern in ihrer Stimme in den Griff zu bekommen. »Wenn du den Dom jetzt sprengst, dann tötest du noch mehr unschuldige Menschen, Frauen und Kinder. Sie sind doch alle dort unten, in der Messe.«

»Ich habe keine unschuldigen Menschen getötet!«, schrie er sie an.

»Und das Mädchen? Mein Vater hat mir davon erzählt. Sie war erst siebzehn, und sie hatte doch gar keine Schuld an deinem Schicksal.«

»Das war ein Unfall. Ich habe sie nicht getötet. Ich wusste nicht, was ich tun sollte, als ich merkte, dass mich jemand beobachtet hatte. Auf einmal stand sie mit ausgebreiteten Armen oben an der Kante. Ich dachte, sie springt. Wie im Reflex bin ich losgerannt, um sie zurückzuhalten.« Malte riss wie zur Demonstration die Arme hoch. »Sie hat sich so erschrocken, dass sie das Gleichgewicht verloren hat.«

»Das glaube ich dir nicht, nie und nimmer. Sie haben Fasern von ihrer Jacke an einem Lagerfeuerstein oben vom Berg gefunden. Der lag unten, dort wo sie aufgeschlagen ist. Irgendjemand muss ihn ihr in den Rücken geworfen haben.«

»Katy, du musst mir glauben. Ich war völlig am Ende nach dieser Sache. Nach Wochen hat es mich wieder in den Steinbruch getrieben. Ich habe einen von diesen Steinen in die Hand genommen, auf den sie gestürzt war.« Geistesabwesend betrachtete er seine Handfläche. »Zuerst wollte ich ihn mitnehmen, aber dann habe ich ihn einfach weggeworfen.«

»Malte, bitte, hör doch auf«, flehte Katy. »Es hat doch alles keinen Sinn. Du sprengst dich doch selbst mit in die Luft.«

»Doch, es hat Sinn. Alle werden es sehen. Und einen Moment lang wird auch mein Leben wieder einen Sinn haben.«

Katy beugte sich über die Galeriebrüstung und schaute in die Tiefe. An dieser Stelle ging es senkrecht nach unten, kein Halt, kein Vorsprung würde einen Sturz aufhalten. Immer mehr Schnee sammelte sich auf dem Sims, ebenso wie auf dem schmalen Steg, auf dem Malte stand.

»Bleib zurück«, befahl er ihr. »Du musst hier weg, sonst passiert dir noch etwas.«

»Würdest du mich denn wirklich mit in die Luft jagen?«

»Ich weiß nicht, wie es ausgeht. Du hast nur hinten auf dem Dach eine Chance. Lauf schnell!«, schrie er sie an. »Es ist gleich so weit.«

Abrupt drehte er sich um und blickte auf den Vorplatz. Der Schneefall, seine Deckung, ließ ein wenig nach.

»Malte, bitte, bitte tu es nicht!« Noch nie im Leben hatte sie sich so hilflos gefühlt.

Mit einem Ruck drehte Malte sich wieder zu Katy um, die ihm die Arme entgegenstreckte, als wolle sie ihn an sich drücken. Der Schneefall hatte jetzt ganz aufgehört. Deutlich konnte sie sein Mienenspiel im Licht der Scheinwerfer erkennen, die den Dom anstrahlten. Sie sah ihm an, wie er mit sich rang. Plötzlich begann er heftig zu zittern. Er hielt sich mit beiden Händen den Bauch und krümmte sich, als wolle er dadurch die Vibration seines Körpers abfangen.

»Malte, was ist los? Warte, ich helfe dir!«

Katy machte Anstalten, über die Brüstung zu klettern.

»Nein!«, schrie er und richtete sich ruckartig auf.

Der Schnee auf seinem Vorsprung war offensichtlich schon zu glatt geworden. Erstarrt vor Entsetzen sah Katy, wie es ihm die Beine wegriss. Taumelnd hob er den einen Arm, während er mit dem anderen das Handy an die Brust drückte und mit dem verzweifelten Schrei »Zu früh« in die Tiefe stürzte.

Katy wollte schreien, aber kein Ton drang aus ihrem Mund. Und als sie sich schließlich umdrehte und wie gejagt den Gang entlanghetzte, zerrissen zwei Schüsse die Stille der Nacht. Sie ahnte nicht, dass zwei Scharfschützen Malte im Fallen getroffen hatten und er bereits tot unten auf der Domplatte aufschlug. Sie rannte die Treppe des Turms hinunter, bis auf die Höhe des Daches. Dort nahmen die Männer vom SEK sie in Empfang und brachten sie an das andere Ende des Langhauses über dem Chorraum, in dem mehr als 2000 Besucher zusammengedrängt auf ein Signal warteten.

Henno Allenstein stand am Rand der Absperrung. Der Schneefall hatte nachgelassen, sodass er die Person auf der Säule des Südturms gerade noch erahnen konnte.

»Geben Sie mir kurz Ihr Tele!«, forderte er einen Mann von der Presse auf, der sich neben ihn gedrängt hatte. Der Reporter war so verblüfft, dass er ihm anstandslos seine Kamera überließ.

Hastig zoomte Henno das Ende der Säule heran. Das musste ein Mann sein, der dort stand. Katy konnte er nicht erkennen. Oder doch? Er sah eine verschwommene Gestalt hinten in der Galerie.

»Machen Sie doch etwas«, herrschte er den Leiter des SEK an. Aber was sollten die Polizeibeamten schon machen?

In diesem Augenblick krümmte sich die Person auf dem Säulenende und taumelte.

»Drücken Sie ab, Mann, drücken Sie ab!«, fuhr ihn der Reporter an, der mit einem schwächeren Tele die Lage ebenfalls beobachtete.

Wie unter Zwang drückte Henno den Auslöser und hielt fest. Auch als der Mann das Gleichgewicht verlor und in die Tiefe stürzte, folgte er ihm mit der Kamera. Die Einschläge der Kugeln konnte er nur ahnen, da der Schall aus den Gewehren ihn mit Verzögerung erreichte. Er war kreidebleich, als er schließlich wortlos seinem Nachbarn die Kamera zurückgab. Der Aufprall des Körpers auf dem schneebedeckten Platz war zu viel für ihn.

Der Leiter des SEK gab ein Handzeichen. Vorsichtig, immer den Blick nach oben gerichtet, gingen zwei vermummte Männer auf den leblosen Körper zu. Der Schnee um Kopf und Einschusslöcher begann sich langsam rot zu färben. Der größere der beiden Männer drückte zwei Finger an die Halsschlagader des leblosen Mannes. Dann sagte er etwas in sein Mikro.

Der rechte Arm des Toten war leicht angewinkelt, die Hand, die halb unter seinem Körper lag, hielt ein schwarzes Handy umklammert, das anscheinend unversehrt dicht neben einer Einschusswunde lag. Langsam sickerte das Blut auf das Gerät zu.

»Ich nehme jetzt das Handy weg«, informierte der kleinere der beiden Männer seinen Chef über Mikrofon.

Ganz vorsichtig hob er den leblosen Körper über dem umgebauten Handy an, nur einen halben Zentimeter, um es herauszuziehen.

Trotz des Kopfhörerstöpsels in seinem Ohr registrierte der Mann vom SEK ein leises Klacken.

Gebannt schauten die wenigen Personen, die vor der Absperrung zugelassen waren, auf die beiden Polizisten vom Sondereinsatzkommando. Der kleinere der beiden beugte sich über den Täter, der leblos am Boden lag, und fasste unter seine Hüfte. Blitzschnell richtete er sich wieder auf, rief seinem Kollegen etwas zu und rannte los. In diesem Moment explodierten an der Basis des zweiten Geschosses gleichzeitig vier Stellen an jedem Turm. Es waren die statisch brisantesten Punkte an den Außenseiten, direkt in der Reihe über dem Hauptportal. Noch während die beiden Männer vom SEK über den Platz spurteten, quoll eine gewaltige Menge bengalischen Feuerregens über die Fenstersimse im Erdgeschoss und ergoss sich wie ein Lavastrom auf den Vorplatz. Zwei Sekunden später schien es, als wollten sich die beiden Türme vollständig in Flammen setzen. Von den Galerien der beiden Türme in 95 Metern Höhe entzündeten sich Unmengen weißer Magnesiumfeuer, die wasserfallartig in die Tiefe stürzten und die aufragenden Türme in ein gleißendes Kleid hüllten, nur an den Eckpfeilern durchdrungen von den roten Glutmassen der bengalischen Feuer. Die Spitzen der beiden Türme verschwanden im dichten Rauch des Feuerzaubers, der sich zum Himmel hin mit den Flocken des wieder stärker einsetzenden Schneefalls mischte.

| 24 |

Katy kam auf ihren Vater zugerannt und warf sich schluchzend in seine Arme. Sie zitterte am ganzen Körper. Henno strich ihr über die Haare und schloss die Augen. Gabriele Kronberg ließ die beiden einen Augenblick lang gewähren, aber dann trat sie auf Katy zu.

»Frau Allenstein, oder darf ich Katy sagen?«

Katy löste sich von ihrem Vater. Sie nickte und tupfte sich die Augen ab.

»Katy, Sie haben als Einzige mit Hendricksen gesprochen, und Sie müssen uns einige Fragen beantworten. Wissen Sie, ob er noch etwas anderes geplant hatte? Gibt es noch weitere Sprengungen?«

Katy drehte sich um und musterte die zahlreichen Uniformierten auf dem Domplatz, das Blinken der Blaulichter, die Feuerwehrleute, die die letzten Glutreste des Feuerwerks löschten. Langsam hob sie den Kopf und blickte an den Türmen empor.

»Von dort oben ist er heruntergestürzt?« Sie drehte sich langsam um, sah ihren Vater an und starrte wie abwesend auf die Kommissarin. »Nein, er hat nichts über Sprengungen erzählt. Er hat mir erzählt, was man ihm angetan hat, dass er es nicht mehr ertragen konnte. Und er wollte, dass es alle verstehen, sodass sie es nie mehr vergessen. Ich habe bis zuletzt geglaubt, er würde tatsächlich die Türme sprengen.« Ein Schauer überlief sie, und sie schüttelte sich leicht. Sie drehte sich wieder um, ließ den Blick zu den Turmspitzen schweifen und schüttelte den Kopf bei der Vorstellung, dass jetzt ein riesiger Trümmerhaufen aus Trachyt und Sandstein hier liegen könnte.

»Katy, es ist sehr wichtig. Hat er etwas über die gesagt, die ihn missbraucht haben? Wie viele es waren, wer es war?«

»Er hat gesagt, der Hausmeister wäre der Schlimmste gewesen. Er ist tot, die Flutwelle hat ihn bei der Sprengung mitgerissen. Die Namen der anderen drei hat er nicht genannt. Sie waren Geistliche, als er Ministrant war.«

»Es waren drei?«, fragte Gabriele Kronberg erstaunt. »Wir wissen nur von zweien, die Priester geworden sind. Einer davon ist unter noch nicht ganz geklärten Umständen gestorben. Der zweite ist knapp einem Anschlag entgangen.«

Sie warf Henno einen Blick zu.

»Wir müssen sofort herausfinden, wer der Dritte war«, rief sie und lief auf die Fahrzeuge zu, bei denen sich Weidinger und Baumann aufhielten.

Baumann hatte alle verfügbaren Männer in den Dom geschickt, um ihn nach Sprengstoff absuchen zu lassen. Der Kardinal war erst vor knapp einem Jahr nach Köln berufen worden, es war seine erste Weihnachtsmesse. Gleich nachdem deutlich wurde, dass der Dom so gut wie unversehrt geblieben war, hatte er verkündet, die Mitternachtsmette ordnungsgemäß zu Ende führen zu wollen. Der Protest des Staatsanwalts, Baumanns und selbst des Innenministers nützten nichts. Deshalb wurden nun unter Hochdruck die Türme, die Dachkomplexe des Lang- und Querhauses und die Wendeltreppen samt Triforium abgesucht. Schnell wurde deutlich, dass sich an jeder der engen Wendeltreppen eine Sprengfalle befand, die aber leicht entschärft werden konnte.

»Was ist mit den Hunden?«, brüllte der Einsatzleiter des SEK, ein Hüne von mindestens zwei Meter Körpergröße, über den Platz, als er zwei Hundeführer mit ihren Sprengstoffspürhunden aus dem Seitenzugang kommen sah.

»Hat keinen Zweck, die haben sich die Nasen verätzt! Vermutlich hochkonzentriertes Ammoniak.«

»Wie das denn?« Die drei gingen schnell aufeinander zu.

»Die Suchmannschaft hat auf den Treppen kleine Glaskapseln zertreten, aus denen das Scheißzeug ausgeströmt ist«, erklärte der erste der beiden nicht sonderlich großen, aber kräftig gebauten Polizisten. »Sie haben bloß ein bisschen daran geschnüffelt, und jetzt sind ihre Nasen komplett lahmgelegt. Die können wir die nächste Zeit vergessen.«

»Das darf doch nicht wahr sein! Unsere Leute hätten die Kapseln doch sehen müssen!« Der Einsatzleiter pumpte sich auf, als wolle er die Hundeführer in der Luft zerreißen.

»Die wären auch Ihnen nicht aufgefallen. Die Dinger waren als Zigarettenkippen getarnt, und die Dombauarbeiter rauchen nun mal, sodass es nichts Auffälliges war, dass Kippen auf der Treppe lagen.«

Einen kurzen Moment lang war der Einsatzleiter sprachlos, was bei ihm nur äußerst selten vorkam. Als er sich wieder im Griff hatte, instruierte er seine Mannschaft über Funk, noch gründlicher nach größeren Päckchen zu suchen. Eine Sprengladung, die wesentliche Schäden am Dom hervorrufen sollte, müsste eigentlich gut sichtbar und auch ohne Sprengstoffspürhunde zu finden sein.

Der Dom ist mit seinem Langhaus und seinem Querhaus wie ein großes Kreuz aufgebaut, gut sichtbar aus der Luft, als hätten die Erbauer bereits an Flugzeuge, Satelliten und Google Earth gedacht. Die Statik des monumentalen Bauwerks ist für jeden Fachmann beeindruckend, nur aus Erfahrung der Dombaumeister entwickelt, heute selbst mit modernsten Computerprogrammen nicht annähernd nachvollziehbar. Zu viele Unbekannte in einem zu komplexen Gebäude. Dort wo sich die vier Flügel treffen, sitzt auf dem Dach ein Turm aus Stahlständern mit einer kleinen Aussichtsplattform, der Dachreiter. Unter dem Turm und geschützt von einem steilen Dach aus Stahlträgern und Bleischindeln treffen sich die Spannungsbögen des wichtigsten Gewölbes, in dem alle Druck- und Zugkräfte aus den gewaltigen Steinmassen zusammenlaufen. Der Viererstein ist der letzte Verschluss, in dem sich normalerweise alle Spannungstrajektorien treffen. Einem Ring als Fassung des Vierersteins wurde diese Aufgabe zuteil, mit der genialen Lösung, dass der Schlussstein herausgenommen werden kann und den Blick von oben genau auf die Vierungskanzel im Kreuzungspunkt der Kirchenflügel freigibt. Überlagert wird dieser wichtige Punkt von einem großen Stahlreifen, von dem aus Verstrebungen zu den Stahlständern des Dachreiters gehen, damit die Beine nicht nach außen weggedrückt werden. Schlussstein und Reifen sind wiederum mit einer fast zehn Zentimeter dicken Stahlscheibe abgedeckt. Sie hängt an einem Drahtseil und kann mit Hilfe eines kleinen Krans hochgezogen werden.

Als Gabriele Kronberg Baumann darüber informiert hatte, dass es noch einen dritten Geistlichen geben musste, rief er sofort im Präsidium an und schickte einen Kollegen an seinen Schreibtisch. Er dirigierte ihn durch die Papiere, bis er die Liste des Dompropstes gefunden hatte.

»Lesen Sie vor!«

Schnell überflog der Kollege die erste Seite. Nach den Ministranten kamen die Diakone des betreffenden Zeitraums, die er langsam und betont vorlas.

»Verdammt, ich habe es geahnt«, rief Baumann, als der vorletzte Name fiel.

»In den Dom, alles evakuieren!«, brüllte er, so laut er konnte, riss seinem Kollegen das Funkgerät aus der Hand und gab hektisch Anweisungen, wie der Dom zu evakuieren sei.

»Sie müssen jetzt mitkommen«, fuhr er Weidinger an und rannte zum Hauptportal. Die Kronberg wollte ihm direkt folgen, lief aber rasch noch zu Henno und Katy, die langsam auf sie zukamen, und berichtete hastig von Baumanns Verdacht.

Die Christmette ging dem Ende entgegen. Der Kardinal hob die Hände, spendete den weihnachtlichen Segen und dankte Gott, dass er die Messe in einem heilen Dom zu Ende führen durfte. Zur Freude aller und damit ganz Köln die Kunde vom Weiterbestehen der Domtürme erhalte, würde mit dem Ausklang der Messe der Dicke Pitter geläutet werden. Auf seine Worte hin betätigte der Küster einen Schalter und setzte die größte freischwingende Glocke der Welt in Bewegung.

Henno Allenstein stand mit seiner Tochter ratlos auf der Domplatte. Gerade, als alle in Richtung Dom stürzten, erklang ein zarter Glockenton aus dem Südturm. Irritiert wandte Henno sein rechtes Ohr dieser Richtung zu. Mit dem nächsten Glockenschlag drang der erste volle Ton über den Platz. Es war eine Terz, bestehend aus einem »C« und einem »Es«.

Die Suchmannschaft hatte keine Chance, die dünne Sprengschnur zu finden. Einzig die Schäferhunde hätten sie entdeckt, an der Vierung, der Kreuzung des Langhauses mit dem Querhaus. Die Vierung bildet einen kleinen Turm aus einem mächtigen Steinring, einem Metallreifen und einer Abdeckplatte aus Stahl. An der Basis des kleinen Turmes war die Schnur in die Rille vor den Buckeln des Vierergewölbes gedrückt, überdeckt mit dem Staub der Jahrhunderte. Ebenso wie der dünne Draht, der zu einem kleinen Kasten unter einem Holzbrett führte. Ein elektronisches Wunderwerk, das einen Zündvorgang auslösen konnte, wenn eine bestimmte Frequenz ertönte, geeicht auf eine kleine Terz aus »C« und »Es«.

Als Baumann durch das Hauptportal in den Dom stürmte, sah er in der Weite des Langhauses den Kardinal, die Arme erhoben zum Gewölbehöchsten schauend, während der Dicke Pitter die ersten lauten Glockentöne erschallen ließ. Die kleine Explosion hatte kaum einen Widerhall in dem gewaltigen Bauwerk. Der Druckaufbau fand über den Kuppeln statt und rüttelte nur ein wenig an den winderprobten Dachschindeln aus Blei. Einzig aus dem Schlussring des Vierungsgewölbes brach ein großes Stück Trachyt vom Drachenfels aus seiner Halterung und folgte der Schwerkraft in die Arme des Kardinals.

| 25 |

»Herr Hauser, bei den Nachbarn wurde gestern ein Paket für Sie abgegeben. Es steht PERSÖNLICH darauf«, rief die Haushälterin vor der Tür zum Badezimmer. »Ich bin jetzt weg. Frohe Weihnachten.«

»Legen Sie es ins Arbeitszimmer. Auch Ihnen ein gesegnetes Fest!«

Fiktion und Realität

Ein Roman ist immer die Beschreibung einer fiktiven Welt, entrückt von der Realität, manchmal von Zeit und Raum, manchmal von vertrauten menschlichen Verhaltensweisen. Bei der textlichen Gestaltung einer solchen Welt werden fiktive Einzelhandlungen, Personen und Zustände zu einem irgendwie möglichen, in sich stimmigen Ganzen vereint.

Bereits zu Beginn 2009 stand das Gerüst für *Kreuzstein* in groben Zügen fest. Die Recherchen und Ausarbeitungen in den folgenden Monaten entwickelten sich zu gedanklichen Vorläufern einer Welt, die erstaunlich viel Nähe zu nachfolgenden Ereignissen bereithielt. Der Einsturz des Stadtarchivs in Köln deutete eine erste, noch etwas distanzierte Variante im Spiel der fiktiven Möglichkeiten an. Das Unglück von Nachterstedt am 18. Juli 2009 rückte bereits erschreckend nahe an einen Vorfall heran, der im Roman eine Schlüsselszene bildet. Mitte Februar 2010 gab es die Nachricht, dass in Apolda mehrere Häuser in der Innenstadt durch Brand zerstört worden waren, im April verlor ein ICE auf der Strecke Frankfurt-Köln in einem Tunnel eine Tür und musste notbremsen. Neben weiteren, kleineren Parallelen alles Ereignisse, die, wären sie vorher passiert, Anregungen für einen Roman hätten geben können. Jetzt passierten sie im Nachhinein.

Es mögen Kleinigkeiten sein, überinterpretiert aus der Sicht desjenigen, der, geprägt von seinem Romaninhalt, übersensibel das Tagesgeschehen verfolgt. Aber da ist noch etwas. Etwas viel Schwerwiegenderes, die eigentliche Kernaussage dieses Romans. Seit Anfang 2010 hat die Realität den Inhalt dieser Aussage in einer unfassbaren Dimension überholt und letztendlich Teile der Grundfesten unserer gesellschaftlichen Struktur erschüttert. In letzter Konsequenz führen die Ereignisse zur Aufforderung, anzuhalten und sich umzuschauen. Nur hierdurch ergibt sich die Chance, über die eine, auf den ersten Blick simpel erscheinende Frage nachzudenken: Was machen wir hier eigentlich?

Danksagung

Für die wertvollen Hinweise, die ich von meinen Kollegen während der Recherchen zu diesem Kriminalroman bekommen habe, bedanke ich mich stellvertretend bei Prof. Dr. Detlev Leutner, Institut für Psychologie der Universität Duisburg-Essen.